VENTO DA LUA

A marca FSC é a garantia de que a madeira utilizada na fabricação do papel deste livro provém de florestas de origem controlada e que foram gerenciadas de maneira ambientalmente correta, socialmente justa e economicamente viável.

ANTONIO MUÑOZ MOLINA

Vento da lua

Tradução
Sergio Molina

Companhia Das Letras

Copyright © 2008 by Antonio Muñoz Molina

Esta obra foi publicada com o apoio da Dirección General del Libro, Archivos y Bibliotecas del Ministerio de Cultura de España.

Ortografia atualizada segundo o Acordo Ortográfico da Língua Portuguesa de 1990, que entrou em vigor no Brasil em 2009.

Título original
El viento de la Luna

Capa
Warrakloureiro

Foto de capa
© Steve Taylor/ Getty Images

Preparação
Carlos Alberto Bárbaro

Revisão
Angela das Neves
Huendel Viana

Dados Internacionais de Catalogação na Publicação (CIP)
(Câmara Brasileira do Livro, SP, Brasil)

Muñoz Molina, Antonio
    Vento da lua / Antonio Muñoz Molina ; tradução Sergio Molina. — São Paulo : Companhia das Letras, 2009.

Título original: El viento de la Luna.
ISBN 978-85-359-1460-3

1. Ficção espanhola I. Título

09-04014   CDD-863

Índice para catálogo sistemático:
1. Ficção : Literatura espanhola   863

[2009]
Todos os direitos desta edição reservados à
EDITORA SCHWARCZ LTDA.
Rua Bandeira Paulista, 702, cj. 32
04532-002 — São Paulo — SP
Telefone: (11) 3707-3500
Fax: (11) 3707-3501
www.companhiadasletras.com.br

Para Francisco Muñoz Valenzuela in memoriam.
E para Elvira, que tanto o quis.

"Sólo recuerdo la emoción de las cosas."
Antonio Machado

1.

Você espera com impaciência e medo uma explosão que será como um cataclismo quando a contagem regressiva chegar a zero, mas não acontece nada. Espera deitado de costas, rígido, os joelhos dobrados em ângulo reto, os olhos fixos à frente, acima, no céu, se pudesse vê-lo, atrás da curva transparente do capacete que o mergulhou num silêncio tão definitivo quanto o do fundo do mar quando acabaram de ajustá-lo à gola rígida do traje exterior. De repente a boca de quem estava perto se mexia sem produzir som, e era como já estar muito longe antes mesmo de a viagem começar. As mãos apoiadas nas coxas, os pés juntos, encerrados nas grandes botas brancas de borda amarela e sola muito grossa, presas para o lançamento numas travas de titânio, os olhos arregalados. Você não ouve nada, nem mesmo o rumor do sangue dentro dos ouvidos, nem as batidas do coração, que sensores colados no peito registram e transmitem, profundas, regulares, com ressonância de tambor, mas muito menos exatas em sua cadência que a pulsação dos cronômetros. O número de seus batimentos por minuto ficará registrado, assim como o do coração de seus dois

9

companheiros, igualmente imóveis e tensos, os três corações batendo dentro do peito em ritmos diferentes, como três tambores não sincronizados. Você fechará os olhos, à espera. As pálpebras são quase a única parte do corpo que você pode mexer à vontade, lembrando sua frágil natureza física, a nudez oculta no interior de três trajes superpostos, feitos de náilon, de plástico, de algodão, e tratados com substâncias ignífugas. Cada traje, por si só, já é um veículo espacial. Faz alguns anos você flutuou no vácuo, por mais de uma hora, a duzentos quilômetros de distância da superfície da Terra, ligado à nave apenas por um longo tubo que lhe permitia respirar: você não guarda lembrança de medo nem de vertigem, apenas de uma sensação de perfeita calma, movendo-se sem peso, estendendo braços e pernas no meio do nada, tocado imperceptivelmente pelas partículas do vento solar. De olhos fechados, imagino que sou esse astronauta. Não vejo estrelas, somente uma escuridão em que nada existe, nem perto nem longe, nem acima nem abaixo, nem antes nem depois. Vejo a imensa curvatura da Terra, resplandecendo azul e branca e movendo-se muito devagar, as espirais das nuvens, a linha de sombra entre a noite e o dia. Mas agora não quero flutuar no espaço. Agora fecho os olhos e alimento a imaginação com dados minuciosos para me transportar à Apollo 11 no segundo exato do lançamento. Você tem controle parcial sobre o movimento das pálpebras, membranas tão finas deslizando sobre a curvatura úmida dos olhos, e sobre os músculos que movem o globo ocular, que por mais que você os force não lhe permitem ver nada, nem à direita nem à esquerda. À sua direita e à sua esquerda estão os outros dois viajantes, tão rígidos quanto você dentro de seus trajes e capacetes, deitados na mesma posição, presos pelos mesmos cintos elásticos e pelas mesmas travas de titânio, fechados com você no espaço cônico de uma câmara rica em oxigênio e cheia de cabos, interruptores, conexões elétricas, uma armadilha explosiva que pode se transformar numa bola de fogo com a faísca nada improvável de um curto-circuito. Outros morreram assim, num espaço tão apertado e opressivo quanto este, nessa mesma posição que por si só já é um tanto funerária. O astronauta mais próximo da escotilha ainda tentou, em vão, destravar a alavanca que a mantinha fechada, e no instante seguinte todo o oxigênio explodia numa só labareda. Lâminas de metal retorcendo-se em brasa, fumaça tóxica de isolantes e fibras sintéticas, plástico derretido grudando na carne queimada e misturando-se a ela. A cápsula está localizada no topo de um foguete vinte metros mais alto que a Estátua da Liberdade, carregado com sete mil toneladas de hidrogênio líquido, tão inflamável que sua superfície externa foi recoberta com lâminas de gelo artificial para manter baixa a temperatura no calor úmido dos pântanos da Flórida. Mas você não sente calor, apesar do traje, do capacete, dos três corpos deitados quase colados nesse cubículo cônico, cada um com sua pulsação secreta, com seu pestanejar, o sangue de cada um fluindo a uma velocidade ligeiramente diferente. Uma rede capilar de tubos finíssimos permite que um fluxo constante de água fria percorra o interior do traje espacial e o mantenha refrigerado. Um ar fresco, com um leve cheiro de plástico, circula suavemente sobre a pele, acaricia o rosto, os dedos dentro das luvas, a ponta dos dedos tamborilando de maneira involuntária, com contida impaciência, também registrada pelos sensores. Mas não é exatamente ar: é sobretudo oxigênio, a sessenta por cento, e, a quarenta por cento, nitrogênio. Quanto mais oxigênio, maior o risco de incêndio. O ar cheirava a sal, e talvez a algas e a lodo de pântano, mesmo no alto da passarela que levava à escotilha aberta, cento e dez metros acima do chão. Não havia ponto mais elevado em toda a extensão das planícies e dos charcos que se estendem até o horizonte marinho. O cheiro de maresia foi anulado no exato instante em que o encaixe do capacete na gola rígida do traje espacial aboliu todos os sons. Na claridade do amanhecer alvejava ao longe a linha reta da espuma quebrando em silêncio contra a orla do Atlântico. À distância, a planície pantanosa e as praias retas e desertas eram uma paisagem primitiva e ainda inexplorada por seres humanos, um território virgem muito anterior às genealogias mais antigas dos hominídeos, mais próxima dos episódios originários da vida animal sobre a Terra, das primeiras criaturas marinhas ainda com brânquias que se aventuraram a se arrastar sobre o lodo. Pouco antes, ainda noite, avistavam-se fogueiras nas praias e constelações de faróis de automóveis nas estradas em que o trânsito havia parado, uma enorme peregrinação humana vinda de muito longe para essa ofuscante luminosidade branca da base de lançamento, onde a luz dos holofotes ressalta a verticalidade do foguete rodeado de nuvens de vapor e do andaime de metal vermelho a que está preso, cujas garras se soltarão uma após outra no instante do lançamento em meio a labaredas e nuvens de fumaça. A noite era profunda e distante além das janelas, e havia uma luz branca de hospital nos corredores e nas grandes salas de controle onde parecia que há muito tempo ninguém dormia: rostos pálidos, camisas brancas, gravatas finas e pretas, colunas de números cintilando nas pequenas telas abauladas dos computadores. Quarta-feira, 16 de julho de 1969. Você espera deitado de costas, imóvel, de olhos abertos, assim como esperou no escuro de um quarto no qual acordou antes que alguém o chamasse, virando o rosto para o criado-mudo e para o mostrador do relógio onde os números ainda não marcavam as quatro da manhã. As fogueiras dos que vieram de muito longe e permaneceram acordados à espera do amanhecer, os faróis dos carros que não podem mais avançar pelas estradas congestionadas: eles verão de longe, no horizonte reto e nebuloso da manhã de julho, a imensa deflagração e a cauda de fogo subindo muito lentamente entre nuvens negras de combustível queimado. Mas essa lentidão é uma ilusão de ótica causada pela altura e pelo volume do foguete: nenhum artefato humano jamais atingiu uma velocidade tão alta. Ouvirão o longo retumbar de um trovão e sentirão a terra tremer sob seus pés dentro de um instante, talvez no próximo segundo. A onda expansiva do lançamento golpeará o peito de todos com a violência de uma bola de borracha maciça. Talvez você já esteja morto então, queimado, pulverizado, dissolvido na torre de fogo da explosão de milhares de toneladas de hidrogênio líquido: talvez dentro de um segundo já nem tenha mais tempo de saber que estava prestes a deixar de existir. Você é um corpo jovem palpitando e respirando, um organismo formidável no auge da saúde e da força muscular, uma inteligência brilhante dotada de um sistema nervoso de complexidade não inferior à de uma galáxia, com uma memória povoada de imagens, nomes, sensações, lugares, afetos: e no instante seguinte já não é nada e desapareceu sem deixar rastro algum, dissipado nesse zero absoluto que a voz nasalada e maquinal da contagem regressiva acaba de invocar.

    Mas depois do zero não acontece nada, só o rumor do ar que não é exatamente ar nos tubos de respiração, só as pulsações aceleradas do coração dentro do peito, os pontos de luz ritmados aparecendo numa tela de controle na qual alguém tem os olhos fixos, e registrados e arquivados numa fita magnética que talvez alguém consulte depois do desastre para saber o momento exato em que a vida se interrompeu. O cérebro morre, mas o coração continua a bater por mais alguns minutos; ou será o contrário?, o coração para e no cérebro a consciência perdura espectralmente como uma brasa prestes a se apagar sob as cinzas que esfriam. Lava gelada e cinzas é a paisagem que seus olhos verão no final da viagem que neste instante você não sabe se vai mesmo começar, aprisionado neste segundo após o zero em que não retumba a explosão desejada e temida. Foi com uma explosão no meio do nada que o universo começou há catorze ou quinze bilhões de anos. A onda expansiva continua a afastar as galáxias umas das outras e seu ruído é captado pelos telescópios mais potentes, como o estrondo desses trens de carga que à noite atravessam a vastidão deserta de um continente tão imenso que aos olhos humanos parece infinito. Um ruído surdo, o galope do estouro de uma manada numa planície, percebido muito longe pelo ouvido de alguém com o ouvido colado à terra. Um ruído tão potente que continua ressoando desde o primeiro milionésimo de segundo da existência do universo, o eco do fluxo de sangue no interior de uma concha, o trem de carga que vem de muito longe e acorda você no meio da noite de verão. O ruído se transforma em tremor e depois num solavanco, o coração dispara ao mesmo tempo que luzes amarelas começam a piscar no painel de instrumentos despejando uma catarata de cifras que partem de um zero e correm a uma velocidade estonteante, assinalando o início do tempo da viagem, a explosão que acaba de ocorrer bem abaixo, a mais de cem metros, no fundo do poço de combustível ardente. Não há sensação de subida enquanto o foguete se eleva aparentando uma lentidão impossível sobre o fogo e a fumaça, um fulgor que será visto de muito longe contra o horizonte plano e o azul da manhã: não há medo nem vertigem, apenas um peso enorme, mãos e pernas e pés e rosto e olhos virando chumbo, atraídos para baixo pela gravidade de toda a massa do planeta multiplicada por cinco pela inércia nos primeiros segundos do lançamento: o coração de chumbo e os pulmões e o fígado e o estômago pressionando no interior de um corpo que agora pesa monstruosamente quase quatrocentos quilos. Nunca um artefato tão grande tentou romper a atração da gravidade terrestre. E enquanto isso o ruído continua, mas não cresce em estrondo, não chega a ferir os tímpanos protegidos pela esfera de plástico transparente do capacete. Torna-se mais profundo, mais grave, mais distante, o trem de carga perdendo-se na noite, ao mesmo tempo que os segundos viram minutos no painel de comando que está quase tão perto do rosto quanto o tampo de chumbo de um sarcófago. Tudo treme, vibra, o painel de comando diante de seu rosto, o alumínio e o plástico de que a nave é feita, tudo range como se estivesse prestes a se desfazer, tão precário, de repente, seu próprio corpo se sacode contra as correias que o seguram e a cabeça bate na concavidade do capacete. Mas doze minutos depois o tremor se atenua e cessa por completo, e a sensação de imobilidade é absoluta. Você não sente mais o coração como uma bola maciça de chumbo dentro do peito, nem a garra das mãos sobre as pernas dobradas em ângulo reto, nem as pálpebras como pedras sobre os globos oculares. A respiração, sem você perceber, se tornou mais fácil, o cheiro de plástico do oxigênio mais suave. Alguma coisa acontece no interior oco da luva da mão direita e também na ponta do pé direito: a unha do dedão do pé esbarra na superfície interior acolchoada da bota, os dedos se movem dentro da luva, sem controle. Você não pesa, de repente começou a flutuar dentro do traje, como boiando de costas na água do mar, balançando nas ondas. Com uma absoluta sensação de imobilidade você viajou verticalmente a onze mil pés por segundo. E agora uma coisa vai passando diante de seus olhos, navegando entre seu rosto e o painel de controle como um peixe estranho movendo-se muito lentamente: a luva que seu companheiro ao lado acabou de tirar, livre da gravidade, na órbita terrestre que a nave atingiu doze minutos após o lançamento, a trezentos quilômetros de altura sobre a curva azulada que se recorta com um tênue brilho contra o fundo negro do espaço. A luva flutua deslizando como uma criatura marinha de estranha morfologia na água morna de um aquário.

2.

Trancado em meu quarto numa tarde de julho, escuto os gritos chamando por mim, os passos pesados subindo à minha procura pelas escadas da casa. Logo vão me encontrar e despejar ordens a que só me restará obedecer, submisso e arisco, com o buço escuro e as espinhas na minha cara redonda acentuando meu ar de preguiça contrariada, de enorme desacordo com o mundo. Mas enquanto os passos sobem e os gritos se aproximam continuo imóvel, alerta, deitado na cama, vestindo apenas as constrangedoras cuecas de adulto que minha mãe e minha avó cortaram e costuraram para mim e que me enchiam de vergonha sempre que precisava me trocar no vestiário do colégio. Todo mundo, menos eu, usa cuecas modernas compradas em lojas, chamadas *slips*, que se ajustam à virilha e à parte superior da coxa, não como essas que chegam quase até o meio da coxa. Agora ninguém me vê, felizmente, ninguém vê minhas pernas que de repente ficaram compridas e se cobriram de pelos, e ninguém vai rir de mim quando eu não souber dar cambalhota nem subir pela corda nem saltar sobre esse instrumento de tortura apropriadamente chamado cavalo* apoiando as palmas das mãos no lombo de couro e esticando as pernas até uma horizontalidade ginástica para mim inatingível. De certo modo estou a salvo, ou estava até um instante atrás, até os gritos e os passos começarem a se ouvir no vão da escada: estou deitado na cama, sobre os lençóis molhados do suor da sesta de verão, imóvel como um bicho acuado dentro da toca, como um astronauta atado à poltrona anatômica da cápsula espacial, com um livro aberto nas mãos, Viagem ao centro da Terra, tantas vezes lido que já sei de cor passagens inteiras e posso ver de olhos fechados as ilustrações de grutas tenebrosas iluminadas por lanternas de carbureto e de lagartos gigantescos lutando até a morte entre as espumas vermelhas de sangue de um mar subterrâneo. Na desordem da cama e do criado-mudo há várias revistas roubadas da casa da tia Lola, com reportagens sobre a nave Apollo 11, que decolou há exatas duas horas e que dentro de quarenta e cinco minutos romperá sua trajetória circular em torno da Terra com a explosão da terceira fase do foguete que a propulsionará até a lua. Nos dois primeiros minutos após o lançamento, o Saturno 5 atingiu a velocidade de nove mil pés por segundo. É sempre em pés por segundo, e não em quilômetros por hora, que se medem as fantásticas velocidades desta viagem que não pertence ao domínio da imaginação nem da literatura, que está acontecendo neste momento, enquanto eu suo em bicas na minha cama, no meu quarto de Mágina. Na hora do lançamento, o engenheiro Wernher von Braun, que os noticiários chamam de Pai da Era Espacial, rezou um pai-nosso em alemão. O cardeal católico de Boston compôs uma oração especial para os astronautas, informou o apresentador do telejornal. Aventa-se a possibilidade de que na volta possam trazer algum tipo de germe

---

* Em castelhano, *potro* designa tanto o "cavalo", aparelho de ginástica, como o "potro", ou "ecúleo", instrumento de tortura medieval. (N. T.)

que desencadeie uma trágica epidemia na Terra. A nave Apollo viaja agora a vinte e cinco mil pés por segundo, na órbita da Terra, mas os astronautas têm uma sensação de imobilidade e silêncio quando olham pela janela: é a Terra que se move, girando enorme e solene, mostrando-lhes os contornos de todos os continentes e o azul dos oceanos, como no globo da minha classe no colégio salesiano. O oceano Atlântico, as ilhas Canárias, os desertos da África, com uma cor de ferrugem, a longa fenda do mar Vermelho. O enviado especial da rádio Nacional a Cabo Kennedy dizia excitado que os astronautas distinguem perfeitamente o contorno da península Ibérica pelas janelas da cápsula. A ESPANHA É MARAVILHOSA VISTA DO ESPAÇO. Consulto o relógio Radiant que ganhei do meu pai no dia do meu santo no ano passado: tem um ponteiro de segundos e uma pequena janela onde todas as noites, à meia-noite em ponto, a data muda. Duas horas, quarenta e quatro minutos e dezesseis segundos depois do lançamento é que vai começar a verdadeira viagem à lua, quando o hidrogênio e o oxigênio líquidos voltarem a se misturar nos tanques do foguete e uma grande labareda no meio da escuridão liberar a nave Apollo da órbita da Terra, impulsionando-a a uma velocidade de trinta e cinco mil quinhentos e setenta pés por segundo. Os cronômetros dos computadores calculam tudo infalivelmente: o combustível dos motores deve queimar por cinco minutos e quarenta e sete segundos para que a nave entre numa trajetória ao encontro da lua. Na televisão, na hora do almoço, o lançamento foi visto em preto e branco: nas páginas acetinadas das revistas que a tia Lola compra vê-se o foguete Saturno iluminado por brilhos amarelos e avermelhados, às vésperas do lançamento, preso a uma espécie de andaime de metal vermelho muito alto e, depois, a incandescência da ignição no momento em que a contagem regressiva chegou ao zero, a cauda de fogo por entre a deflagração de nuvens brancas quando ainda parece impossível que essa nave colossal carre-

gada com milhares de toneladas de combustível altamente explosivo possa se desprender da gravidade terrestre realizando um voo vertical. ERA ESPACIAL. VOCÊ SABIA QUE A VIAGEM À LUA É COMANDADA PRINCIPALMENTE POR COMPUTADORES ELETRÔNICOS? Colecionei revistas e recortei fotografias coloridas das três viagens que precederam a da Apollo 11 e sei de cor os nomes dos astronautas e dos veículos, os belos nomes em latim dos mares de poeira, dos continentes e das cordilheiras da lua. Nas revistas, o céu de Cabo Kennedy é de um azul mais puro e mais luxuoso que o que vemos todos os dias, e nele os foguetes Saturno acabam se perdendo como pontos quase invisíveis sobre uma nuvem branca, curva, que parece até uma nuvem qualquer no céu do verão. AGORA VOCÊ JÁ PODE COMPRAR O RELÓGIO CRONÔMETRO OMEGA USADO PELOS ASTRONAUTAS DA MISSÃO APOLLO. A tia Lola deu para o marido um relógio cronômetro Omega no dia de seu santo, e antes de entregá-lo veio em casa para mostrar o presente a minha mãe e minha avó; abriu a caixa e, com seus dedos de unhas pintadas, retirou o papel de seda em que estava embrulhado com o mesmo cuidado e mistério com que abriria a arca de um tesouro.
Neste momento, a nave viaja em silêncio, não no céu azul, mas no espaço escuro, e os astronautas, livres da força da gravidade, flutuam lentamente no exíguo interior da cápsula, rodando com o impulso de um braço ou de uma perna, como se nadassem, como eu queria flutuar aqui para me livrar do contato pegajoso dos lençóis em que meu suor forma manchas mais visíveis e menos duradouras que as manchas amarelas que neles aparecem todas as manhãs, quando acordo com uma sensação de umidade e frio nas virilhas que me faz lembrar o sonho que provocou como uma descarga elétrica o breve estertor da ejaculação.
A poluição, diz o padre confessor, a poluição noturna, involuntária e, contudo, não isenta de pecado. Não isenta, diz o confessor na penumbra, enquanto eu, ajoelhado, de mãos postas, os

cotovelos apoiados no caixilho de madeira pesada do confessionário, mantenho a cabeça baixa, os olhos semicerrados e vejo apenas o brilho do tecido preto da batina e a gesticulação das mãos pálidas, suaves como mãos de mulher, mas com dedos de nós grossos e pelos fartos no dorso branquíssimo. Da penumbra sai um cheiro de colônia e cigarro, um cheiro de hálito muito próximo.
— Padre, confesso que cometi atos impuros no meu corpo.
— Contigo mesmo ou com outros?
— Comigo mesmo, padre.
— Quantas vezes?
— Não me lembro.
— Aproximadamente?

Os passos pararam no patamar de baixo, mas os gritos soam mais altos, retumbando no eco da escada, amplificados pela irritação com a ausência de resposta, repetindo meu nome. É meu avô me chamando, e eu nem precisaria ouvir sua voz para saber que é ele; bastaria para tanto o som forte de seus passos nos degraus de ladrilho com borda de madeira. Os passos, assim como as vozes, são diferentes uns dos outros, com sua ressonância, sua cadência, seu ritmo ao subir, o diverso grau de esforço, o peso que o corpo de cada um carrega nos degraus, sua energia ou seu cansaço. Os saltos altos da tia Lola repicam num ritmo festivo sempre que ela vem nos visitar, e logo se escuta o barulho de suas pulseiras e o aroma de seu perfume se espalha no ar, dissipando transitoriamente os cheiros habituais, o do esterco no estábulo, o dos grãos armazenados, o cheiro de trabalho e de cansaço que meu pai e meu avô trazem do campo no fim de cada dia. Os astronautas aguardam o momento da ignição dos motores da terceira fase. De novo terão que atar as correias, de novo sentirão o chumbo da inércia antes de ficarem totalmente livres da gravidade, talvez com náuseas, pelo desconcerto de se moverem sem acima nem abaixo. Nos cinco minutos que durará a explosão, o peso de seus corpos, agora tão leves, será quatro vezes maior do que na Terra. Imagine você de repente pesar duzentos e quarenta quilos. Os passos do meu avô retumbam firmes e fortes, tão vigorosos quanto sua voz, denunciando sua alta estatura e seu peso robusto, que tanto exclui a pressa quanto o cansaço. Meu avô tem os pés muito grandes, de peito alto, e no verão usa umas alpargatas de lona com sola de corda que amortece e torna mais grave o ruído de seus passos. "Onde será que ele se meteu?", escuto sua voz murmurar, depois de repetir meu nome, e por um momento acho que vai desistir se eu conseguir ficar imóvel sem dar sinal da minha presença, como o caçador acabaria desistindo se o animal perseguido permanecesse o tempo suficiente paralisado dentro da toca. Mas depois de parar no patamar retomou a subida, o último lance de escadas que leva diretamente ao palheiro e ao meu quarto. Agora sim tenho que responder, para que ele não abra a porta e me veja largado na cama de cueca, como um parasita:

— Que é? — grito da cama.

— Como assim, que é? Você não me ouviu chamar?

— Estava dormindo.

— Então acorda e desce, que estão te procurando.

É melhor mesmo ele não subir e não ver a cama desarrumada coberta de livros e revistas, não sentir o cheiro úmido que talvez ainda impregne o ar e que sem dúvida se sobrepõe ao do suor e ao da falta geral de higiene, porque nesta casa não há chuveiro, nem pia, nem banheiro e nem sequer água encanada. Quantas vezes aproximadamente, pergunta o padre confessor, o padre Peter, que é também o responsável pela projeção de filmes. Fico em silêncio, sem saber o que responder, incapaz de fazer a conta. Quantas vezes acordei no meio da noite com uma sensação de frio e umidade na barriga e a lembrança fragmentária de um sonho de obscura e pegajosa ternura. Quantas vezes, logo depois de deitar, de noite ou na penumbra da sesta, evoquei uma imagem, determinado gesto, o cavado de um decote, pensei na cena de um filme ou na passagem de um livro e me deixei levar, com uma excitação tão intensa quanto o remorso antecipado que não chega a frustrar por completo a delícia do primeiro espasmo. E depois o contato molhado, o cheiro, a mancha que amarela ao secar. Se houvesse uma pia, uma torneira de água fria, um sabonete como na casa da tia Lola, poderia apagar rastros e cheiros. Devo a ela a primeira emoção precoce ante a beleza feminina, quando ela era ainda mais jovem e estava longe o dia em que sairia de nossa casa dentro de um longo vestido de noiva. Sempre que a visito encontro em seu banheiro sabonetes que cheiram como ela, embora encontre também vidros de loção de barbear que exalam o odor masculino e agressivo de seu marido, o tio Carlos. Mas nós aqui só podemos nos lavar puxando um balde de água gelada do poço, que despejamos numa bacia descascada. A água encanada é um sonho tão distante quanto o da chuva pontual e abundante em nossa terra áspera. A água quente e fria, inesgotável, sempre disponível, morna quando se deseja, é um milagre que jorra das torneiras cromadas na casa da tia Lola, como o frio intenso que, no auge do verão, sai da geladeira quando se abre a porta, ou o delicioso calor que brota, no inverno, dos radiadores de sua calefação.

Fui vendo meus tios se casarem desde os tempos mais nebulosos da minha infância, e cada vez que um deles partia a casa parecia ficar maior e mais escura. O tio Luis, a tia Lola, o tio Manolo, o tio Pedro, o mais novo e o último da fila. No ano passado, antes de se casar, quando ainda morava conosco, o tio Pedro teve um dia a brilhante ideia de instalar um chuveiro, "que nem dos filmes", segundo ele. "Mas como é que vai ter chuveiro, se nem torneira a gente tem", disse meu pai, com uma ponta de sarcasmo que até eu percebi e que deixou minha mãe profundamente aborrecida. Seu marido, deve ter pensado, sempre diminuindo os méritos da família dela, sempre menosprezando as ideias e habilidades de seus irmãos. "E quem falou que precisa de torneira para colocar um chuveiro?", disse meu tio, que pouco antes entrara como soldador numa serralheria e já olhava com certo desdém para os que ainda continuavam trabalhando no campo. "Amanhã, a essa hora, vamos estar todos fresquinhos como se tivéssemos ido à praia." "Que cabeça", disse minha mãe, olhando para meu pai de soslaio, com ar de censura e aliviada pelo irmão ter ganho a parada, "se o coitado não tivesse largado a escola tão cedo, teria ido longe."

No dia seguinte, amarrado com uma corda ao banco da moto que havia comprado a prazo logo depois de entrar na oficina, meu tio trouxe um tambor de metal ondulado, grande, com cerca de quarenta litros, segundo ele, que ao ser aberto soltou um leve cheiro de gasolina ou de um daqueles produtos químicos que às vezes manchavam o macacão azul quando o trazia aos sábados para minha avó lavar. Meu tio já não se vestia como os outros homens da casa, meu pai e meu avô, nem tinha o mesmo cheiro que eles. Era o filho caçula dos meus avós, o último que ainda continuava a morar com eles, mas desde que começara a trabalhar na oficina agia com uma segurança insólita, e quando se dirigia a meu avô, seu pai, já não lhe falava com a mesma deferência. Agora ele tinha um salário, um tesouro extraordinário que trazia para casa todos os sábados num envelope amarelado com seu nome escrito à máquina, independente das chuvas ou dos contratempos das colheitas, trabalhando apenas as horas estipuladas no contrato, e não de sol a sol, como a gente do campo. Se fizesse hora extra, recebia à parte; além disso, estava aprendendo o ofício de soldador, que logo lhe permitiria melhorar na firma. Agora a vida sorria para ele, que desde pequeno tinha trabalhado no campo, sob as ordens do pai, sem a menor esperança de passar de um parceiro sem terra própria. Em menos de um ano, poupando toda semana a parte do envelope que não entregava à mãe, trocara sua tosca bicicleta por uma moto reluzente e afinal conseguira marcar a data de seu casamento. Todo dia, no fim da tarde, eu ouvia, do quarto que ainda dividia com ele, o ronco de sua moto entrando na nossa pracinha, e bem antes já notava sua chegada, quando meu tio embicava pela rua Del Pozo vindo do parque da Cava. Entrava em casa, o rosto escuro de fuligem, as mãos cheirando a gasolina ou a graxa, ao carvão queimado da solda, e seus passos ressoavam mais fortes e decididos. Estava mais gordo, mais corpulento, ou talvez fosse apenas a nova segurança do trabalho, do envelope semanal com seu nome escrito à máquina, da moto que ele acelerava ao entrar nas vielas do bairro pelo simples prazer de ouvir o ronco do motor, de sentir a vibração entre as pernas. Tirava um balde de água do poço e se lavava no quintal às mãozadas, de camiseta, totalmente debruçado sobre a bacia, esfregando a água no rosto e no pescoço com grande espalhafato. Em seguida eu tornava a ouvir seus passos, agora sapateando, o tilintar das moedas nos bolsos da calça, e depois a moto se afastando, agora em direção à casa da noiva. Já não reparava muito em mim: ele acabara de dar um grande passo para a verdadeira vida adulta, e eu de repente ficara muito longe, num limbo ainda muito próximo da infância. Entrava no quarto às pressas para vestir a camisa limpa, o paletó e a gravata com que ia visitar a noiva e discutir com os pais dela os detalhes do casamento iminente. Quando acabava de se barbear, ia pentear o cabelo empastado de brilhantina diante de um pedaço de espelho, onde me via, lendo na cama ou sentado à minha mesa de estudo, e então dizia:

— Vê se não lê tanto, que faz mal. Você tem é que arranjar uma namorada.

E partia escada abaixo, adulto, emancipado, deixando para trás seu cheiro masculino de sabonete e colônia, saltando degraus, despedindo-se de passagem de minha mãe e minha avó, excitado pela tarde promissora que o aguardava, o ronco vigoroso da moto, os olhares entre admirados e assustados das vizinhas que se afastariam para deixá-lo passar na rua estreita. Na volta, se eu ainda estava acordado, ele me contava em detalhes, deitado na cama, o filme que tinha visto com a noiva. Era um filme só de palavras que eu ouvia, que eu quase via no escuro, um enigma resolvido por algum detetive, uma aventura de guerra ou de viagens pelos mares, de cavalgadas e tiroteios e brigas de socos e perseguições de índios arredios no Velho Oeste. Às vezes meu tio voltava desapontado e tirava a roupa em silêncio, sem me perguntar se eu ainda estava acordado. Era porque não tinha gostado do filme a que acabava de assistir, "um de chorar", como ele dizia com desprezo, sem entender por que eram justo esses filmes — dramalhões mexicanos em preto e branco — os preferidos das mulheres. Não gostava dos filmes de chorar, nem dos que não tinham nem pé nem cabeça, sempre arrastados, em que não acontecia nada, mas o que o deixava realmente indignado eram os filmes em que o mocinho morria, achava aquilo uma afronta inconcebível à ordem natural das coisas.

— Uma bosta de filme, uma vergonha. O artista morre no final.

Às vezes eu pegava no sono ouvindo seu relato, e suas palavras se dissolviam no sonho como as imagens que elas invocavam na escuridão do quarto. Às vezes era ele, meu tio, que bocejava, falava mais devagar e acabava adormecendo antes de revelar o final que eu tanto queria saber.

* * *

Foi no último verão que morou conosco que o tio Pedro resolveu que ia instalar o chuveiro, no verão anterior à viagem da Apollo 11 à lua. Eu estava então com doze anos e tinha terminado o ano com uma vergonhosa reprovação em educação física. No vestiário meus colegas riam da minha cueca, na sala de aparelhos o professor de educação física me humilhava junto com os mais gordos e desajeitados da classe quando eu não conseguia saltar sobre o cavalo, subir pela corda e nem sequer dar uma reles cambalhota. Naquela manhã de julho — até o início de setembro eu não teria que enfrentar novas humilhações nem o íntimo suplício de uma nova prova de educação física — o tio Pedro tirou o tambor de metal para o quintal e nos mostrou tudo o que havia comprado na loja de ferragens ou conseguido na serralheria, onde estava para ser promovido a oficial soldador: um chuveiro, vários canos de cobre de diferentes comprimentos e espessuras e uma mangueira remendada com manchões para pneu de bicicleta. Minha mãe e minha avó o olhavam com admiração e uma ponta de apreensão, principalmente quando me mandou trazer a escada e apoiá-la na parede de fora da casinha. Colocou o tambor no ombro, subiu na escada segurando apenas com uma mão, robusto, enérgico, de camiseta, com sua calça azul de soldador, o rosto e os braços muito brancos, porque já não tomava mais o sol inclemente do trabalho no campo. Eu segurava a escada e minha mãe e minha avó lhe faziam recomendações sobressaltadas, segura firme, não olha para baixo que você pode ficar tonto e cair. Meu tio passou a manhã inteira sob o sol, trabalhando no telheiro, prendendo o tambor com ganchos de metal, soldando juntas, o rosto protegido com a máscara escura e a viseira, como as das armaduras do cinema, a pistola de solda espalhando jatos de faíscas que deixavam um cheiro ardido no ar e caíam no chão como leves penas de cinzas. Com sua proteção de soldador meu tio parecia o Homem da Máscara de Ferro. Eu permanecia alerta ao pé da escada, pronto para lhe passar o que ele me pedisse com seus gestos recém-adquiridos de especialista: uma chave de fenda, um martelo, um cano de cobre. Meu tio suava sob o sol ofuscante de julho, com um chapéu de palha que minha avó me mandara pegar para ele, não fosse apanhar uma insolação, que não combinava nem um pouco com seu macacão azul de especialista em solda e serralheria.

— Meu irmão já está quase acabando de instalar o chuveiro — minha mãe disse a meu pai quando ele chegou do mercado na hora do almoço, apontando para o tambor já montado sobre o telheiro da latrina, sobre a folhagem espessa da parreira. — Ele falou que amanhã já podemos tomar banho.

— E a água? — perguntou meu pai, com seu olhar cético e o ar entre reservado e irônico que sempre tinha em casa, e que podia facilmente descambar para o mau humor e o silêncio. — Onde vocês vão arranjar água para tomar banho?

No dia seguinte, um domingo, meu tio acordou bem cedo e saiu do quarto sorrateiramente, como se temesse me acordar. Da minha cama eu ouvia todas as manhãs o voo e o piar das andorinhas que ano após ano faziam seu ninho no vão da minha sacada. Ouvia também o pregão dos ambulantes, os cascos dos cavalos e dos burros e as rodas das carroças ressoando no calçamento. Distingui de longe, ainda meio em sonhos, as marteladas que meu tio dava contra a chapa do tambor, no quintal, e depois o grunhido da roldana do poço e o som da água sendo despejada de um recipiente para outro. Com a ajuda de minha mãe, meu tio ia tirando baldes de água do poço e despejando em outro balde, que carregava escada acima e esvaziava no tambor sobre o telheiro. Tentou não me acordar e não me pediu ajuda porque queria me fazer uma surpresa quando eu levantasse. Ouvi seus passos jovens e fortes subindo a escada até o primeiro patamar, e depois sua voz gritando meu nome.

  Desci para o quintal e lá estava meu tio, ao lado da casinha da latrina, de cueca, umas cuecas brancas e toscas do mesmo tecido que as minhas e que as de meu pai e de meu avô, peludo e musculoso, o rosto e o pescoço muito morenos e o tronco muito branco, com uma bucha e um pedaço de sabão na mão, triunfante.

  — Anda logo, se apronta que vamos tomar um banho de chuveiro. Quantas vezes na vida você já tomou banho de chuveiro?

  — Eu? Nenhuma.

  — Então vai ser tua estreia.

  Fiquei de cueca, como ele, porque não tinha calção de banho e não sabia que podia entrar sem roupa. Minha mãe e minha avó olhavam para nós maravilhadas, assustadas, esfregando as mãos no avental, nervosas, examinando o interior do abrigo da latrina, que agora tinha no teto, saindo de um buraco que meu tio abrira no estuque e no forro de esteira, um cano de cobre arrematado com uma cabeça de chuveiro e, pendurado dele, um longo pedaço de arame terminado em gancho.

  — Ainda falta colocar a torneira — disse meu tio —, mas por enquanto a gente se vira puxando do arame.

  — Cuidado para não escorregar, cair e se machucar — disse minha avó, espiando temerosa no abrigo onde só havia a privada.

  — E se vocês se molharem e tiverem uma congestão? — disse minha mãe.

  — Até parece que vamos pular de cabeça no mar — respondeu meu tio, jovialmente, já posicionado embaixo do chuveiro e segurando a ponta do arame. — Pronto?

  Eu disse que estava, quase colado nele, no exíguo espaço do abrigo, e então meu tio fechou os olhos, puxou do arame e, como não aconteceu nada, tornou a abri-los. O mecanismo devia estar emperrado. Tornou a puxar, agora com mais força, e ficou com o gancho de arame na mão, mas aí a água começou a cair sobre nós, fria, em fios muito finos, como uma chuva desconcertante e gostosa, e meu tio chamou minha mãe e minha avó aos gritos e abriu a porta de ripas do abrigo para que pudessem ver a maravilha de ducha que caía sobre nós e escorria pelo chão. Recebíamos a água com a boca aberta e os olhos fechados, como uma chuva boa que pudesse ser controlada à vontade. Meu tio me fazia cócegas, esfregava seu áspero pedaço de sabão no meu rosto, me empurrava para receber sozinho todo o jato, e minha mãe e minha avó riam tão escandalosamente diante do espetáculo que logo chamaram a atenção das vizinhas nos quintais mais próximos.

— Por que tanta risada?
— São os vizinhos que instalaram um chuveiro.
— O chuveiro! — disse meu tio, aos gritos. — A grande invenção do século! No dia do meu casamento vou tomar um belo banho de chuveiro antes de me vestir de noivo...

Então, tão bruscamente como começara, aquela chuva suave e fria se interrompeu e meu tio e eu ficamos olhando um para o outro, o rosto e o cabelo ensaboados, os pés chapinhando na água suja, ao lado da privada, com uma ou duas gotas escassas, cor de ferrugem, pingando lentas do chuveiro.

Nunca mais voltamos a usá-lo. Era muito trabalho para pouca brincadeira: ir puxando, um a um, os baldes de água do poço, despejar a água em outro balde, subir com ele pela escada até o tambor. Ainda tentamos uma segunda vez, mas a ferrugem que se formara dentro do tambor tinha entupido os furos do chuveiro, que deixava sair apenas uns míseros fios de água avermelhada. No dia do casamento meu tio se lavou bem lavado na bacia, como costumava fazer, às mãozadas, no meio do quintal. Foi passar a lua de mel em Madri, e de início foi muito difícil me acostumar com sua ausência. Ele e a noiva nos mandaram um cartão-postal onde aparecia o lago de El Retiro. Eu pensava que El Retiro não era um parque, e sim o nome de um mar. A casa parecia mais silenciosa, mais sombria, sem os passos do meu tio retumbando nas escadas quando subia ou descia de dois em dois degraus, sem o ronco de sua moto nem o cheiro de graxa, gasolina e solda de sua roupa de trabalho. Quando voltou da viagem de núpcias me trouxe um livro com fotografias em preto e branco da superfície da lua e das missões Gemini e Apollo.

— Eu não entendo de livros — disse —, mas quando vi este na vitrine achei que você ia gostar.

Já parecia outra pessoa, voltando de uma viagem tão longa, afastando-se para uma vida adulta que para mim era tão estranha quanto a casa em que daí em diante viveria com a mulher, mas seu gesto de cumplicidade ao me dar o livro me fez lembrar com gratidão quando eu era muito mais novo e ele me comprava gibis, ou quando voltava para casa à noite, tirava a roupa no escuro, se enfiava na cama e me contava o filme que acabara de assistir no cinema.

3.

Acabo de me vestir — camisa, calça comprida, sandálias — e desço para o mundo deles, desde o andar mais alto da casa onde moro sozinho depois que o tio Pedro se casou. Passo pelo andar escuro dos quartos dos mais velhos, onde também ficam as grandes câmaras em que se guardam os grãos e se penduram para secar os presuntos e os grandes nacos de toucinho cobertos de sal depois da matança e se alinham os potes de barro com iguarias conservadas em azeite: fatias de lombo, costelas, fieiras de linguiças gordas e vermelhas. Desço até o térreo, onde acontece a vida diurna dos adultos e do trabalho, onde ficam a cozinha, o cômodo de inverno que chamam de escritório, o estábulo dos burros, o quintal com a parreira e a cisterna, com a casinha da latrina. No quintal também fica o poço do qual tiramos a água salobra que usamos para nos lavar, regar as plantas e dar de beber aos animais, e ao fundo de tudo as gaiolas dos coelhos e dos frangos, o estábulo menor em que ficam os porcos e alguns bezerros que meu pai cria. Nesse estábulo cheirando a esterco há um recanto de palha macia onde as galinhas botam seus ovos e às vezes se sentam para chocar com ares de importância. Antes do jantar me mandam ver se há ovos frescos, e eu vou até o estábulo no fundo do quintal e fico algum tempo imóvel, até meus olhos se acostumarem à penumbra. O bezerro muge, o porco grunhe e fuça em sua pocilga, um rato circula furtivo entre os montes de lenha de oliveira, e no canto, sobre a palha quente, uma galinha acaba de botar um ovo, um ovo de casca vermelha, grande, perfeito como uma elipse planetária. Quando o pego com todo cuidado entre os dedos e em seguida o protejo na palma da mão, o ovo está quente, tem uma temperatura ligeiramente superior à da minha pele, quase com um grau de febre.

— Onde você se meteu? — pergunta minha mãe. — Seu avô cansou de chamar.

— Devia estar na sacada, olhando o céu para ver esses estrangeiros que dizem que vão subir na lua — diz minha avó. — Agora que é de dia e a lua não aparece, como é que eles vão achar o caminho?

— Vão achar com os aparelhos que eles têm, oras — responde minha mãe, que presta muita atenção nos filmes e já viu alguns de astronautas. — É gente muito inteligente, muito preparada.

Minha mãe e minha avó costuram na cozinha, perto da porta entreaberta por onde entra um pouco do ar fresco do quintal. Uma defronte à outra, sentadas em duas cadeiras baixas, debruçadas sobre a costura que reflete a claridade de fora filtrada pelo dossel de ramos e folhas da parreira. Vistas a certa distância, parece que mãe e filha se inclinam uma para a outra numa conversa em voz baixa, cheia de cumplicidades e segredos. Quando não estão cozinhando, lavando ou fazendo as camas, elas têm as mãos sempre ocupadas: cerzem meias, consertam colarinhos de camisas, cortam pano de roupas muito gastas para lhes dar outro uso, aproveitando cada coisa até quase acabar. Assim medem, cortam, discutem sobre moldes, sobre pequenas estratégias para costurar a barra de uma calça para que não se note o puído, sobre uma camiseta muito velha que continuarão remendando para aproveitar como pano de chão, sobre a grande peça de fazenda branca que acabam de comprar e que ainda não decidiram se vão transformar num lençol bordado ou num estoque de cuecas humilhantes para os três homens que permanecem na casa, meu avô, meu pai e eu. Enquanto costuram, escutam no rádio novelas, anúncios e programas de conselhos sentimentais ou músicas que os ouvintes dedicam a alguém. Escutam uma série chamada *Simplesmente Maria* e seus olhos marejam nos momentos mais dramáticos e de maior pungência amorosa, mas passam sem transição do alheamento novelesco às preocupações de ordem prática, e sacodem a cabeça com os olhos fixos na costura como que afastando a fraqueza passageira que as levou a se afligirem com os infortúnios de gente que não existe. Escutam, quase no fim da tarde, quando o calor diminui porque o sol deixa de bater no quintal e os andorinhões iniciam seu voo cruzado e vertiginoso sobre os telhados, o consultório sentimental de uma mulher de voz severa e afirmações categóricas que diz chamar-se Elena Francis, em quem prestam mais atenção do que nos personagens das radionovelas, porque, ao contrário do que pensam deles, acreditam que Elena Francis realmente existe e dedica a vida a ler as cartas que recebe de mulheres aflitas, e todas as tardes coloca uns óculos desses de advogada ou de professora e lê respostas que sempre têm um misto de compreensão bondosa e ameaçadora severidade moral, com que as duas — minha mãe e minha avó — concordam plenamente.

— Quieta, que agora vêm os conselhos.

— Vamos ver o que ela responde para essa vadia que quer fugir com um homem casado.

— Nossa, vadia ela não é, parece que gostava mesmo do homem — minha mãe é mais complacente com as fraquezas amorosas, porque lhe lembram os filmes de que ela tanto gosta. — Ela não tem culpa, coitada, de ele não ter contado que já tinha outra família.

Todas as tardes, no rádio, a senhora Francis empreende uma inflexível cruzada moral, repreendendo sem contemplação — embora não sem certa clemência maternal — todas as desmioladas e indecisas que lhe escrevem, as mães solteiras, as grávidas de um homem com quem não são casadas, as que lhe confessam a tentação de ceder às insinuações de um vizinho ou de um colega de trabalho, as que lhe pedem conselho porque vivem sozinhas no interior, veem os anos passar e alimentam o sonho de ir morar na capital. As cartas, que são lidas por outra locutora, de voz macia, de forma desamparada e lamuriosa, costumam vir assinadas com pseudônimo — "Amapola", "Flor de Paixão", "Apaixonada", "Uma desesperada", "Uma sonhadora", "Aquário" — e terminam sempre com o encarecido pedido de uma resposta iluminadora da senhora Francis. *Sou uma garota feia. Nunca tive sorte no amor. Quando vou a uma festa sempre fico relegada ao último plano. E vejo agora com tristeza que o único ideal de minha vida, ser mãe, não passará de uma ilusão. Senhora Francis, acredita que ainda posso ter esperanças?* E a senhora Francis, depois de ouvir a carta, avaliando sombriamente o problema ao som de uma suave sinfonia coral, limpa a garganta, e na certa ajeita os óculos, porque sem dúvida usa óculos e tem o cabelo grisalho e é atraente, embora não seja jovem há muito tempo, e começa sempre dizendo, num tom que parece afetuoso mas é ameaçador: "Querida amiga", ou "Querida Amapola" ou "Minha querida Sonhadora" ou "Prezada Aquário". *A beleza física, ao contrário do que possa parecer, não é o dom que os homens mais apreciam em suas futuras esposas, nem a melhor garantia de um casamento duradouro e feliz...*

Ainda faltam algumas horas para o calor do dia começar a diminuir e se ouvir o piar dos andorinhões e a vinheta do programa da senhora Elena Francis. A nave Apollo está viajando há duas horas e vinte e um minutos. Exatamente na centésima segunda hora, o módulo lunar pousará na planície chamada Mar da Tranquilidade. Um mar sem água ouriçado por ondas minerais que de longe parecem levantadas por um vento inexistente. No rádio fala agora um enviado especial aos Estados Unidos que acompanhou o lançamento da Apollo 11 ao vivo.

Pouca gente sabe, queridos ouvintes, que junto com Armstrong, Aldrin e Collins viaja um quarto tripulante silencioso. Chama-se "Computador de Programa Fixo". Veio ao mundo fatalmente predestinado a desempenhar a função de navegador. É frio como o gelo, implacável, reto, contundente; mas também simples, direto, eficaz, perfeito. Nunca se nega a obedecer...

No ano 2000 os computadores e os robôs vão fazer todos os trabalhos cansativos ou mecânicos: guiar carros e aviões, limpar as casas, cultivar a terra. "Um dia as máquinas vão dominar o mundo", disse uma vez o tio Carlos com a segurança de entendido, pois afinal é dono de uma loja de eletrodomésticos. Falou também com certo sarcasmo, porque meu avô acabava de entrar em casa com a surpreendente notícia de que em alguns bares e cafés de Mágina iam instalar máquinas de vender cigarros e sacos de semente de girassol. Você colocava uma moeda numa fenda, como a de um cofrinho, apertava um botão, e o maço de cigarro escolhido aparecia na boca de um tubo. Minha mãe mal desvia os olhos da costura e continua absorta em sua tarefa, minha avó me mede de cima a baixo, com penetrante ironia, adivinhando minha moleza, perguntando-se risonhamente — e sabendo a resposta — por que eu passo tantas horas fechado no quarto, por que demorei tanto em dar sinal de vida e responder aos chamados de meu avô, que agora ouço estar ocupado no estábulo, talvez se preparando para tirar a jumenta que toda manhã e toda tarde ele monta para ir cuidar de suas tarefas no campo. Um dia as máquinas vão dominar o mundo e haverá carros voadores e viagens turísticas ao planeta Marte, mas por enquanto a diversão do meu avô é andar pelos caminhos montado em sua jumenta, animando seu trote com uma vara de oliveira, cantarolando baixinho coplas flamencas. Meu avô é tão alto e a jumenta tão pequena que quando ele a monta tem que esticar as pernas para a frente para não arrastar os pés no chão. Meu avô tira a jumenta para a rua, põe a albarda sobre seu lombo, prende bem a cilha, amarra o cabresto à grade de uma janela baixa, põe o pé na primeira barra da grade, levanta uma de suas pernas de gigante, passa-a por cima da jumenta e então se instala plenamente em cima dela com pose episcopal, a boina jogada para trás, como um rústico solidéu. Quando recebe seu peso enorme, a jumenta geme, parece reclamar, "como se fosse gente", dizem eles, sempre dispostos a atribuir traços de inteligência e afetos humanos aos animais. Meu avô, muito aprumado em cima dela, segura as rédeas, fustiga seus jarretes com sua vara de oliveira, e a jumenta começa a andar num trote arrastado e obediente, os cascos ressoando no empedrado da rua. Meu avô, quando vai para o campo montado em sua jumenta, pelas veredas abertas entre os olivais, dana a cantar coplas flamencas de antes da guerra, em que sempre aparecem mulheres perdidas e éguas brancas amarradas às janelas, feliz como um bom monarca. Dizem que quando era jovem tinha voz macia e melodiosa e que cantava com muita arte como Pepe Marchena e Miguel de Molina.

    Ele agora me olha, enquanto põe a albarda na burra, e me interroga com os olhos, perguntando-se por que em vez de estar no campo ajudando meu pai, agora que as aulas acabaram, continuo passando a maior parte das manhãs e das tardes em casa, feito um parasita, lendo livros, pálido como um doente, quando na minha idade os homens de outros tempos menos estragados pela abundância já ganhavam seu pão, em vez de ser uma carga inútil para os pais.

... Esse computador nunca se nega a obedecer — continua o locutor no rádio, sem que minha mãe ou minha avó prestem atenção nele. — Não fala. Não sente. Ele se expressa por meio de números que aparecem numa pequena tela...

Compreendo confusamente que perdi o estado de graça que durou toda minha infância, o doce privilégio de receber a atenção sem cobranças e a benevolência incondicional de todos os adultos, que nunca me exigiam nada e me faziam destinatário de todas suas histórias e de todos seus austeros e valiosos presentes: gibis, apontadores, estojos de lápis de cor, bolas de borracha, moedas de chocolate embrulhadas em papel dourado ou prateado, canudos de castanhas quentes, de amendoins recém-torrados que traziam de noite ao chegar da rua. O filho único por muito tempo, o único neto, o sobrinho preferido.

— Eu chamo, chamo e você não responde — diz meu avô muito sério, enquanto ergue a albarda com suas mãos possantes e a encaixa no lombo da jumenta, que cambaleia um pouco sobre suas patas finas e geme suavemente, com mansidão, com paciência. — Vai me dizer que hoje, de novo, você não vai ao campo?

— Meu pai me deixou ficar. Preciso estudar.

— Mas a escola não está fechada no verão? Que boa vida, esses professores...

— Estou estudando inglês e taquigrafia por correspondência.

Ao falar percebo o quanto minha resposta vem carregada de tola presunção: meu avô nunca ouviu essa palavra de que eu tanto gosto, "taquigrafia", e é provável que se tentasse repeti-la tropeçaria em suas sílabas. Talvez esse enviado especial da rádio Nacional que diz os nomes americanos com um sotaque esquisito tenha conseguido esse trabalho porque entende inglês e porque é capaz de anotar as declarações de astronautas e cientistas traçando urgentes sinais taquigráficos numa caderneta de repórter. Minha vaidade precoce, a arrogância íntima de já saber muitas coisas que eles, mesmo adultos, não sabem é neutralizada por sua indiferença, pela desconfiança e ironia camponesa por tudo que não seja tangível.

— Quer dizer que o negócio agora é estudar em casa, largado na cama?

Não digo nada. Não vale a pena: uma vez perdido é impossível recuperar o estado de graça, assim como é impossível recuperar a voz aguda da infância e o rosto liso sem espinhas nem buço e as pernas sem pelos e o risonho direito a não fazer nada enquanto todo mundo se entrega às duras obrigações do trabalho. Há apenas alguns anos meu avô me ergueria no ar com muitas festas e me sentaria sobre a jumenta e brincaria de tirar a boina e pedir que eu batesse em sua careca para eu ver que era oca como uma botija, ou mostraria a língua de surpresa por baixo do sorriso enorme de seus dentes postiços e apertados, a língua com o mesmo rosa claro de suas gengivas falsas. Agora olha para mim como se não me reconhecesse, percebendo indícios desalentadores ou alarmantes em quase tudo o que faço, na minha desajeitada estatura, que de um ano para outro já igualou a dele, na minha pouca disposição para o trabalho, que ele imagina agravada pela indulgência e falta de autoridade de meu pai.

— Você tem que ir na casa do Baltasar — diz gravemente. — Ele mandou avisar que quer você lá.

— Mas ele não estava morrendo?

— Esse aí nem raio mata — diz meu avô, ou melhor, murmura, sem se dirigir a mim, apertando a cilha da jumenta, que dá um suspiro queixoso. Depois muda de tom e me olha com uma expressão muito séria na boca grande e cerrada, em seus olhos claríssimos. — Diz que quer que você o ajude a fazer umas contas.

— Mas ele não tem um administrador?

— Diz que não confia nele — agora meu avô coloca o cabresto na jumenta, que inclina a cabeça, contrariada, e parece olhar para o dono com resignação e rancor. — Parece que um manchego veio lhe vender uns queijos, e como ele está meio tonto por causa dos comprimidos e das injeções, tem medo que se aproveitem dele e o roubem.

— Pois ganhava mais se, em vez de fazer tanta conta, pedisse perdão a Deus — minha avó agora está de pé, na soleira da porta que separa a cozinha do vestíbulo, com a costura nas mãos. Apareceu sem que meu avô nem eu notássemos, e estou tão pouco acostumado a ouvi-la falar sem ironia que há algo nela, em sua seriedade, no tom de sua voz, que não chego a reconhecer. — Está com o pé na cova e só sabe pensar em dinheiro. Mas já está recebendo seu castigo. Deus castiga sem pau nem pedra.

A casa do Baltasar, nosso vizinho da frente, foi a primeira em todo o bairro de San Lorenzo a ter televisão. Era um aparelho enorme, de tela abaulada, com duas antenas no alto que lhe davam certo ar de satélite artificial ou de capacete de marciano, com botões e rodas prateadas que metiam medo de tão complicados. Apertava-se um deles para ligar o aparelho, e diziam que era preciso esperar as válvulas esquentarem e desligar imediatamente se começava a trovejar, porque a antena do telhado podia atrair os raios. Famílias inteiras tinham sido carbonizadas por não tomarem esse cuidado, estátuas de cinzas reunidas em volta de um televisor que explodira pela força elétrica do raio atraído pela antena. Apertava-se o botão e parecia que alguma coisa ia acontecer, uma radiação nuclear fluindo do outro lado do vidro em milhares de pontos luminosos, e aos poucos essa névoa se dissipava e apareciam as imagens, a presença de um rosto próximo olhando para dentro da sala como se pudesse ver aqueles que o olhavam. Aparecia uma locutora, uma loira com maquiagem esquisita e um penteado que a tornavam muito diferente das mulheres da realidade, mas também das do cinema, como se pertencesse a uma terceira espécie com a qual ainda não estávamos familiarizados, a meio caminho entre a cotidianidade doméstica e a fantasmagoria. A locutora dizia "Boa tarde", e todos os que estavam reunidos diante ao televisor devolviam em uníssono, "Boa tarde", como se respondessem a uma jaculatória do Santo Rosário. A tela do televisor do Baltasar estava toda coberta por um papel celofane azulado.

— É para não estragar a vista — dizia a mulher dele, a Luisa, com ares de sabedoria. Era a única mulher da nossa praça, talvez do bairro inteiro, que passava creme no rosto e usava anéis e brincos dourados, e em vez de sobrancelhas de verdade tinha umas linhas pintadas sobre a pele esticada e lustrosa. — Se olharmos para a televisão sem esse filtro podemos ficar cegos.

De vez em quando, nós, os vizinhos da frente, éramos convidados pela mulher do Baltasar para ir ver televisão na casa deles. O aparelho ficava numa salinha, com uma janela que dava para a rua. Minha irmã e eu sentávamos no chão, perto do aparelho, fascinados, mas os mais velhos nos mandavam ficar mais longe, que o brilho da tela ia estragar nossa vista, que seríamos queimados vivos se ela de repente explodisse. Meu pai, sempre reservado, preferia não nos acompanhar. Ficava em casa escutando o rádio, ou se deitava cedo, porque sempre madrugava para ir ao mercado. Dizia que aquela invenção não tinha nenhum futuro: quem se contentaria com aquela tela ridícula, com suas imagens confusas em preto e branco, quando era tão linda a tela branca e esticadinha dos cinemas de verão, com suas cores vibrantes, o céu imenso dos filmes de faroeste, o mar esmeralda das aventuras de piratas, o vermelho das capas e o dourado dos capacetes dos centuriões dos filmes de romanos em tecnicolor. Mas minha mãe, minha irmã, meus avós e eu atravessávamos os poucos metros que nos separavam da casa do Baltasar como se fôssemos a uma festa ou a um espetáculo de mágica, ocupávamos nossos lugares e esperávamos que a televisão, depois de ligada, "esquentasse as válvulas". Quando as imagens já estavam bem nítidas, o Baltasar ordenava com sua voz grave e pastosa: "Apaguem a luz!", e a sobrinha aleijada que morava com eles — o Baltasar e a mulher não tiveram filhos — coxeava até a parede e girava o interruptor de porcelana branca, mergulhando a sala numa claridade azul, como que tingida dos mesmos tons azulados da tela, numa irrealidade acolhedora e submarina. Víamos filmes, víamos programas de perguntas e respostas, víamos programas de palhaços, víamos melodramas teatrais, víamos noticiários, víamos reclames, víamos transmissões da Santa Missa, víamos partidas de futebol e corridas de touros, víamos séries de espionagem ou de viagens espaciais ou de detetives que sempre falavam com um estranho sotaque vagamente sul-americano, mas que para nós era simplesmente o modo de falar dos personagens dos filmes e das séries e dos desenhos animados. Mas não importava o que estivéssemos vendo, os adultos nunca ficavam quietos: ou porque não entendiam um detalhe da trama e perguntavam em voz alta quem era não sei quem, ou quem tinha cometido um crime, ou quem era a mulher, ou o pai, ou o marido, ou o filho de um personagem; ou porque se indignavam com as maldades de um vilão, ou porque avisavam uma mocinha inocente do perigo que representava aquela sogra que parecia tão boa ou o pretendente bonitão e de bigodinho fino que na verdade queria assassiná-la e ficar com sua herança; ou porque um toureiro rematava um bom passe e batiam palmas e gritavam "olé" como se estivessem na arena e o toureiro pudesse ouvi-los; ou porque um centro-avante marcava um gol ou

um goleiro defendia saltando em diagonal para o canto mais afastado da rede; ou porque morriam de rir com as piadas mais grosseiras dos palhaços, ou choravam — as mulheres — escandalosamente se no final a noiva subia no altar com o homem dos seus sonhos, conseguindo escapar das maquinações da sogra falsa e malvada e do tipo sinistro de bigode fino, ou pior ainda, de cavanhaque. Devolviam o boa-tarde das locutoras e o boa-noite ao fim dos programas, e só quando aparecia o general Franco, com seu ar de velhote desamparado, seu terno mal cortado de funcionário público e sua voz aflautada, é que todos ficavam calados, muito sérios, como na missa, talvez com medo de que, se fizessem algum movimento impróprio ou não prestassem a devida atenção ou deixassem escapar algum comentário inoportuno, o Generalíssimo pudesse vê-los do outro lado da tela e imediatamente fizesse cair sobre eles a desgraça, enviada com um simples movimento clerical de sua mão trêmula. Olhavam a televisão e se sentiam olhados, vigiados, enfeitiçados por ela. Quando aparecia um daqueles conjuntos de música moderna de cabeludos, entregavam-se à indignação e os chamavam de maricas, principalmente o Baltasar, que como dono da televisão, da casa e da voz mais tonitruante, exercia seu privilégio gritando mais do que todos. Aqueles tremendos maricas de cabeleira comprida e camisas de florzinhas iam ser a ruína da Espanha. Logo se via que o Caudilho já não tinha a idade nem a força necessárias para pôr essa cambada na linha, para rapar a cabeça deles como faziam com as vermelhas depois da guerra e mandá-los quebrar pedra no Valle de los Caídos. E quando aparecia uma locutora bonita, de cabelo loiro e liso, ou uma cantora de saia muito curta, o Baltasar disparava cantadas vulgares com sua voz grave e pastosa, "ô gostosa, estou vendo a tua calcinha, vem aqui para eu dar um trato nessas carnes".
Minha mãe, minha avó e meu avô não diziam nada, convidados constrangidos com uma grosseria do anfitrião que não podem

reprovar em voz alta. A mulher e a sobrinha o repreendiam, mas ele dava risada, escarrapachado e transbordando a poltrona de vime onde se sentava para assistir televisão ou para tomar a fresca da noite, com o rosto e a grande papada vermelha tremendo com as gargalhadas, os olhos muito pequenos, entrecerrados, brilhando sob as pálpebras gordas e sem cílios.

— Mas, Baltasar, que é que a moça vai pensar, ouvindo você dizer essas coisas.

— Ela não me ouve, sua tonta.

— E como você sabe se ela nos ouve ou não?

— Como é que vai ouvir, se não está aqui?

— A gente também não está onde ela está, mas ela olha para cá e fala com a gente, e a gente ouve o que ela diz.

— Porque ela tem um microfone. Por acaso nós aqui temos microfone?

— O que é um microfone, tio?

— Por que será que vocês abrem a boca, se não sabem coisa nenhuma?

Ficávamos até o último programa, minha irmã às vezes dormia deitada sobre as minhas pernas, quase todos os adultos roncando, de boca aberta, menos a sobrinha coxa, minha mãe e eu, que não cansávamos de ver filmes nem conseguíamos desgrudar os olhos da tela, do brilho azul que ela irradiava através do celofane transparente que a cobria e enchia a sala de uma penumbra aquática. No final aparecia um padre de batina preta rezando um pai-nosso, e depois a bandeira da Espanha ondulando com uma águia preta no meio e a fotografia do general Franco, com seu uniforme militar, e de repente a tela escurecia, e depois aparecia como uma tremulação de flocos de neve ou de pontos luminosos que também nos fascinava. Ficávamos com uma sensação estranha, de fraude ou angústia, como se não pudéssemos aceitar que o mundo que durante horas havia retido nossos olhos e nossa atenção não tivesse mais nada a nos oferecer. Os adultos acordavam, o Baltasar bocejava abrindo as duas ranhuras de seus olhinhos e às vezes virava de lado e soltava um peido estrondoso, pois afinal de contas ele era o dono da casa, da televisão e da poltrona de vime, além de vários milhares de oliveiras e não se sabia quantos milhares de pesetas guardados no banco, e nos seus domínios podia fazer o que bem entendesse. Nós, os convidados menos prósperos que assistíamos à sua televisão de favor, ficávamos calados, fazendo de conta que não tínhamos ouvido nada nem sentido cheiro nenhum. Desligavam o aparelho, e a tela coberta com papel azulado soltava um leve chiado de eletricidade estática. Era preciso desligar a televisão, claro, mas também o transformador com sua luzinha vermelha, e até tirar o plugue da tomada, não fosse que o raio tão temido resolvesse cair e uma faísca provocasse um incêndio. Dávamos boa-noite, saíamos para a realidade conhecida da nossa praça, para a penumbra mal iluminada pela luminária da esquina, dávamos uns passos e já estávamos em casa. Eu notava então que o batedor da nossa porta era de ferro e não de bronze dourado nem de ouro maciço, como parecia ser o da casa do Baltasar, e que o chão do nosso vestíbulo, em vez de lajotas reluzentes, era coberto de pedras, e que as paredes da nossa entrada não tinham um rodapé de azulejos, e logo se sentia o cheiro do fogo de lenha, do borralho, do estrume dos animais no estábulo. Eu observava esses detalhes com olhos atentos, mas não sentia amargura, nem queria trocar minha casa pela do Baltasar, embora invejasse sua televisão: o que me intrigava era a docilidade e o silêncio dos meus avós quando entravam naquela casa; e quando voltávamos para a nossa espionava sonolento suas conversas. Ouvia suas vozes cautelosas enquanto seus passos subiam as escadas rumo aos quartos.

— Que vergonha! Eu é que não volto a entrar naquela casa.

— Mas mulher, se eles nos convidam, é desfeita não ir.

— Desfeita é a deles, que só falta cuspirem na gente. E a grande senhora, toda metida, "pena vocês ainda não poderem comprar uma televisão, do jeito que gostam".

— Eles têm dinheiro, nós não.

— Eles têm dinheiro porque roubaram dos outros.

— Lá vem você de novo.

— Diz para ele devolver tudo o que tirou de você. Tudo o que me fez falta para dar de comer aos nossos filhos.

— Em compensação, nós tivemos filhos, e eles não. Isso não é desgraça?

— Deus castiga. Pode demorar ou parecer que não está vendo, mas Deus acaba dando a cada um seu merecido.

4.

Depois do sol das cinco da tarde na praça e do ar abafado, carregado do cheiro úmido da seiva dos álamos, o vestíbulo da casa do Baltasar, quando empurro a porta entreaberta, é um poço fresco de sombra: como o poço do nosso quintal quando me debruço sobre ele e olho o brilho líquido do fundo e sinto no rosto a penumbra fresca onde soa tão nítida e intensamente o choque do balde de estanho contra a água ao afundar e depois a água que se derrama dele quando vem subindo na corda. A certa hora, nas noites de lua cheia, a lua aparece exatamente duplicada no fundo do poço, no centro de um negror úmido mais denso que o do céu. Talvez seja assim que os astronautas agora estejam vendo a Terra pelas janelas da Apollo 11, redondas como a boca do poço e como o espelho móvel da água no fundo. A Terra azulada, afastando-se, parcialmente envolta em remoinhos de nuvens, meio oculta pela noite que cobre um gomo de sua esfera, brilhando de sol em seu hemisfério diurno, girando devagar, enquanto nosso vizinho Baltasar agoniza, tão lentamente quanto ela, deitado em sua grande poltrona de vime, os olhos semicerrados e a boca entreaberta, num quarto cheirando a suor velho, a encanamento e a fezes, em que as cortinas fechadas só deixam entrar um risco fino da claridade ofuscante de julho. Na superfície da lua a radiação solar não filtrada por nenhuma atmosfera eleva a temperatura a cento e dezenove graus: nas zonas de sombra, o frio chega a duzentos e trinta graus abaixo de zero.

Não bati na porta, porque na nossa praça as portas só são fechadas ao anoitecer, e no verão muito mais tarde, quando se desmancham os grupos de vizinhos que tiram as cadeiras para a fresca da rua e batem papo fugindo do calor dos quartos fechados, depois que acaba a última sessão do cinema de verão e o bairro fica deserto e em silêncio. Empurrei a porta, que é mais pesada do que a nossa e tem uma sonoridade mais rica ao se abrir, e de início parece que ninguém nota minha chegada. Também as batidas do relógio de parede soam mais profundas que as do nosso. Faltam dezoito minutos para a ignição da terceira fase do foguete Saturno. Quando os motores de cada uma das fases e os depósitos de combustível que os alimentam cumprem sua tarefa, elas se desprendem da nave principal e ficam flutuando como satélites de sucata. Enquanto minhas pupilas se acostumam à penumbra, fico postado no vestíbulo, esperando alguém aparecer, com medo que de repente me vejam e me confundam com um intruso. Mas a trajetória da nave não a leva em linha reta para um objetivo imóvel, e sim para o ponto da órbita terrestre em que a lua estará no próximo sábado à tarde, segundo o cálculo infalível dos computadores.

    Meus olhos começam a distinguir os contornos das coisas ao mesmo tempo que alguns sons se tornam mais claros no pesado silêncio e alguns cheiros familiares e outros estranhos chegam ao meu olfato. Sobre os cheiros conhecidos de casa opulenta e de amplos espaços — couro, cobre polido, roupa lavada em grandes armários, trigo nas câmaras, azeite nas vasilhas do porão — prevalece agora, infectando o ar, um cheiro de remédio e de algo que lembra um princípio adiantado de putrefação.

Nunca senti o cheiro da morte humana nem o suor de medo na roupa usada de um doente. Conheço o fedor dos animais mortos há vários dias e o do esterco, da água parada, das batatas que apodreceram dentro de um saco e sujam os dedos com uma substância mole e quase líquida como carne em decomposição. Mas ainda não morreu nenhuma pessoa querida. Nunca ouvi uma respiração agonizante. Quando meu pai ouve badaladas fúnebres ou vê passar um cortejo, faz sempre a mesma piada: "Pelo jeito, esse aí era de uma família de mortos". Agora, no grande vestíbulo ladrilhado, conforme vou distinguindo as gravuras que enfeitam as paredes, a madeira lustrosa dos móveis, também ouço e cheiro, ouço um rumor distante de passos, de vozes sussurradas, uma respiração que lembra o som desses foles de couro áspero com que se aviva um fogo claudicante. A praça ensolarada e ardente ficou muito longe, embora continue ali, a poucos passos. Os sons da rua agora chegam fracos como se as sombras em que penetrei fossem um forro acolchoado envolvendo as coisas. Por isso me sobressalta a voz próxima de alguém que se chegou sem eu perceber.

— Meu tio está te esperando. Por que demorou tanto? Não sabe como ele está mal?

A sobrinha nanica e aleijada enxuga as mãos vermelhas no avental, ou só as esfrega num gesto nervoso. Tem a cara grande, de uma cor puxando a azeitona, o cabelo crespo e muito escuro, as pernas e os braços muito magros, os joelhos salientes e tortos. Meu avô diz que é fiel como um cão aos tios porque a salvaram da miséria quando os pais dela morreram de fome ou de doença no final da guerra e seu destino era o orfanato e uma morte precoce e certa, por causa de sua saúde fraca. Segundo minha avó, o Baltasar e a mulher ficaram com ela para terem uma empregada sem salário, ou uma escrava. Quando eu era muito pequeno e a sobrinha vinha me abraçar e me beijar, eu desatava a chorar apavorado e corria a me refugiar nas saias de minha mãe. Não por ela ser feia e deformada, mas porque era inexplicável a meus olhos simples de criança: enrugada e adulta e ao mesmo tempo de estatura infantil, a cabeça enorme e o corpo franzino, a corcunda nas costas, as pálpebras vermelhas e sem cílios.

— Você cada dia mais alto — diz, com um meio sorriso no rosto triste. — Você cada dia mais alto, e eu cada dia mais nanica.

Levanta a cabeça para me olhar e ainda vê a criança que eu era até pouco tempo atrás. Segue à minha frente, mancando, arrastando umas alpercatas velhas, vestindo um avental puído, esburacado, que revela todas as penúrias e fadigas do trabalho doméstico, como as mãos vermelhas de tanto esfregar roupas e os joelhos roxos de tanto esfregar chãos. A mulher do Baltasar vive dizendo que não têm por que comprarem uma máquina de lavar se a sobrinha deixa a roupa mais impecável que qualquer uma dessas que anunciam na televisão. "Se eu tiro dela a distração de lavar à mão no tanque do quintal, ainda lhe dou um desgosto." Caminho atrás dela por um corredor que sei onde vai dar: na sala em que tantas vezes nos sentamos para ver televisão. A sobrinha pesa tão pouco que seus passos nem ressoam contra as lajotas, ouve-se apenas o atrito de suas alpargatas velhas. A pegada de cada passo que os astronautas derem na lua permanecerá intocada por milhões de anos. Na lua não há vento nem chuva, nem um núcleo de metais incandescentes como o que ferve no centro da Terra. A lua é um satélite morto, uma ilha deserta de rochas e poeira no meio do espaço.

Agora o ar fica mais quente e mais denso, mais profundo o cheiro a fechado. Na sala onde está o Baltasar, de costas para o grande televisor desligado, sente-se um cheiro de privada e de estábulo, de urina fermentada: e também de azeite e de queijo. Se os astronautas vomitarem enjoados pela falta de peso, seu vômito ficará pairando no ar. Se não controlarem as náuseas quando estiverem de capacete, correrão o risco de sufocar com o próprio vômito. Há uma pilha de grandes queijos em cima da mesa, sobre um pano branco. Um homem gordo, corado, de camisão preto, está pesando um queijo numa balança, diante da cadeira de vime que de início parece vazia. Outro homem, um pouco mais ao fundo, está recolhendo um estetoscópio, um termômetro, instrumentos prateados de médico, e guardando numa maleta. Quando entro, os dois me olham com uma curiosidade distante, como se a sala fosse muito maior e a muito custo pudessem distinguir minha presença.

— Tio — diz a sobrinha, em voz baixa, aproximando o rosto da cadeira de vime —, ele chegou.

Mas aquele homem não parece o Baltasar: ainda não morreu e já virou um desconhecido, nos poucos dias que se passaram desde a última vez que o vi. Sofreu uma metamorfose como as dos seres monstruosos dos filmes, como o homem que vira Lobisomem na frente do espelho ou a Múmia poeirenta que se desmancha num sarcófago. Seu rosto é largo e grande, como sempre, mas agora parece um odre velho e vazio. Em vez da cor acobreada da pele, queimada por muitos anos de sol e arroxeada pelo vinho e pelas comilanças, vejo agora uma substância amarelada e cinzenta, da cor das bexigas de porco que as crianças enchem como bolas de borracha depois das matanças. Seu corpo inteiro está mirrado, encolheu e ao mesmo tempo se desconjuntou, e já quase não extravasa os braços e o encosto da cadeira de vime que antes rangia sob seu peso enorme. As mãos estão irreconhecíveis: mais pálidas que o rosto, os ossos aparecendo sob a pele e as unhas enormes. Uma das mãos se move frouxamente no ar em minha direção. Eu me aproximo do cheiro, da respiração, do suor velho, do hálito podre.

— É melhor o senhor não falar nem se irritar — diz a voz do médico, ao fundo, numa zona onde as sombras são mais densas. — Deve poupar as energias que lhe restam.

Mas não parece falar com o Baltasar, nem com a sobrinha que se retirou em silêncio, muito menos com o homem de camisão preto que segura uma balança, feito essas estátuas da Justiça. O médico apenas enuncia seu conselho no tom de quem sabe que não será obedecido, nem sequer escutado, como se formulasse um princípio que não precisa ser dirigido a ninguém. Agora o médico observa a cena de fora, de braços cruzados, com uma atitude de indulgência que também me inclui. Tem o cabelo grisalho, muito colado às têmporas, e veste um terno claro e gravata-borboleta. Pertence a outro mundo, não à nossa praça, nem à nossa vizinhança. Nem mesmo o calor parece afetá-lo. Tem um lenço branco no bolso de cima do paletó e cheira levemente a loção ou a água-de-colônia.

— Estão querendo me enganar — diz Baltasar, mal afastando os lábios, com os olhos quase fechados, e o movimento de sua mão vai além do homem do blusão e do médico. — Mortos ao chão, vivos ao pão. Acham que estou morrendo e vêm me roubar tudo.

Respira com mais dificuldade, esgotado pelo esforço de falar, e a mão que mantinha levantada cai em seu regaço como um grande pássaro morto. Fecha os olhos, e quando volta a entreabri-los as pupilas úmidas fixam-se em mim, reconhecendo-me.

— Mas este aqui vocês não enganam — torce a boca numa intenção de sarcasmo. — Este aqui entende mais de números do que todos vocês juntos.

O plural e o olhar sem direção exata do Baltasar parecem aludir a uma congregação de fantasmas, e não às duas pessoas que estavam ao lado dele quando entrei. Sua boca é grande, com dentes enormes que se entremostram quando os lábios formam as palavras, muito devagar, soltando seu hálito doente. São como os dentes cruéis dos burros quando arreganham os beiços porque estão no cio ou prestes a morder. Nos últimos meses, o Baltasar já me chamou várias vezes para conferir as contas dos fornecedores ou dos parceiros, e até as que a sobrinha ou a mulher trazem da loja. Tem medo de ser enganado, surrupiado, que se aproveitem da sua vista cansada e da sonolência provocada pelos comprimidos, pelas injeções de morfina que aliviam a dentada do câncer que o devora e lhe permitem dormir um pouco à noite. Quem teme, algo deve, diz minha avó, e minha mãe olha para ela como que assustada por sua falta de compaixão por um homem que está morrendo.

Agora a respiração vai se transformando num mugido abafado. O suor brilha na testa do Baltasar, como que amolecida num líquido quente, empapa seu cabelo ralo. Uma gosma branca se acumula nos cantos de sua boca. O coração pode continuar batendo durante vários dias dentro de um cadáver, dizia um médico no rádio hoje de manhã, num programa sobre transplantes. A CIÊNCIA ESPANHOLA SURPREENDE O MUNDO: O DOUTOR BARNARD E UM PADRE DOMINICANO, FELIZ BENEFICIÁRIO DE UM TRANSPLANTE DE CORAÇÃO, PARTICIPAM EM MADRI DE UM CONGRESSO INTERNACIONAL PRESIDIDO PELO MARQUÊS DE VILLAVERDE. Fico imaginando como será ouvir o coração do Baltasar com o estetoscópio que continua nas mãos do médico. *Onde Deus colocou o sopro da vida?*, perguntava pomposamente o locutor, que falava como um padre. *No coração ou no cérebro? Por onde começamos a morrer?* E minha avó disse para a minha mãe: "Ai, filha, desliga o rádio que não quero ouvir essas coisas tristes".

— Agora vou lhe dar uma injeção — diz o médico.

O outro homem deixa a balança sobre a mesa e olha para o Baltasar, com o ar embaraçado de quem deve sair e não sabe como fazer, como se livrar de uma situação que vai se tornando pegajosa, assim como o suor no rosto desse homem que está agonizando na sesta tórrida de julho.

— Nada de injeções enquanto não fecharmos estas contas — a voz do Baltasar recuperou parte de sua rispidez autoritária, e seus olhos, de novo abertos, minúsculos entre a carne avermelhada das pálpebras, viraram-se com reprovação na direção do médico, para o lugar distante de onde vem sua voz. — O que esse aí quer é ficar com o que é meu.

— Como se eu fosse um ladrão, Baltasar — diz o homem de camisão preto. — Como se o senhor não me conhecesse.

— O dinheiro não conhece ninguém — diz a voz lúgubre, com o ar escasso silvando nos brônquios lodosos. — Contas são contas.

O dedo indicador, a unha encurvada, apontam para a mesa, onde há um caderno de folhas quadriculadas e um toco de lápis.

— Confere você. Conta bem os queijos, e que ele volte a pesar todos eles na tua frente — ordena-me o Baltasar. — Este aqui entende muito de números — agora parece dirigir-se vagamente ao médico. — Não é como o avô.

— Mas Baltasar, os queijos já foram pesados, e o senhor mesmo vigiou a balança — o manchego, impaciente, sufocado pelo calor e o fedor na sala fechada, enxuga a testa com a fralda do camisão preto. Homens como ele passam com muita frequência pelas ruas de Mágina, vindos do norte, do outro lado da Serra Morena. Carregam ao ombro sacolas de lona branca cheias dos queijos que vêm vender, e trazem também balanças ou romanas para pesá-los.

— Pese logo esses queijos, caralho — o Baltasar se endireita e por um momento volta a ter aquele seu vozeirão grosseiro que a doença foi minando nos últimos meses: a autoridade brutal de quem não tolera a desobediência nem a demora, de quem nem sequer as concebe.

53

O homem coloca, um por um, os queijos num dos pratos da balança e vai acrescentando ou tirando pesos de ferro no outro até os dois se equilibrarem: eu devo comprovar a exatidão da operação, conferir os números canhestramente escritos com um toco de lápis na caderneta surrada, nas folhas escurecidas pelas mãos suadas do vendedor ambulante, e refazer cada uma de suas somas e multiplicações. Escuto às minhas costas o resfolegar pedregoso do Baltasar, sombrio como se brotasse do fundo de uma cova, a ânsia com que aspira o ar quente que atravessa com tanta dificuldade as cavernas arruinadas de seus pulmões e seus brônquios, onde neste mesmo instante as células do câncer continuam a proliferar. Remexe-se na cadeira de vime querendo erguer o corpo para ver de perto as lentas operações de pesagem e registro do preço da mercadoria, tentando se certificar de que a balança não está sendo manipulada e de que vai obter a compensação exata por seu dinheiro. O médico observa, e quando seus olhos se encontram com os meus sorri ligeiramente e encolhe os ombros. O manchego, vermelho de calor e talvez de raiva, transpira, com um cheiro que se confunde com o da casca úmida de seus queijos, e olha de soslaio para o Baltasar, que agora, esgotado pelo esforço excessivo, largou-se de volta no encosto da cadeira e tem a boca aberta e os olhos semicerrados, a papada balançando como um odre velho e vazio das suas queixadas de morto. Mas continua respirando, agora quase inaudivelmente, e a mão abatida no regaço torna a se erguer em minha direção com um gesto imperioso, ordenando que eu me aproxime, que lhe mostre as contas do caderno. É tão forte seu cheiro de podre, de suor, de fezes, de urina de velho, que preciso segurar o fôlego para não vomitar. O médico mede o pulso do Baltasar e faz um sinal, ao manchego e a mim, para sairmos da sala. Encheu uma seringa com um líquido incolor e tateia com a ponta dos dedos o rastro de uma veia violácea no braço pálido do moribundo, agora tão magro quanto as pernas da sua sobrinha aleijada. O corpo quase morto e o coração ainda batendo, o cérebro fervendo de maquinações e suspeitas. *O transplante de cérebro é uma possibilidade que vem sendo objeto de impressionantes experiências com animais*, diz uma notícia que recortei do jornal na casa da tia Lola. *Cientistas soviéticos conseguiram realizar enxertos de cabeça de cães. Um cérebro de macaco ligado a um sistema de irrigação sanguínea permaneceu vivo por duas semanas.*

— Vem para o jardim — diz a sobrinha. — Fiz uma limonada.
— É que eu preciso ir embora.
— Fica quieto e vem comigo.

De frente, o rosto da sobrinha é atravessado de pequenas rugas e seus olhos aquosos têm em volta um círculo de carne flácida e pele avermelhada. Vista de costas parece uma menina estranha e um pouco monstruosa, sem pescoço, com a cabeça muito grande, com um andar saltitante, por causa da coxeadura, que tem um quê de brincadeira infantil. Sigo atrás dela por um corredor escuro que acaba numa cortina de contas, atrás da qual a luz violenta da tarde é filtrada pelas folhas da parreira e pelas da glicínia que sobe pelas paredes e se enrosca na armação de ferro de uma pérgula. Os cachos da glicínia são de flores arroxeadas; os da parreira ainda não começaram a amadurecer. Há vasos com jasmins e aspidistras de grandes folhas de um verde-escuro brilhante. Na casa do Baltasar, até as plantas têm um ar de prosperidade que falta às da minha. Entre as folhas da parreira zumbem vespas, e um pouco mais ao fundo ouve-se um rumor de pombas ou de rolinhas, de água jorrando de um repuxo.

O médico está lavando as mãos numa bacia e em seguida as enxuga com um pano que a sobrinha lhe entrega com respeito.

Umedece o pano na água e o passa pelo pescoço e pela testa, e quando a sobrinha volta trazendo uma bandeja com dois copos de limonada — balança tanto que parece a ponto de derrubá-la — o médico a ajuda a colocá-la sobre a mesa de mármore. Ergue seu copo em minha direção, num vago gesto de brinde.

— Quer dizer que você é bom aluno.

— Bom não, ótimo — diz a sobrinha. — Quer ser astronauta.

O médico me olha com ironia e curiosidade, e eu percebo que coro: primeiro o calor no rosto, depois na testa, no pescoço, e a coceira no couro cabeludo.

— É verdade?

— Se eu pudesse...

Falo de cabeça baixa, sem olhá-lo nos olhos.

— Seu pai é agricultor?

— Sim, senhor. Hortelão.

— Neil Armstrong cresceu numa chácara, num povoado muito menor que Mágina...

— Watanaka, num estado chamado Ohio.

— Eu não disse que ele é muito inteligente? — intervém a sobrinha, que já parecia de saída.

— O pai de um grande amigo meu também era hortelão. Mas, assim como você, queria ser outra coisa.

— Ele morava aqui perto? — ouso perguntar.

Agora o sorriso e a atitude tranquila do médico me inspiram confiança, embora eu tenha perfeita consciência de que ele pertence a um mundo e a uma classe a anos-luz dos meus: o terno, a gravata-borboleta, a autoridade inapelável e um tanto distante dos que exercem essa profissão, que me parecem onipotentes e ricos, como toda essa gente que vive em casas com placas douradas ao lado da porta, na rua Nueva: cirurgiões, advogados, engenheiros, tabeliães, diante dos quais aprendi a sentir um misto de medo e reverência, depois de notá-las nas conversas dos meus parentes mais velhos. Vão ao tabelião sempre com terno escuro de enterro e parece que antes mesmo de saírem de casa já vão ficando pálidos.

— Morava bem em frente desta casa — diz o médico. — Na da esquina.

— Agora é um cego que mora aí.

— Você o conhece?

— Não fala com ninguém da praça. Meus amigos e eu tínhamos muito medo dele quando éramos pequenos. Já ouvi a história do hortelão da casa da esquina, que foi morto no final da guerra, mas não digo nada. Em casa sempre dizem que não se deve falar demais, que quem fala paga, e quem se destaca também.

— Onde você estuda?

— No colégio salesiano.

— Grande erro. As batinas e o conhecimento racional são incompatíveis. E por que não vai ao colégio público?

— Eu queria ir, mas disseram para o meu pai que os padres ensinam melhor.

— Claro que ensinam: a transubstanciação da carne e do sangue de Cristo. A Imaculada Conceição da Virgem Maria — o médico joga o corpo para trás numa gargalhada. — O mistério da Santíssima Trindade. Grandes verdades da ciência. E o *Cara al sol*,* claro. Saia de lá o quanto antes. Ou melhor: não volte nunca mais. Podem estragar seu cérebro irreversivelmente. Veja o que fizeram com o país. O que você gosta de estudar?

* Hino do Partido Falangista, composto em 1935 por membros de sua cúpula. Durante a ditadura de Franco foi alçado à categoria de hino espanhol extraoficial. Seus versos finais são uma súmula dos lemas fascistas: ¡*España una!*/ ¡*España grande!*/ ¡*España libre!*/ ¡*Arriba España!* (N. T.)

Não fale, penso, e me lembro de uma expressão que costumo ouvir do meu pai e do meu avô: o médico é um homem de ideias. Um desses que têm a língua solta e que, por razões que não chego a entender e que se parecem com a fatalidade da desgraça, acabam na prisão ou num lugar pior ainda, nos muros do cemitério que fica nas abas de Mágina, um pouco depois do meu colégio. Na parede branca vi descascados e buracos que segundo meu pai são impactos de balas. Raspando a cal poderiam se achar respingos de sangue seco.

— Gosto muito de história e de ciências naturais.
— E de astronomia?
— Sim, senhor.
— Você deve ter visto o lançamento da Apollo 11 hoje, na hora do almoço. Sabe quem é Wernher von Braun?
— Sim, senhor. O engenheiro do foguete Saturno.
— Uma grande invenção. E sabe o que ele inventou antes disso? Parece que todo mundo já se esqueceu. As V-1 e as V-2. As bombas-foguete que os nazistas lançavam contra Londres no final da guerra. Milhares e milhares de mortos. Queimados, destroçados pelas explosões, esmagados pelos edifícios que desabavam. A arma secreta de Hitler, fruto do talento do engenheiro Von Braun. Um nazista. Um coronel das SS. Um criminoso de guerra. Fabricavam as V-1 e as V-2 em grutas escavadas embaixo das montanhas. Escavadas por trabalhadores escravos que morriam aos milhares, de fome e de exaustão, açoitados pelos chicotes dos amigos e colegas do coronel Von Braun. E em vez de estar na prisão, ou de ter sido enforcado como merecia, é agora um herói do mundo livre. Um pioneiro do espaço. Por isso não acredite quando disserem que os nazistas perderam a guerra. Um deles está prestes a conquistar a lua...

O médico termina sua limonada, limpa a boca com um lenço branco que em seguida dobra e torna a enfiar no bolso de cima do paletó claro. Abre a maleta, talvez para se certificar de que não esqueceu nada, e torna a fechá-la com um golpe enérgico.

— Coitado — diz, apontando vagamente para o interior da casa. — Resiste tanto à morte, que a agonia é muito mais dolorosa. Era muito forte, e o câncer demora muito para acabar com ele.

— Quanto tempo de vida ainda lhe resta?

— Não é vida o que lhe resta — o médico encolhe os ombros, já de pé, com a maleta de couro preto e gasto embaixo do braço. — É pura resistência orgânica. Quantos anos você tem?

— Treze. Treze anos e meio.

— O câncer desse homem cresce mais depressa do que você.

Quando já havia afastado a sonora cortina de contas, o médico ainda se virou para mim, com sua expressão conspirativa de curiosidade e ironia.

— Fuja dos padres o quanto antes. Ainda é tempo. O cérebro humano é um órgão precioso demais para ser arruinado com rezas e superstições eclesiásticas.

Enfim desaparece do outro lado da cortina, e eu tenho a impressão de ouvir, misturada com o barulho das contas, a voz dele tornando a rosnar contra Wernher von Braun, a voz de um homem habituado a tirar a limpo suas diferenças com o mundo sempre a sós:

— Herói do espaço? Criminoso de guerra...

5.

Tudo mudou sem que eu percebesse, sem nenhuma aparente mudança exterior. Sinto que sou o mesmo, mas não me reconheço por completo quando me olho no espelho ou quando observo as modificações e excrescências do meu corpo, que me assustaram quando comecei a notar alguns de seus sinais. O pelo crespo nascendo por toda parte, como numa regressão ao estado simiesco, nas axilas, nas pernas, no púbis, sobre o lábio superior, a aspereza dos cravos no rosto, a supuração das espinhas e o forte cheiro que eu mesmo sentia como a densa presença de um outro quando voltava ao meu quarto ou ao banheiro depois de uma breve ausência, as manchas amareladas que todas as manhãs apareciam misteriosamente nos meus lençóis, a sensação de umidade e a substância pegajosa que lambuzava meus dedos e que, embora eu não soubesse o que era, me enchia de vergonha. De vergonha e de medo, porque de repente eu temia ter pegado uma doença obscuramente ligada ao pecado contra a pureza, pecado sobre o qual os padres tanto nos alertavam, embora eu não fizesse a menor ideia do que aquilo pudesse ser. Antes morrer mil vezes que pecar, reza o hino do colégio salesiano com as palavras de são Domingo Sávio, que de fato morreu numa idade muito próxima da que tenho agora, e que nos olha com seus olhos arregalados de febre, e o rosto pálido, e o sorriso de morto nos retratos de todas as salas de aula. Vejo uma sombra crescendo sobre meu lábio superior, e também entre as sobrancelhas, que estão ficando mais pretas, escurecendo um olhar que parece ter recuado até o fundo. Meu nariz está aumentando, como no início de uma transformação monstruosa que não sei no que vai dar, meu rosto redondo e liso se cobriu de caroços de ponta branca que ao estourar espirram uma substância repugnante, não muito diferente da que me mancha as cuecas de manhã, mas sem aquele cheiro penetrante. Com a mesma desproporção com que meu nariz cresceu, meus braços e minhas pernas espicharam, pernas e braços peludos de antropoide que regride na escala evolutiva, e de repente os calções do verão passado ficaram ridículos em mim, e minha mãe e minha avó deram risada quando os provei no início do novo verão. "Parece um estrangeiro, desses que vêm fazer turismo", disse minha avó, "só falta a máquina fotográfica." Com aquelas pernas peludas e magras reveladas pelo calção, minha inépcia nas aulas de educação física era mais humilhante. Eu nunca tinha assistido a uma aula de educação física. Minha escola primária não tinha quadra, e ninguém usava roupa de esporte para jogar bola nos campinhos de terra batida. Para a primeira aula de educação física depois da minha mudança para o colégio dos salesianos, mandaram eu levar um calção de esporte, e como em casa ninguém sabia exatamente de que se tratava, acabei indo com um calção de banho enorme, de adulto, que tinha pertencido ao tio Carlos, a única pessoa da família com alguma experiência de praia e de piscina. Saí do vestiário com uma camiseta de alças, o calção de plástico comprido até os joelhos e meias três-quartos xadrez. Assim, antes de alegrar o dia de meu professor e meus novos colegas mostrando-lhes o fato insólito de que eu não sabia dar cambalhota, dei a todos eles a chance de morrer de rir vendo-me naquela indumentária esportiva. Nas escolas gratuitas que nós, filhos de lavradores, vendeiros e sitiantes, frequentávamos, ninguém sabia que para fazer ginástica era preciso calçar tênis especiais e meiões de lã branca, e como ninguém nunca tinha estado na praia nem tomado banho de piscina, também não tinha uma ideia clara do que pudesse ser um calção de banho. De repente eu estava sozinho entre desconhecidos hostis, não porque nenhum daqueles alunos do novo colégio viesse do meu bairro, mas porque todos, salvo algum bolsista amedrontado tão inseguro quanto eu, eram de famílias com as quais a minha nunca se relacionara. Não apenas moravam em outros bairros ao norte da cidade, mas também em outro mundo para mim inimaginável, com o qual nunca me encontrara até então, a não ser quando ia ao médico com minha mãe e minha avó, ou quando meu pai me levava com ele, sendo eu muito pequeno, para entregar leite nas casas que chamavam "dos grã-finos". Naquelas casas de campainha dourada, penumbras silenciosas, criadas de touca branca, sentia-se uma coisa ao mesmo tempo inacessível, ameaçadora e misteriosa, não muito diferente do efeito visível que provocava nos adultos a voz autoritária de um guarda fardado ou a simples presença de um médico ou de um daqueles homens de gravata e terno escuro que chamavam de advogados, tabeliães, escrivães, que meu pai às vezes procurava em seus escritórios usando a mesma roupa que vestia para ir a enterros e casamentos, mas com um ar de apreensão que não mostrava em nenhum outro momento da vida. Na escola dos jesuítas, os outros alunos eram como eu, eram os garotos que brincavam comigo na praça San Lorenzo e os filhos dos sitiantes que vendiam no mercado perto do meu pai, ou dos varejadores e das apanhadeiras que todos os anos iam colher azeitonas nas mesmas turmas que meu avô e minha mãe. Mas agora, de repente, também isso tinha mudado. Ao terminar a escola obrigatória, aqueles alunos foram trabalhar no campo com os pais, ou começaram a aprender ofícios nas grandes oficinas dos jesuítas. Eu devia ter seguido o mesmo caminho, devia estar trabalhando a terra com meu pai ou vestindo um macacão azul e aprendendo o ofício de carpinteiro ou de mecânico, assim como tantos outros garotos que brincaram comigo no pátio da escola e que reconheço a duras penas quando encontro por acaso, porque parece que já começaram a virar adultos. Alguns deles, os mais sortudos, conseguiram ser porteiros nos grandes prédios de bancos da praça General Orduña, ou balconistas ou entregadores nas sapatarias e nas lojas de tecidos, e já aparecem penteados com risca e com o cabelo puxado para trás em vez da franja reta, e alguns deles aos domingos fumam fazendo pose e abordam as garotas na saída da missa ou no passeio pela rua Nueva. Eu fiquei pra trás, em outro lugar, sem saber onde, perdido, num colégio onde não conheço ninguém e onde muitas vezes percebo o olhar de desprezo dos filhos de gente endinheirada e recebo ameaças de alunos mais velhos e temíveis, de tenebrosos internos de avental cinza e rosto empipocado de espinhas que martirizam os mais novos e os recém-chegados e que nem das palmatórias dos padres têm medo, porque vêm de famílias poderosas que custeiam as obras da nova igreja e abrilhantam as listas de benfeitores do colégio com seus sobrenomes. Até agora eu só tinha vivido entre pessoas que de um jeito ou de outro me eram familiares e em espaços de acolhedora e permanente proteção, como que extensões da segurança de minha casa: círculos concêntricos, quartos sucessivos, a praça e as vielas onde eu brincava, as trilhas que levavam aos olivais e à horta de meu pai, as classes e os pátios da escola dos jesuítas, o tecido azul e grosseiro dos pobres uniformes que todos vestíamos sobre nossas roupas mais ou menos idênticas, as carteiras, os cadernos escolares, os gibis lidos e relidos e as brincadeiras na rua com crianças que eu conhecia desde sempre, as noites de verão no cinema, a tia Lola com sua presença perfumada e fragrante e o tio Pedro contando seus filmes na cama ao lado, com a luz apagada, meu rosto nas fotos que tiravam no colégio, os cotovelos sobre uma mesa, ao lado de um livro e um telefone falso, diante de uma tela pintada em que se via uma biblioteca e um busto de Cervantes. E agora, de repente, sem eu perceber, de um dia para o outro tudo foi transtornado, meu rosto, meu corpo, minha consciência agora angustiada de culpas e desejos, o mundo em que vivo, o colégio sombrio onde entro todas as semanas como se me internasse numa prisão ou num quartel, o medo humilhante das bofetadas dos padres e das ameaças dos alunos mais velhos, a sensação de distância do meu pai, o ar de censura com que meu avô me olha, o desamparo íntimo que me acompanha por toda parte, que amanhece comigo nas manhãs de inverno e se infiltra até na melancolia amarga e na névoa medonha dos sonhos. Agora sinto o que nunca senti, acessos de hostilidade por tudo, um rancor surdo contra o mundo exterior que se transforma em fantasias de revanche, de coragem física e orgulho misantropo. Meus heróis já não são Tom Sawyer ou Miguel Strogoff, e sim o Conde de Monte Cristo e o capitão Nemo, artífices de suntuosas vinganças, ou Galileu Galilei, que se rebela contra a Igreja e a verdade estabelecida e observa a superfície da lua através de um telescópio e descobre suas crateras, ou Ramón y Cajal,* que nasceu numa família muito mais pobre do que a minha e teve a imensa força de vontade necessária para se tornar um cientista de fama universal, ou o capitão Cook, que deu várias voltas ao mundo em frágeis veleiros, descobriu ilhas tropicais habitadas por lindas mulheres nuas e chegou até as escarpas de gelo da Antártida. Se os padres ameaçam Galileu com a

---

* Santiago Ramón y Cajal (1852-1934), destacado histologista espanhol, prêmio Nobel de Medicina em 1906. (N. T.)

fogueira, eu secretamente viro um dos seus. Se pretendem que o homem foi moldado em barro por Deus à sua imagem e semelhança e que a mulher nasceu de uma costela de Adão, eu passo noites em claro tentando entender a teoria da evolução, e se me dizem que depois da morte há vida eterna e que cada um irá para o inferno ou para o paraíso, eu me convenço de que a única realidade é a matéria e que não há outra vida futura além da decomposição e do nada. Eu me imagino herege, excomungado e açoitado. Vejo a mim mesmo postado diante de um tribunal de batinas, sobre um estrado coberto de giz como os das classes do colégio. Quando fico a sós com minha irmã pratico meu proselitismo, dizendo-lhe que nem Deus nem a Virgem existem e que a hóstia consagrada não é mais do que farinha e que os seres humanos descendem dos macacos e que o sol um dia vai se extinguir e a vida na Terra se acabará aos poucos, em meio a trevas cada vez mais escuras, e ela desata a chorar tapando os ouvidos. Só me sinto seguro no refúgio quimérico dos livros, só experimento uma sensação plena de proteção trancado em meu quarto, aonde quase não chegam os barulhos e as vozes da casa, e me imagino a salvo de tudo dentro de um traje espacial, pairando numa cápsula em viagem para a lua, espiando por uma janelinha para vê-la cada vez mais perto, como a viram pela primeira vez os astronautas da Apollo 8 que voltaram para a Terra sem ter pousado nela. O horizonte próximo e curvo e um pouco além a escuridão absoluta, as crateras abruptas, negras e côncavas como bocas de túneis, a cor que ninguém consegue dizer exatamente como é, nem as fotografias captam realmente, nem as lembranças podem reviver por completo: dizem que é cinza como cinzas, ou branca como gesso, ou parda e quase esverdeada quando a luz do sol bate muito oblíqua, ou azulada, refletindo muito fracamente a claridade da Terra.

6.

Pela sacada aberta, de madrugada, vejo o brilho da Via Láctea sobre o vale do Guadalquivir. Apaguei a luz para aliviar o calor e não atrair mosquitos, e também para ver melhor o céu azul-marinho da noite de verão, "a abóbada celeste", como diz no colégio o padre diretor, muito dado a encontrar Deus nas maravilhas da Natureza. "Não é uma abóbada", penso em dizer, mas não digo, calado em minha carteira, sabendo que o padre diretor, embora nos dê aula de matemática, ainda deve continuar achando que Galileu e Newton são hereges e que só merecerão dele um gesto de condescendente desprezo, o mesmo que reserva aos desencaminhados, o mesmo que de vez em quando dedica a Lutero ou a Darwin, ou a esses cientistas, engenheiros e pilotos americanos que planejam viagens espaciais. Lutero morreu de medo e de diarreia durante uma tempestade, diz o padre diretor: Darwin, que pôs em dúvida a criação divina de todos os seres vivos, perdeu sua filha mais querida ainda pequena. O ateu Zola sofreu envenenamento enquanto dormia, pelas emanações tóxicas de um braseiro mal apagado, e não acordou mais, sem poder nem sequer arrepender-se *in extremis*. O castigo divino não é uma ameaça abstrata que espera cada um na outra vida: Deus aniquila pronta e terminantemente, com um raio ou com a morte de um filho ou com uma doença infame que apodrece as entranhas dos ímpios, como o blasfemo Nietzsche, que declarou que Deus tinha morrido e foi devorado pela sífilis até cair na loucura e acabar falando com os cavalos. Dois anos atrás, astronautas da Apollo 7 morreram calcinados no interior da cápsula durante um treinamento, consumidos por um incêndio cuja causa nunca se descobriu, no topo da Saturno 5, que dessa vez nem chegou a decolar. *O foguete Saturno 5*, dizia um locutor extasiado, *moderna catedral de cento e dez metros de altura para alcançar o céu com as mãos*. "Não uma catedral", corrige o padre diretor, "mas uma torre de Babel", e sorri com uma superioridade entre depreciativa e paternal diante do exemplo de soberba daqueles pagãos babilônicos que pretenderam erguer um edifício tão alto que tocasse as nuvens e acabaram vitimados por uma piada atroz de Deus, caindo na confusão das línguas.

"Pretendem subir à lua", diz o padre diretor de seu púlpito, na capela, ou sobre o estrado da classe, "e não sabem desvencilhar-se do materialismo que os ata à Terra." Penso, os cotovelos fincados na carteira, os olhos postos na frente, na lousa cheia de operações e fórmulas: "Para a lua não se sobe", mas é melhor eu ficar calado e não correr o risco de despertar uma ira que logo explode, uma raiva fria e tensa que torna mais incolor a pele do rosto do padre diretor, colada aos ossos, escura no queixo e na mandíbula. É um desses homens com a cabeça lisa como o crânio de uma caveira, mas com o resto do corpo muito peludo, ou pelo menos o pouco que fica à mostra: as sobrancelhas juntas proliferando sobre o oco dos olhos, as orelhas cheias de pelos que crescem nos lóbulos ou brotam de dentro do canal do ouvido, a barba cerrada escurecendo as bochechas, por mais que ele a raspe, o pelame subindo até a garganta, transbordando o colarinho branco da batina, as costas das mãos e os dedos muito peludos, os dedos que apertam o pescoço ou a orelha de um aluno ou que se contraem para lhe acertar um cascudo de mestre no cangote, os nós duros como se fossem de puro osso pontudo e torneado.

Para a lua não se sobe. No espaço não existe acima nem abaixo, nem a Via Láctea que brilha no céu de julho é um caminho misterioso ou uma nuvem estática, nem as estrelas cadentes que atravessam a noite são estrelas, e sim meteoritos vindos de algum canto do sistema solar, que ao se atritarem a alta velocidade contra a atmosfera se consomem num fogo pálido e instantâneo, que não deixa rastros na escuridão. A nave Apollo, quando voltar à Terra depois da viagem à lua, daqui a uma semana, correrá o mesmo risco ao entrar na atmosfera, suas lâminas curvas de metais leves e resistentes atingirão uma temperatura próxima da incandescência. Os astronautas, presos com seus cintos aos assentos anatômicos, sentirão o calor e o solavanco do frágil veículo em que atravessam o espaço atraídos pelo ímã da gravidade terrestre, fecharão os olhos, pensarão que agora estão mais perto da morte que em nenhum outro momento da viagem. Uma faísca fugaz no céu noturno, nem isso, um ponto que arde e se apaga como a brasa de um cigarro nas sombras da nossa praça, ou como uma das fagulhas no inverno que saltam de nossas fogueiras de lenha de oliveira, e não vai sobrar nada deles, nem restos calcinados como os dos acidentes aéreos, nem sequer cinzas. A trajetória da reentrada na atmosfera deverá seguir um ângulo exato, calculado até o último milímetro pelos engenheiros e computadores: se a cápsula se aproximar demais da perpendicular, vai arder sem remédio por efeito da temperatura provocada pelo atrito com a atmosfera; mas se o ângulo de entrada for muito baixo, a cápsula vai quicar contra as camadas mais altas do ar, assim como uma pedrinha atirada quase horizontalmente e a certa velocidade saltita sobre a água, e se perderá para sempre na imensidão do espaço.

Um gomo de lua em quarto crescente permanece estático no céu do oeste, sobre os picos da serra, que são de um azul mais escuro que o do horizonte, um azul quase negro. Sem a proteção de uma atmosfera, a superfície da lua tem sido constantemente crivada por um dilúvio de micrometeoritos que ao longo de milhares de milhões de anos foram criando a poeira que os astronautas vão pisar em suas caminhadas. Mas também é possível que alguns deles sejam grandes o bastante para varar como balas os capacetes ou os trajes espaciais, para perfurar a fuselagem precária do módulo Eagle, não mais grossa que um papel-alumínio.

Em casa os adultos pensam que a lua cresce, míngua, afina como uma fatia de melancia, fica redonda como uma melancia inteira, e quando está cheia tem um rosto humano, um rosto bobo e rechonchudo como o meu. Desde muito pequeno ouvi minha mãe, minha avó e a tia Lola cantarem uma canção, enquanto fazem as camas e varrem a casa, enquanto sacodem os pesados colchões de lã ou vão de um quarto ao outro com cestos de roupa branca entre as mãos:

O sol se chama Lourenço,
a lua Catarina.
Quando Lourenço se deita
se levanta Catarina.

O ferro dos balaústres da sacada ainda está quente. O calor ainda sobe da terra batida da praça, das pedras da rua Del Pozo. Às minhas costas, no quarto escuro, estão a cama e a pequena estante onde guardo meus livros, além da mesa de madeira nua sobre a qual deixei aberto o álbum de recortes acerca das missões Gemini e Apollo: os foguetes como finos lápis na distância subindo entre nuvens de fumaça e fogo contra o céu da Flórida, as fantásticas ilustrações sobre futuras estações espaciais e bases lunares permanentes, a silhueta de Buzz Aldrin em seu passeio sem gravidade a duzentos quilômetros da Terra, ligado à cápsula Gemini por uma longa mangueira que parece se enredar como um cordão umbilical. Imagino que vivo sozinho no alto de um farol ou da torre de um observatório onde instalo um possante telescópio e registro minhas observações astronômicas numa caderneta, à luz de uma lanterna. Um barulho distante de grilos e de cachorros chega do fundo do vale do Guadalquivir, trazido por uma brisa quente que mal balança as copas dos álamos embaixo da minha sacada. Na lua não há brisa nem vento que altere a poeira da superfície, fina como cinzas muito peneiradas: mas os cientistas dizem que existe uma coisa chamada vento solar, feito das partículas irradiadas pelas formidáveis explosões nucleares no interior do sol. O vento solar sugere naves espaciais com velas de titânio desfraldadas, com painéis estendidos que recolherão a energia e permitirão viagens para além de Netuno e Plutão. Que será que existe depois? O que sentiriam os astronautas que deixassem para trás a órbita de Plutão e vissem o sol talvez se transformar numa estrela alaranjada e minúscula? Que sensação de afastamento sem volta?

Em algum lugar soa a campainha abafada de um telefone, repetida como o canto dos grilos, mas muito mais estranha, porque no nosso bairro, onde já há várias antenas de televisão sobre os telhados, quase ninguém tem telefone, nem mesmo o Baltasar, que o considera uma despesa inútil. O único telefone parece estar na casa pegada à nossa, que todos chamam "casa do canto", a única cuja porta fica fechada durante o dia e onde só mora aquele cego que quase nem fala com os vizinhos e que me metia muito medo quando eu era pequeno, com seus enormes óculos escuros e o rosto marcado de cicatrizes avermelhadas. As lagartixas espreitam imóveis, de ponta-cabeça sobre a cal das fachadas, perto das esquinas onde as luminárias da iluminação pública atraem os insetos. Com a mesma atenção devem estar de vigília as aranhas que teceram sua teia nos interstícios do telhado ou na calha de latão que passa embaixo do beiral, à espera da vibração indicando a queda de uma vítima na armadilha tênue e mortal dos fios de seda. Os morcegos revoam silenciosos por cima dos telhados, lançando-se como aviões de caça contra suas presas invisíveis, que detectam graças a um sistema muito complexo de ultrassom, mil vezes mais preciso que um radar. Tão cegos como nosso vizinho, mas muito mais ágeis. "Contemplando as mil maravilhas da Natureza", diz o padre diretor na capela do colégio, erguendo os braços estendidos, "quem poderá negar a infinita sabedoria do Criador? Se vemos um relógio no campo e nos admiramos de seu extraordinário mecanismo, quem negará a existência do Relojoeiro que o construiu?"

A brisa lenta e quente traz os sons da última sessão de cinema do verão, tiros de revólver ou o repicar de cascos de cavalo de algum filme de faroeste; toques de trombeta, clamor de multidões ou choque de espadas de um filme de romanos; fragores marítimos num de piratas, ou de explorações e naufrágios. Acima dos telhados, nos quintais, nas pracinhas do bairro, o barulho do cinema é um dos elementos naturais da noite, como o dos trovões ou da chuva pingando nos beirais e nas calhas. Por volta da uma da manhã, o filme acaba, e só então vem o silêncio, com um fundo de murmúrios de vizinhos que ainda não terminaram as conversas noturnas, sentados em grupos em frente às portas das casas, resistindo a voltar para o calor dentro dos quartos. Alguns vizinhos já não põem mais as cadeiras na calçada, porque preferem ficar vendo a tevê que acabaram de comprar: ao passar diante das janelas escancaradas se avista, do outro lado das grades, um cômodo às escuras onde se perfilam vultos de pessoas imóveis contra a fosforescência de uma tela acesa. Nós também já temos um televisor, faz alguns meses, e apesar de meu pai ter resistido tanto a comprar o aparelho, teimando em dizer que o tio Carlos ia enganá-lo mais uma vez com um daqueles seus trastes inúteis que depois toca pagar em prestações que nunca se acabam, agora ele fica sozinho assistindo a qualquer coisa quando todos os outros saímos para tomar a fresca e vamos ao cinema, e quando voltamos o achamos dormindo e roncando na frente da tela onde só aparece uma neve de pontos luminosos.

Pelas janelas abertas chegam à rua lufadas de conversas e farrapos de anúncios, vozes de crianças, de mães dando ordens, ouve-se o barulho dos talheres contra a louça e o tilintar dos copos de um jantar em família. Todas as noites as vozes metálicas e articuladas da televisão se sobrepõem às dos vizinhos que conversam e às das crianças que ficam brincando na rua até bem tarde, porque é verão e no dia seguinte não têm aula.

Eu escuto debruçado na sacada, no último andar que agora é todo meu, desde que o tio Pedro se casou, escuto e vigio, vejo passar pela rua Del Pozo as pessoas voltando do cinema de verão, muitas delas carregando botijas de água fresca e marmitas onde levaram o jantar que comeram durante o filme. A campainha abafada do telefone volta a tocar, ou quem sabe tenha continuado a se repetir tão monotonamente como o canto dos grilos e eu é que não tenha ouvido. Ao chegar perto de uma roda de vizinhos, quem vai passando lhe dá boa-noite, e os vizinhos interrompem a conversa para responder em coro com um boa-noite idêntico, mesmo nos raros casos em que um e outros não se conhecem. O cego sai de casa ou volta a entrar nela já bem tarde, quando as rodas de vizinhos já se dispersaram, e além disso escolhe as vielas menos frequentadas, caminhando sempre rente aos muros, roçando-os com uma das mãos estendida, enquanto com a outra balança a bengala com que dá breves toques de reconhecimento contra o piso, nos ladrilhos da calçada e no meio-fio de pedra reta.

Só que nas últimas noites não houve conversas na nossa praça, ou pelo menos na metade da rua Del Pozo que desemboca nela. Não houve conversas nem barulho de televisão pelas janelas abertas porque todos sabem que o Baltasar está morrendo e respeitam sua lenta agonia. Do outro lado da rua, em frente à minha sacada aberta, está a casa do Baltasar, prolongada pelo muro branco dos quintais e da horta. É a maior casa do bairro, e seus quintais e sua horta também são os maiores. Tem grandes figueiras, uma palmeira que chega quase à altura da sacada onde estou debruçado, grandes estábulos para os burros e os porcos, cercados para os frangos de crista vermelha e para os perus que respondem como num coro idiota quando os interpelam de longe. Quando eu era pequeno, o tio Pedro me pegava no colo junto ao peitoril da sacada para me mostrar a roça do Baltasar com sua multidão de perus e me explicava que os perus falam e entendem o que a gente diz e são capazes de responder perguntas. Para provar que era verdade gritava: "Perus do Baltasar! O que vocês comeram hoje?". Do quintal subia então, vindo do outro lado da rua estreita, um grande clamor de sons guturais, como de erres e ás que o tio Pedro traduzia: "Comemos arroz, arroz, arroz". No dia 25 de agosto, dia do santo da mulher do Baltasar, as portas do quintal que davam para a rua Del Pozo se abriam para os convidados numa festa de toalhas brancas sobre grandes mesas de banquete e lampadinhas coloridas penduradas em fieiras por entre as árvores. Uma pequena orquestra de saxofone, bateria, contrabaixo e sanfona tocava *pasodobles* e músicas modernas. Havia grandes garrafas de vinho e cubas com barras de gelo para manter frias as garrafas de cerveja, pratos de camarão cozido, de azeitonas, de batatas fritas, soda e coca-cola para as crianças. Na manhã seguinte, ao varrer a entrada de casa, molhando a terra batida com a água dos baldes da limpeza para assentar a poeira, as vizinhas comentavam entre si que a festa do Baltasar tinha sido "como um casamento".

"Melhor do que muito casamento", exaltava meu avô, com seu amor pelas coisas grandes e os gestos fantasiosos. Parte dos vizinhos era convidada para a festa do santo de Luisa, e parte não, o que marcava diferenças e rivalidades sutis entre eles. Nós sempre estávamos entre os convidados, e todos os anos, quando se aproximava a noite de são Luís, eu podia espiar uma conversa parecida entre os meus avós:

— Eu é que não vou lá este ano.

— Como assim, não vai, mulher? Eles são nossos vizinhos, não podemos recusar seu convite.

— Só nos convidam para nos fazer inveja.

— Pois nós também fazemos inveja em quem eles não convidam.

— Devem pensar que só por nos convidar esquecemos o que fizeram com a gente.

— O que passou passou.

— Eu não sou como você. Não esqueço e nunca vou esquecer.

Este ano é sem festa: daqui a pouco mais de um mês, quando chegar o dia de são Luís, o Baltasar já vai estar morto, e é bem provável que nem mesmo então minha avó lhe perdoe uma ofensa ocorrida num passado distante e sombrio, e que eu não consigo descobrir em que consistiu. Não sei nada do passado, e não faço muita questão de saber, mas percebo seu imenso peso de chumbo, a força esmagadora de sua gravidade, como a que sentiria um astronauta num planeta com uma massa muito maior que a da Terra, ou com uma atmosfera muito mais pesada. A massa de Vênus é menor que a da Terra, mas sua atmosfera venenosa de gás carbônico é tão densa que uma nave espacial seria esmagada antes de pousar em sua superfície. Em Júpiter meu corpo pesaria mais de quinhentos quilos, mas Júpiter é uma esfera de hidrogênio líquido agitada por tempestades que duram milênios, na qual os meteoritos gigantes, atraídos por sua força de gravidade, mergulham com grandes explosões como de bombas nucleares. O que aconteceu ou deixou de acontecer há vinte ou trinta anos gravita sobre os mais velhos com uma força invisível que eles mesmos não percebem, e às vezes, ouvindo suas conversas, vendo-os empreender todos os dias suas tarefas sem recompensa, tenho a impressão de vê-los andar como escafandristas com enormes sapatões com solas de chumbo, cada qual com sua corcunda do passado pesando sobre os ombros, vergando seu corpo como quando carregam um cesto cheio de trigo ou de azeitonas. Não existe um único adulto cuja figura não projete para trás a perpétua sombra daquilo que fez ou que lhe aconteceu em outros tempos. O passado dos mais velhos é um mundo que só consigo entrever por estreitas frinchas, uma casa escura onde quase todos os cômodos estão trancados e as janelas fechadas, deixando sair quando muito um fio de luz, tão fino como o que agora se projeta na praça coando-se pela janela da sala onde hoje à tarde estive visitando o Baltasar. *Começamos a explorar o Universo e não iremos parar na conquista da lua*, disse o engenheiro Von Braun no telejornal das nove. Imagino o médico — doutor Medina, chamava-o temerosamente a sobrinha do Baltasar — também sentado diante de um televisor, praguejando a sós e em voz alta, chamando Von Braun de nazista. Para as longuíssimas viagens espaciais do futuro talvez seja necessário recrutar condenados à morte e treiná-los para astronautas, oferecendo-lhes a comutação da pena capital em troca de aceitarem viajar pelo resto da vida. O filme no cinema de verão acabou, os últimos vizinhos que esticavam a conversa na calçada se retiraram para o sufocante interior de suas casas e já faz algum tempo que a fotografia do general Franco, a bandeira espanhola ondulante e o hino nacional marcaram o fim das transmissões, deixando nas telas uma névoa de pontos cinza e brancos que ainda mantém os espectadores mais tardios enfeitiçados durante alguns minutos. Outros cientistas sugerem que as viagens espaciais deverão ser iniciadas por casais clinicamente perfeitos, que terão descendência durante a travessia, e seus filhos, por seu turno, se casarão com os de outros tripulantes, e assim por diante, *a fim de garantir o prosseguimento da grande viagem de geração em geração*. Agora, no silêncio com fundo de grilos e de cães, quando também em casa todos já estão dormindo e eu continuo acordado e debruçado na sacada como o vigia de um farol, ou como um daqueles astrólogos babilônicos que observavam o céu dos terraços de seus zigurates e que deram às estrelas e às constelações seus nomes mais antigos, a única casa em vigília e com as luzes acesas em todo o bairro de San Lorenzo é a do Baltasar. Parece que ouço passos dentro dela, portas abrindo e fechando, que volto a escutar de bem perto a respiração do moribundo, que continua preso à consciência pela dor e pela insônia, e talvez também por uma obstinada decisão de não ceder à morte, ele que durante tantos anos fez o que bem entendeu e impôs sua vontade tirânica aos que viviam sob suas ordens, intimidados por seus gritos, por sua força brutal, trêmulos e dóceis para lhe pedir um favor, uma féria ou uma esmola.

    O motor solitário de um carro se aproxima da praça pelas vielas: talvez tenham chamado o médico porque o Baltasar está sufocando, porque, agora sim, vai chegando sua hora final. Mas o carro se afasta e o silêncio volta a tomar a praça, o silêncio que a enche como a água parada de um tanque, lisa na superfície, levemente ondulada pela brisa noturna que roça as folhas dos álamos. A campainha de um telefone continua tocando. Passos lentos, golpes breves de bengala percutindo sigilosamente no calçamento e na cal de um muro anunciam a aproximação do cego Domingo González, que logo vai dobrar a esquina da Casa das Torres. Por uma das janelas semicerradas da casa do Baltasar sai agora um murmúrio de rezas. Repetem orações, borrifam água que chamam benta, põem estampas de santos ou de virgens perto do moribundo. Também poderiam dançar em volta dele com o rosto pintado e agitando chocalhos de cabaças cheias de sementes secas. UMA ESTAMPA DA VIRGEM DO CARMO ABENÇOADA POR SUA SANTIDADE O PAPA VIAJARÁ COM OS ASTRONAUTAS ATÉ A LUA, *cumprindo uma solicitação do padre Carmelo da Imaculada, diretor da revista mariana* Chuva de Rosas, *que desfruta de grande difusão no mundo inteiro*, dizia ontem o jornal *Singladura*, que vem da capital da província e é tão mal impresso que mal se distinguem os rostos e os objetos dentro dos retângulos pretos de suas fotografias. O ASTRONAUTA ALDRIN CONSULTOU SEU MESTRE ESPIRITUAL MINUTOS ANTES DO LANÇAMENTO DA NAVE APOLLO.

 Do fundo de minha casa, subindo pelas sombras ocas das escadas, chegam a mim badaladas do relógio da sala. Duas da manhã de quinta-feira, 17 de julho de 1969. Primeiro ano da Era Espacial. Trigésimo terceiro aniversário do Glorioso Levante Nacional, dizem com vozes enfáticas os locutores do rádio e da televisão, que nos noticiários de hoje darão muito mais destaque à efeméride do levante de Franco do que às últimas novidades sobre a viagem à lua. Aniversário, Levante, Efeméride, Glorioso, Cruzada, Vitória. À medida que se aproxima o 18 de Julho,* as

---

* Data em que se comemorava o golpe de Francisco Franco contra o governo republicano, em 1936, desencadeando a Guerra Civil que terminaria com a assunção daquele ao poder e a instauração de uma ditadura que se estenderia até sua morte, em 1975. (N. T.)

vozes dos locutores enrouquecem e proliferam os discursos carregados de maiúsculas e as datas com números romanos, os hinos marciais, as imagens de batalhas e desfiles do tempo da guerra, a figura de Franco, o Caudilho, o Generalíssimo, um velhote careca, roliço, balofo, como o avô de qualquer um, às vezes vestido com uniforme militar e às vezes com um terno de aposentado alinhado, com a cintura da calça muito alta sobre a barriga fofa. Quando dão na televisão algum ato oficial em que alguém de camisa azul termina o discurso com o grito de "Viva Franco!", o Baltasar se apruma em sua poltrona de vime e devolve com a voz rouca: "Viva!".

A duração plúmbea do passado é medida em celebrações e números romanos: eu gosto do tempo em sentido inverso e veloz das contagens regressivas que leva segundo a segundo até o lançamento de um foguete Saturno, e mais ainda daquele que começa no instante do lançamento: segundos prodigiosos, minutos e horas de aventura e suspense, cada hora numerada em seu percurso e no exato cumprimento dos objetivos de uma missão que aponta a um futuro luminoso de avanços científicos e explorações espaciais.

Nos noticiários do rádio e da televisão sempre dizem quantas horas se passaram desde o exato início da viagem da Apollo 11. Tento fazer o cálculo neste instante, vencendo a preguiça e o peso do sono. Onze horas e quatro minutos desde o lançamento. A silhueta branca da nave contra o céu negro, a nave silenciosa, aparentemente imóvel, embora esteja viajando da Terra para a lua a dez mil pés por segundo, essa nave que é na realidade uma estranha justaposição de dois módulos: o módulo de comando, chamado Columbia, e, preso a seu focinho cônico, o módulo lunar, que se deverá desprender para descer no satélite, com um jeito de inseto ou de crustáceo robô, com a sua forma poliédrica e suas patas articuladas. O tempo da missão espacial não se parece em nada com o de nossas vidas terrenas, não pode ser medido com os mesmos instrumentos rudimentares. Primeiro foi a contagem regressiva, a pulsação numérica de cada segundo avançando em linha reta até ao exato instante da explosão de gases e do lançamento, as vozes nasaladas contando de trás para frente e em inglês, terminando num *zero* que por si só já tem algo de explosivo. E a partir de então os segundos e os minutos foram se somando para enumerar exatamente as horas, medindo um tempo veloz, aventureiro, matemático, limpo como o jato branco de fumaça no céu azul da Flórida. A missão Apollo não se mede em dias nem semanas, nem em longos anos sombrios de repetição cerimonial do passado, e sim em horas, minutos e segundos. *O senhor é que vai dirigir o voo?*, perguntaram ao comandante Neil Armstrong. E ele respondeu com um sorriso: *na verdade, quem vai dirigi-lo é Isaac Newton*. O que neste exato momento está impelindo a nave rumo à lua não são seus motores, mas a força da gravidade lunar. Neste exato momento, enquanto eu olho o céu procurando em vão um ponto de luz cintilante que seja da nave espacial, os astronautas estão olhando a Terra por uma das janelas circulares, a Terra azul maior do que a lua cheia acabando de despontar no horizonte. A Terra azul e parcialmente em sombras, metade dela submersa na noite, incluindo este vale para onde dá minha sacada, esta cidade pequena cujas luzes muito fracas dificilmente alguém conseguirá ver a partir de certa altura. Daqui a pouco eles vão ver a lua bem mais perto: as crateras imensas que conservam a forma do impacto dos meteoritos que as provocaram há centenas de milhões de anos, as cordilheiras cor de cinzas, as planícies que são chamadas de mares, *Maria*, em latim, oceanos de rochas e de poeira que vento algum jamais estremeceu. Num desses mares é que eles vão aterrissar na madrugada de segunda-feira, ou vão *alunissar*, como dizem alguns repórteres e especialistas na televisão. No Mar da Tranquilidade, *Mare Tranquilitatis*. Em latim, a geografia fantástica da lua é muito mais misteriosa. *Mare Tranquilitatis, Mare Serenitatis*, Oceano das Tormentas: lembro as jaculatórias que diziam antes de rezar o terço, das palavras litúrgicas da missa quando eu era pequeno, e também as lúgubres aulas de latim no colégio.

O professor de latim é um cego chamado Basilio. Vivo num mundo, numa cidade, onde abundam os cegos, os coxos, os manetas, sobreviventes da guerra e dos anos da fome, mutilados nas batalhas ou nos bombardeios, marcados pela varíola, pela tinha, pela poliomielite, despojos do tempo aquém da fronteira de sombra que divide o presente do passado, como a que separa o dia da noite nas fotografias da Terra tiradas do espaço. *Don* Basilio é um cego estranho, sem óculos, o rosto muito carnudo, com um olho aberto de cor cinzenta e pupila branca e outro que está sempre piscando e com o qual ainda enxerga um pouco, tanto que nele cola o mostrador do relógio para olhar as horas. As cataratas velam o olho aberto de *don* Basilio como as massas de nuvens que envolvem parte da esfera azul da Terra nas fotografias tiradas do espaço. *Don* Basilio percorre a sala de aula de um extremo ao outro por entre as fileiras de carteiras, roçando com a polpa carnuda e branca dos dedos a folha escrita em braile com a lista dos nossos nomes. *Don* Basilio conta em voz baixa os passos que vai dando em cada direção, e antes de se virar para por um momento, como também antes de erguer o pé direito para subir ao estrado onde estão a mesa do professor e a lousa, na qual escreve listas de palavras e de declinações em latim com letras enormes e desajeitadas e pondo o olho piscante bem junto da mão que segura o giz. Quando afasta o rosto da lousa, está com os cílios e as sobrancelhas brancos. *Don* Basilio tem o ouvido tão fino quanto a pontaria: quando há alguém falando no fundo da classe, ele se vira e lhe atira o giz tão certeiramente que nunca erra o alvo. Talvez ele tenha um sentido de orientação como o dos morcegos.

No fundo da classe, nas últimas carteiras, há uma zona sem lei onde se sentam os casos perdidos, os que não prestam atenção nas aulas, nem fingem prestar, e recebem estupidamente todos os castigos. Entre eles, dois malvados que agem sempre em dupla e falam em voz baixa, como que arquitetando um crime. Chamam-se Endrino e Rufián Rufián, e quando querem se vingar de alguém cravam nas costas do escolhido a agulha do compasso ou a ponta do tira-linhas. De vez em quando encurralam os alunos mais novos no banheiro para lhes baixar as calças ou enfiar sua cabeça na privada. Sempre que vejo Endrino e Rufián Rufián avançando na minha direção num corredor da escola sinto as pernas tremerem. O pior de todos os internos, Fulgencio, conhecido como o Réprobo, ocupa o último banco da classe, o canto escuro do fundo onde o efeito da autoridade do professor chega já muito enfraquecido, como a radiação solar na órbita de Plutão. Fulgencio sabe perfeitamente que vai ser reprovado em todas as matérias e que sua condenação é certa, que sua carne vai arder nas chamas do inferno por toda a eternidade, mas essa expectativa indiscutível não lhe provoca calafrios, e sim uma gargalhada, e ele ri grosseiramente com sua grande boca aberta, sua boca de dentes cavalares que muitas vezes cheira a cigarro ou a conhaque. Fulgencio tem corpo de homem e o rosto empipocado de espinhas, e apesar de ser interno não usa o mesmo avental vergonhoso que todos os outros, e sim um terno escuro, com camisa branca e gravata, de modo que, com essa roupa e sua estatura, não parece um aluno, e sim um professor, ou nem ao menos isso, mas um boêmio bem-nascido que por erro do destino tivesse caído nessa turma de meninos em idade escolar, bisonhos alunos do colégio salesiano que mal saíram das calças curtas e continuam a usar franjinha sobre a testa. Fulgencio é comprido, magro, indolente, e suas pernas de adulto não cabem embaixo da carteira e invadem o corredor entre as fileiras, circunstância que ele aproveita para passar rasteiras nos incautos que se aproximam de seu território, incluindo *don* Basilio, o cego, que já toma o cuidado de não estender seu percurso até o fundo da sala desde o dia em que, por culpa de Fulgencio, caiu de boca no chão e se levantou com uma expressão de fúria em seu olho aberto e nublado e no rosto manchado de sangue. Fulgencio é esse condenado que ninguém domina porque já lhe aplicaram os castigos mais duros sem nenhum resultado a não ser calejá-lo contra a disciplina e o medo. Estoura as espinhas do rosto espremendo-as entre o polegar e o indicador e limpa o pus com o mesmo lenço com suas iniciais bordadas que pouco antes havia usado para limpar o sêmen depois de bater uma punheta olhando um slide da Vênus de Milo que o padre Peter mostrou na aula de arte. Com sua voz rouca de tabaco e pleno desenvolvimento hormonal, ele canta em tom muito grave a letra que compôs para acompanhar a melodia de *O sinner man*, que sempre toca no rádio, popularizada por um grupo espanhol de *country*, com homens de barba ou costeletas compridas e mulheres de saias vaporosas e cabelo liso partido ao meio:

> *Juan, vem comigo,*
> *vamos pegar umas putas,*
> *Juan, vem comigo, vamos pegar umas putas,*
> *Juan, vem comigo, vamos pegar umas putas*
> *que hoje quem paga sou eu...*

Não há depravação moral nem subversão política que Fulgencio não flerte em seu feroz empenho de achar o caminho mais curto para a expulsão do colégio, a cadeia, a doença venérea, a vergonha pública e a condenação eterna. Diz que leu o *Manifesto comunista*, o *Livro vermelho de Mao, Mein Kampf, A origem das espécies* e as obras escolhidas do Marquês de Sade e de Oscar Wilde, além de receber com pontualidade os números mais recentes de *Mundo Obrero** e de uma revista de mulher pelada chamada *Playboy*. O pai dele trabalha no registro de propriedades de um povoado na região de olivais do interior da província; Fulgencio vive dizendo que, quando a revolução chegar, as escrituras de propriedade vão arder nas mesmas fogueiras que os latifundiários e seus lacaios, incluindo seu pai. Também diz que gostaria de inventar uma máquina capaz de reduzir as pessoas para poder carregar nos bolsos e guardar embaixo da carteira pequenas mulheres nuas que pululassem como ratos ou liliputianas por dentro de sua roupa, coçando seu saco e batendo punheta para ele. Batucando com a régua e o tira-linhas na borda da carteira, marcando o ritmo batendo com o sapato contra o assoalho e imitando com a boca o baixo elétrico, as guitarras e os metais, Fulgencio recria suas músicas favoritas dos Rolling Stones, de Blood, Sweat & Tears e de Los Canarios e, mesmo sem saber uma palavra de inglês, com sua voz queimada e cavernosa faz simulações admiráveis de *rhythm-and-blues*, que muitas vezes se escutam ao fundo como um rom-rom no silêncio da classe.

Don Basilio tem um pesado ar clerical, mas não é padre: usa sempre um terno escuro mal cortado e desalinhado, com a gravata torta, caspa nos ombros e manchas de ovo frito ou de café com leite na lapela e na camisa. É com seu olho arregalado que ele parece ver tudo, e não com o outro, sempre piscante, do qual aproxima o relógio. Às vezes também aparece com a braguilha

---

*Periódico oficial do Partido Comunista Espanhol, publicado desde 1930 até o presente, de circulação clandestina durante a ditadura franquista. (N. T.)

aberta e uma mancha de urina riscando a calça, o que é motivo de grande arruaça para os mais baderneiros da turma, Endrino e Rufián Rufián, que desenvolveram um jeito eficaz de se vingar contra ele, toda vez que lhes dá notas baixas numa prova ou denuncia um deles ao padre diretor. Como *don* Basilio guarda na memória as distâncias da sala e segue sempre exatamente o mesmo percurso, basta empurrar um pouco uma das carteiras à direita ou à esquerda para fazê-lo tropeçar: as quinas duras das carteiras, como Endrino e Rufián Rufián descobriram, ficam na altura exata da virilha de *don* Basilio, e assim, ao topar contra elas, o professor recebe o golpe justo nos testículos. Ouve-se uma risada abafada, *don* Basilio apalpa a quina da carteira que acaba de se cravar nele e depois a área dorida e a braguilha provavelmente aberta, contraindo muito o rosto, com gestos desordenados como espasmos em seus traços carnudos, um olho atônito e nublado, o outro com os cílios quase grudados por uma substância úmida. *don* Basilio suspira, cerra os dentes, registra mentalmente o novo obstáculo com que não mais topará e, alguns momentos ou dias depois, o responsável pela armadilha, que já se imaginava a salvo, recebe um cascudo certeiro no cangote ou a ordem de subir ao estrado e resolver um exercício especialmente difícil, e, não conseguindo, *don* Basilio o pega de uma orelha e puxa até que parece a ponto de arrancá-la, aproximando muito o rosto do aluno de seu olho piscante que ainda conserva alguma sensibilidade à luz.

Como será o mundo que os cegos percebem? Como será que *don* Basilio enxerga a sala de aula onde entra todas as manhãs, o espaço hostil com seu zum-zum sarcástico, seu cheiro de giz e de corpos mal lavados a caminho para a adolescência, as vagas manchas dos rostos, das altas janelas que dão para o pátio? Não vemos o mundo como ele é, mas conforme as percepções dos nossos sentidos. Se tivéssemos o ouvido apurado como os cachorros, descobriríamos uma riqueza de sons provavelmente aterradora; com olhos de mosca veríamos a realidade subdividida em infinitos prismas, como o cientista daquele filme que, devido a um erro numa experiência, acaba ficando com uma monstruosa cabeça de mosca sobre o corpo ainda humano, uma máscara peluda e atroz surgindo entre as lapelas de seu jaleco branco. O espaço é uma selva de ultrassons para os morcegos, que agora mesmo passam voando diante da minha sacada aberta e deslizam por entre os galhos e as folhas inertes dos álamos quase sem roçá-las, entre cheiros densos de resina e de seiva: o que eu vejo e escuto não são as formas e os sons naturais do mundo, mas as imagens visuais e sonoras que meu cérebro forma a partir das impressões dos sentidos. As manchas de luz que neste mesmo instante percebe a lagartixa imóvel junto à luminária da esquina na praça San Lorenzo, de tocaia à espera de um inseto que se ponha ao alcance de seu instantâneo golpe de língua, não são mais fantásticas ou mais irreais que a claridade da Via Láctea ou do que as figuras ilusórias que as estrelas no céu da noite de julho põem diante dos meus olhos. Como será que os olhos da lagartixa veem o mundo, ou os olhos do mosquito atraído pela luz da luminária ao qual a lagartixa acaba de apanhar com um movimento seco, único, que um instante depois voltou a dar lugar a uma imobilidade absoluta, na qual porém palpitará um minúsculo coração, pulsando sob a superfície branca e mole do ventre colado à cal do muro.

    Tudo parece mergulhado no silêncio, nas águas profundas do tempo represado da praça, e no entanto nada dorme, nada permanece quieto ou em verdadeiro repouso. Dizem que o cego Domingo González nunca dorme, que gira a enorme chave de sua casa na fechadura e depois passa o trinco e verifica às apalpadelas as grades de ferro que mandou instalar nas janelas aonde se poderia chegar pelos telhados e quintais vizinhos. Quem teme, algo deve, diz meu avô, com esse gesto meio de astúcia, meio de pesar com que indica que sabe muito mais do que pode ou quer contar. Neste exato momento, as células do câncer se multiplicam com uma fertilidade furiosa no interior dos pulmões, no fígado, nos intestinos do Baltasar, invadem seu organismo inteiro e o arrasam como uma multidão de cupins, de formigas cavando túneis em baixo da terra batida do nosso campinho. Na minha casa às escuras, nos quartos onde as janelas escancaradas não dissipam a temperatura quase febril do ar e dos lençóis, meus pais e meus avós dormem respirando muito fundo, de boca aberta, cada um num diferente registro de ronco, os quatro afundados no sono pela exaustão dos trabalhos do dia. No estábulo, a égua do meu pai e a minúscula jumenta do meu avô dormem em pé, batendo de vez em quando com os cascos no chão coberto de esterco. Nos outros estábulos ao fundo do quintal grunhem os porcos que dormitam largados entre sobras e excrementos com os olhos miúdos e piscantes, que lembram os olhos do Baltasar. No interior de um ovo que uma galinha deve estar chocando agora mesmo vai ganhando forma um embrião que se parece espantosamente com os embriões humanos que vi nas fotos coloridas de um livro na casa da tia Lola. No seu passeio espacial, o astronauta Aldrin parecia imóvel como um nadador que fica parado na água, mas ele e a cápsula Gemini estavam girando em órbita em torno da Terra a uma velocidade de dezessete mil e quinhentas milhas por hora.

    Nada está parado, muito menos minha cabeça sem sossego, excitada pelo calor da noite e pela insônia, pelas percepções excessivamente agudas dos sentidos. O mecanismo do relógio de sala, a que meu avô dá corda todas as noites, permanece em funcionamento graças às suas engrenagens e rodas dentadas, ao impulso do pêndulo de cobre dourado no interior da alta caixa de vidro: já aconteceu de eu erguer os olhos do livro que estava lendo e flagrar o movimento do ponteiro dos minutos, tão repentino como o da lagartixa apanhando um inseto. Engrenagens ferrugentas se movem no interior das torres das igrejas e na grande torre de relógio na praça General Orduña e vão marcando um tempo lento e profundo que ressoa cada quarto de hora no bronze dos sinos, irradiando sobre a cidade ondas concêntricas que se propagam como sobre a água parada de um lago ou de um tanque: é o tempo demorado e idêntico das estações, das semeaduras e das colheitas, e as badaladas das horas e dos quartos soam lentas como as que chamam para a missa ou dobram por um enterro ou funeral.

7.

Olho as vitrines das papelarias do mesmo jeito que até há poucos anos olhava, nas lojas de brinquedos, os trenzinhos elétricos que por uma razão misteriosa os Reis Magos nunca me traziam. Olho as vitrines das papelarias e a de uma ótica onde também há objetos tão desejáveis e inacessíveis como os trens de antigamente e como os livros que não tenho dinheiro para comprar: microscópios com que gostaria de observar o pulular da vida numa gota de água, um telescópio de longo tubo branco que me permitiria ver as crateras, os oceanos, as cordilheiras da lua, talvez o Mar da Tranquilidade onde em menos de quarenta e oito horas irá pousar o módulo Eagle, *Águia*, segundo meu dicionário de inglês, a cápsula poliédrica com longas pernas articuladas que lembram as extremidades de uma aranha ou de um caranguejo-robô. Num livro de contos de ficção científica que consegui comprar depois de namorá-lo por dias a fio, na vitrine de uma livraria, durante longas semanas de incerteza e poupança, li uma história de caranguejos-robôs movidos pela energia solar que captavam com espelhos poliédricos: eram fabricados num laboratório, numa ilha afastada das rotas de navegação, e de repente os caranguejos de metal, com seu dorso espelhado brilhando sob o sol dos trópicos, começavam a se reproduzir, a se multiplicar, e arrasavam a pobre vegetação da ilha, e depois passavam a perseguir os cientistas que os fabricaram e que em vão tentavam se refugiar no laboratório. Iam se ajuntando em volta do prédio, com um barulho de patas e articulações metálicas, de pinças de aço chocando-se umas às outras, e escalavam os muros até alcançar as janelas, batendo contra elas com suas pinças agudas, quebrando os vidros, ao mesmo tempo que outras patas, pinças e mandíbulas quebravam as fechaduras das portas, invadiam corredores e escadas, alcançavam os cientistas apavorados, com os jalecos brancos manchados de sangue.

A maioria das coisas de que gosto é inacessível: sempre as olho através de uma vidraça, ou a uma distância que, de tão habitual, é como mais uma das dimensões naturais da minha vida. Os lugares aonde eu gostaria de ir, as ilhas que ficam no meio do oceano Pacífico ou em lugar nenhum, as planícies e os barrancos rochosos da lua, as moças ou não tão moças que me enfeitiçam só de eu pôr os olhos nelas, sem conseguir afastá-los, atiçados por uma avidez clandestina, por um desejo sem explicação nem pé na realidade que me transforma num perseguidor secreto, num *don Juan* obstinado e sonâmbulo, num onanista ao mesmo tempo devotado e angustiado que incorre em seu vício tão assiduamente quanto em seguida se deixa tomar pela vergonha e o arrependimento. Quase todas as manhãs acordo com o frio e a umidade de uma ejaculação e a lembrança de um sonho em que não há atos sexuais, pois não sei quase nada acerca deles, mas agradáveis visões acumuladas durante a vigília, um par de pernas morenas, um decote com um vão de sombra entre dois peitos brancos, ou nem sequer isso, toques casuais, cheiros, fotogramas de filmes, a coxa de uma escrava aparecendo pela abertura lateral de uma túnica numa história de romanos, seu pés descalços com as unhas pintadas de vermelho e argolas nos tornozelos. Acordo molhado, desconfortável, culpado, angustiado pelo medo do pecado em que já não acredito e da doença que, segundo a ciência duvidosa dos padres, é tão destrutiva para o corpo quanto a culpa é para a alma perdida.

O vício solitário. Enfraquece o cérebro, amolece a medula espinhal, dissipa a força dos músculos até aprisionar o doente numa moleza que, nos casos extremos, termina em paralisia, incontinência urinária e fecal: imagino um sujeito miserável, trancado num quarto de manicômio, um farrapo humano com a boca pingando baba, os olhos úmidos e perdidos, o rosto desfigurado por espinhas purulentas — não muito diferentes das que cobrem o meu —, com a braguilha manchada de urina e outros fluxos já sem controle, uma desajeitada fralda descartável rodeando a cintura por baixo das calças de seu pijama de doente.

— Vale a pena sacrificar tudo em troca de um fugaz espasmo de prazer? — pergunta o padre diretor, na penumbra sinistra da capela, iluminada por círios, durante os exercícios espirituais. — Será tão alto o valor que o infeliz pecador atribui a esse instante que está disposto a pagá-lo com a ruína de seu corpo mortal e a condenação eterna de sua alma?

O vício solitário: o segredo que me afasta dos outros, conscientizando-me de uma interioridade que até outro dia eu nem imaginava que existia, ou que eu ainda habitava confortavelmente, como quando me escondia embaixo das cobertas na minha cama de criança ou me trancava a ler num quarto onde não me encontrariam e aonde não chegavam as vozes e os sons de minha casa, os pesados passos dos homens nas escadas, os cascos dos animais contra o chão empedrado do vestíbulo ou nos seixos ou na terra batida da rua. Minha plácida solidão de leituras e devaneios eram meu Nautilus, minha Ilha Misteriosa, minha cabana confortável e segura de Robinson Crusoé, meu veleiro de navegante solitário, minha sala escura de cinema, minha biblioteca imaginária, onde qualquer livro que eu desejasse estaria ao alcance da minha mão. Quando meu pai me levava até a horta, as tarefas que ele me encomendava eram tão leves que eu podia passar horas e horas sozinho, sem fazer nada ou quase nada, me embrenhando entre figueiras ou caniços para imaginar que era um explorador no coração da África, observando as formigas ou os gafanhotos, ou espiando as rãs que se mimetizavam com o limo do tanque. A cada instante eu me transformava sem esforço naquilo que por capricho resolvia ser e inventava uma ficção adequada à minha identidade fantástica. Era um pioneiro ou um caçador indígena nas florestas virgens da América do Norte. Era um naturalista perseguindo espécimes de borboletas exóticas na Amazônia. Era o explorador que, em plena noite na selva, ouve gritos meio animais, meio humanos na ilha do doutor Moreau. Era qualquer personagem do último romance ou gibi que tinha lido ou do último filme que tinha visto no cinema de verão. Eu ainda não havia provado o gosto amargo do trabalho obrigatório e não sabia que na penumbra saborosa da solidão a vergonha podia se emboscar como um bicho venenoso.

Estava sozinho, mas não me sentia isolado dos outros, separado deles por uma barreira invisível e terminante como o vidro das vitrines das papelarias e das lojas de brinquedos que às vezes ainda prendem meus olhos. Continuo cobiçando os autoramas com suas pistas sinuosas e seus carros de cores vivas, os trenzinhos elétricos, os veleiros de casco vermelho e velas brancas, com seus cordames de linha e suas bandeiras no alto dos mastros. Passei sozinho os primeiros anos que se seguem ao despertar da consciência, sozinho em minhas divagações e na maioria das minhas brincadeiras, mas também amparado pelos mais velhos e certo de sua companhia e da constante torrente de sua ternura, tão discreta que me protegia sem me sufocar nem se tornar opressiva ou debilitante. Presenças benévolas tinham me levado pela mão, pegado no colo, protegido a boca com um cachecol de lã antes de sair para o frio, puxado as cobertas até o queixo antes de apagar a luz para que eu adormecesse, tinham me trazido ao quarto em penumbra xícaras de chocolate quente e copos de suco de laranja quando estava doente, deixando esticar a convalescença por alguns dias antes de voltar à escola, tinham me contado histórias e cantado canções, lido livros infantis e gibis com a voz vacilante de quem não aprendeu a ler direito na infância e tem dificuldade em separar as palavras, tinham me confortado no escuro, resgatado dos delírios da febre, deixado atrás da cortina de uma sacada, nas madrugadas do dia de Reis, modestos presentes que me enchiam de felicidade pelo efeito mágico de sua simplicidade: uma lousinha, um giz branco de textura quase cremosa, uma caixa de lápis de cor e um estojo que quando aberto espalhava um aroma de madeira fresca misturado ao cheiro da borracha ainda intacta, uma bola de borracha com os continentes, os oceanos, as ilhas, os círculos polares, o traçado das longitudes e das latitudes, um carrinho de lata azul, um livro com um submarino ou um balão aerostático na capa, ou com uma bala de canhão aproximando-se da lua. Eu tinha adormecido muito tarde, por causa da impaciência e do nervosismo, e acordava quando a vaga claridade do amanhecer ainda mal revelava a forma das coisas, deixando intactas brechas de sombra onde minhas pupilas tentavam em vão distinguir o contorno misterioso de qualquer coisa que pudesse ser um presente. Anos mais tarde, quando minha irmã dormia comigo, os dois esperávamos o amanhecer do 6 de janeiro acordados e abraçados, como os irmãos perdidos dos contos de fada, e embora eu já soubesse o segredo da inexistência dos Reis, gostava de alimentar sua credulidade, sem perceber que me contagiava dela. Agora minha irmã, a seis anos de mim, ainda vive no mundo que abandonei. Seis anos é uma vida inteira: é o tempo que me separa do remoto passado da minha primeira comunhão, e se projeto esse tempo para o futuro e tento imaginar a mim mesmo com dezenove anos, o estranhamento é ainda maior, quase tão grande como quando penso no longínquo futuro das previsões astronáuticas e dos livros e filmes de ficção científica. Como será o mundo em 1984, em 1999, no ano 2000. Um seriado da tevê que eu nunca perco se chama *Espaço 1999*: só a enunciação dessa data já dá uma vertigem de tempo remoto, situado muito além da realidade verossímil. Nessa época existirão estações espaciais permanentes e voos regulares à lua e provavelmente a Marte. Naves-robô já terão atravessado a densa atmosfera venenosa de Vênus e estabelecido bases de observação permanente numa das luas de Júpiter.

Se bem que até lá a civilização humana tal como a conhecemos talvez tenha sido destruída por uma guerra nuclear, e só alguns sobreviventes tenham conseguido se refugiar em planetas distantes, observando os cogumelos das explosões atômicas por telescópios instalados na lua, os brancos florões de morte e destruição subindo para o espaço da superfície azulada de um planeta onde a vida logo se extinguirá por completo. Ou quase por completo: só se salvarão organismos muito resistentes, ratos, baratas, formigas, aranhas, talvez submetidos a mutações genéticas, a monstruosos saltos evolutivos causados pela radiação nuclear. Haverá cidades subterrâneas de insetos, como as que os exploradores de Wells encontraram sob as crateras da lua. Haverá nos lugares mais remotos do mundo grupos de homens e mulheres que terão sobrevivido e recuarão até a Idade das Cavernas. Ou um único homem e uma única mulher, nus como Adão e Eva, inocentes, amnésicos, que, numa ilha ou num abrigo a centenas de metros embaixo da terra, darão origem a uma nova espécie humana...

A ideia é promissora, excitante, rica em possíveis detalhes, alimentados em partes iguais pelo ardor sexual e pelo fervor literário da imaginação, pelo excesso de leituras, de filmes e de fluxos hormonais. Nunca vi uma mulher nua. Vi Raquel Welch vestida com um improvável biquíni de pele de animais num filme intitulado *Mil séculos antes de Cristo*, em que seres humanos primitivos convivem e lutam absurdamente com dinossauros. Vi na biblioteca pública livros com fotos coloridas de mulheres com os peitos de fora pintadas por Rubens e por Julio Romero de Torres. Quase até onde minha memória alcança, sempre espiei os decotes das mulheres, as profundezas entre as coxas quando um par de pernas se cruza na cadeira de vime de um café, os peitos soltos das ciganas dando de mamar aos filhos nas vilas por onde passo a caminho da horta do meu pai, ou das que se agacham para lavar roupa no mesmo tanque aonde levamos nossos burros para beber água. Todos os dias fico transtornado com uma cigana bem jovem, quase loira, de olhos muito claros, que ao entardecer se senta à porta de seu barraco para dar o peito a um bebê. Despenteada, as mechas loiras sobre o rosto magro, vestindo apenas um roupão mal abotoado, com as pernas abertas, os pés sujos no chão. É a mais moça e a única loira nesse beco onde só vivem famílias ciganas. Vou me aproximando, montado no burro, ao voltar da horta do meu pai, e basta eu embicar nessa rua para sentir a ereção e começar a procurar a cabeleira loira e a figura esguia em meio à gente pobre que toma a fresca ou cata os piolhos ou cozinha alguma coisa na frente dos barracos. Meu coração dispara, e como vou com as pernas muito afastadas sobre a albarda do burro, a ereção é dolorosa. A possibilidade de não vê-la chega a ser insuportável: avisto seu corpo ao longe com uma onda de excitação renovada e até de gratidão, e só de olhar para aquelas pernas frescas e nuas me sinto quase a ponto de gozar. Um dia me dá tempo de observar tudo já de longe, de preparar o olhar para que nenhum detalhe passe despercebido. Está sentada à porta do seu barraco, que é o último do beco, com a criança no colo, como que descansando. Provavelmente já acabou de lhe dar de mamar. E aí, como num relâmpago que me desmancha de desejo, ela leva uma das mãos ao decote do roupão e, justo quando vou passando perto dela e posso observar cada pormenor, saca um peito com um gesto desenvolto e, um segundo antes de o bebê apertar o rosto contra ele, eu vejo o mamilo redondo e grande e a pele branquíssima com tênues veias azuis. A cigana ergue o rosto e crava em mim seus estranhos olhos azuis, e eu descubro num instante de ávida lucidez que ela tem os lábios pintados de vermelho e que não é tão jovem quanto parecia e notou a intensidade com que a observo. Ela me olha com um ar que não sei se é de descaramento ou zombaria, ou de cansaço, pobreza e pura indiferença, metade do rosto coberto pelo cabelo loiro e sujo, e é tanta a vergonha que me dá lá montado no burro do meu pai, que fico vermelho e desvio os olhos.

 Chego em casa, tiro a albarda do burro, deixo-o amarrado no estábulo e ponho comida para ele na manjedoura; saio para o quintal, onde felizmente não há ninguém, e vou direto para a latrina, com sua porta de tábuas que se fecha por dentro com uma cordinha. A privada não tem descarga e é a única em toda a casa. Não há descarga porque, apesar de já termos televisão, ainda falta muito para termos água encanada: sobre minha cabeça pende o chuveiro que o tio Pedro instalou no ano passado, já quase solto, mal amarrado com uma corda, os furos por onde a água correu uma única vez sujos de ferrugem. Não há descarga, e depois de usada a privada é limpa com um balde de água do poço, e também não há papel higiênico, mas um simples gancho onde se penduram pedaços de folhas de jornal. Mas estou sozinho, razoavelmente a salvo de qualquer intromissão, sozinho como um astronauta em sua cápsula ou como um explorador das profundezas do mar em seu batiscafo: sentado na privada, que nem sequer tem tampa, com as calças arriadas, concentrando-me nos saberes manuais do vício solitário, na arte secreta da masturbação, na qual ainda não passo de um aprendiz devotado, consumado, culpado, utilizando as mãos ao mesmo tempo que a imaginação, elaborando detalhes suculentos, experimentando matizes, zonas de rigidez e de maciez, e ao mesmo tempo submetendo a memória a um exercício de invocação que quase dói de tão minucioso: o vermelho dos lábios, o peito branco e redondo e a grande auréola do mamilo irrompendo do roupão desabotoado, os olhos claros cravados em mim. Antes morrer mil vezes que pecar.

Voltando do espaço à Terra depois de um cataclismo nuclear aterrissei ou naufraguei numa ilha tão remota que as nuvens de poeira radioativa não chegaram lá. Acredito estar só, condenado a viver para sempre neste lugar, a envelhecer e morrer sabendo que a espécie humana se extinguirá comigo. A imaginação ardente e pouco escrupulosa não hesita em recorrer ao plágio: um dia, na praia, descubro a pegada de um pé, um pé comprido, fino, o rastro côncavo de uma planta do pé moldado na areia. A cigana loira, a Eva nua e propícia, estará numa gruta entre as rochas ou numa cabana com um leito de folhas frescas na selva interior da ilha? Aproximo-me dela, os dois surpresos com o encontro, cada um enfeitiçado pela presença do outro, e por mais que eu queira me conter um pouco mais, prolongar o instante de pura antecipação que se parece tanto com as efusões sexuais dos sonhos, basta um toque da mão e um detalhe particularmente vívido para o sêmen jorrar num longo estertor de quase desfalecimento.

E agora, sem transição, como num amargo despertar, irrompe a vergonha, apagando num toque o batiscafo e a ilha, a mulher loira, o desejo, o peito jovem com sua auréola arroxeada e suas veias azuis, e revelando com minúcia vingativa os pormenores imediatos da realidade. Um coágulo já esfriado de sêmen escorre pelo interior da coxa direita, e antes que pingue no chão molhado de água suja devo limpá-lo com um pedaço de jornal. O calor abafado da latrina fede a esgoto, mas o cheiro do sêmen é tão forte que se alguém entrar logo depois de eu sair descobrirá meu crime. O pecado é uma invenção dos padres, argumenta timidamente meu racionalismo recém-adquirido, minha consciência precoce de libertino e apóstata: a masturbação, segundo um livro que descobri com entusiasmo na biblioteca pública — *O macaco nu*, do irreverente biólogo Desmond Morris —, não passa de um adestramento do instinto sexual em preparação para o estágio superior da cópula reprodutiva. Mas ainda sentado na privada, com as calças arriadas, de cara para a porta de tábuas mal pregadas, fechada por uma cordinha presa a um gancho, não consigo evitar uma insuperável sensação de nojo, de sujeira física, um desejo de me esconder não dos outros, mas de mim mesmo, da parte de mim que faz apenas um ano nem sequer existia, essa que mantenho oculta aos olhos dos demais, como o cientista maluco que se tranca em seu laboratório para engolir a beberagem que o transforma num monstro.

Assim surgiu alguém que aos poucos vai usurpando minha vida e, sem que eu percebesse, já invadiu meu paraíso e me expulsou da saborosa solidão em que eu vivia, a um só tempo afastado do mundo exterior e em harmonia com ele. A transformação começou inadvertidamente, e se me olho no espelho posso ver seus sinais, o avanço dos seus sintomas acelerando-se diante dos meus olhos, como o crescimento dos pelos e dos dentes no rosto do Lobisomem, como as cicatrizes no rosto monstruoso e queimado do Fantasma da Ópera.

Da vergonha diante dos outros eu posso escapar, mas não da que sinto diante de mim mesmo. A vergonha ergue seu muro invisível, faz a pessoa se ver de fora, testemunha incômoda de sua falsidade, cúmplice indigno de sua dissimulação. Acabo de me limpar, examino com cuidado a barra da calça, o chão da casinha. Tomara que ninguém apareça enquanto ainda estou aqui fechado, enquanto levanto a cueca e a calça e ajeito a camisa, e amasso numa bola e guardo num dos bolsos os pedaços de áspero papel de jornal com que me limpei. Minha mãe e minha avó devem estar na missa, ou de visita na casa do Baltasar, minha avó dissimulando sua velha ira, sua falta de compaixão para com o sofrimento de quem lhe fez uma ofensa que ela nunca perdoou. Minha irmã está brincando com suas amigas na rua: por sobre a cerca do quintal chegam da praça San Lorenzo as canções de roda e de pular corda das meninas. Meu avô e meu pai ainda não voltaram do campo. Puxo um balde de água do poço e o despejo na privada como uma última precaução para que ninguém me descubra. Já não sinto o cheiro do sêmen, mas sim as virilhas um tanto pegajosas. No teto cerrado de ramos e folhas de videira que cobre o quintal zumbem as vespas e revoam e piam os pássaros que só estão esperando as primeiras uvas amadurecerem para começar a bicá-las.

Para Santiago e Santana
pintam as uvas.
E para a Virgem de agosto
já estão maduras.

Cada dia do ano tem o nome de um santo. Quase todas as tarefas, cada estação e cada colheita trazem consigo seus ditados, suas cantigas ou frases feitas de uma sabedoria herdada e repisada, que eu também acabei aprendendo de cor de tanto ouvir. Da vida e do trabalho eles não esperam novidade, e sim repetição, porque o tempo em que vivem não é uma flecha lançada em linha reta para o futuro, mas um ciclo que se repete com a pesada lentidão com que gira a pedra cônica da mó de um lagar de azeite, ao ritmo demorado e previsível com que se sucedem as estações, os trabalhos do campo, os períodos da semeadura e da colheita. O que em mim provoca tédio, impaciência e exasperação, a eles transmite uma suave serenidade que sem dúvida torna mais suportável a canseira do trabalho e o fruto parco e incerto de qualquer esforço.

A ceifa e a debulha dos cereais nos dias escaldantes de verão, a vindima em setembro, a semeadura do trigo e da cevada no início do outono, a matança do porco em novembro, depois de Todos os Santos e de Finados, a apanha da azeitona ao longo do inverno, o cuidado dos legumes mais saborosos e do olival na primavera, quando começam a engordar as tenras favas no interior das vagens aveludadas e as flores amarelas despontam nas oliveiras como um prenúncio da futura colheita. E sempre os agouros, o canto de um certo pássaro ou uma área de claridade no céu do amanhecer anunciando chuva, os agouros e o medo de que não chova no tempo certo da semeadura e de que as sementes morram na terra, ou de que chova demais no final da primavera e de que as espigas apodreçam sem amadurecer, de que uma geada tardia de fevereiro fulmine numa única noite as amendoeiras em flor. Tudo precário, submetido às hostilidades do acaso e do mau tempo, sempre tão incerto que não é prudente confiar por completo em nada, porque uma geada no inverno ou uma chuva de granizo no verão podem desbaratar a esperança da melhor colheita, e porque uma bênção pode facilmente converter-se em desgraça: a chuva tão ansiada que chega como enchente devastadora, a colheita farta que esgota as oliveiras ou a terra por vários anos e que além disso faz os preços despencarem.

*Chuva no São João,
nem bom vinho nem bom pão.*

O máximo que pedem do futuro é que se pareça com o melhor do passado. O chumbo do passado é a força da gravidade que rege suas vidas e as mantém atadas à terra, sobre a qual se abaixaram para trabalhar desde crianças; para cavá-la com suas enxadas, para semeá-la, para ceifar com foices de folha curva e dentada os talos altos do trigo, da cevada e do milho, para arrancar os pés secos e ásperos do grão-de-bico, para desmanchar seus torrões procurando as batatas e as batatas-doces, os rabanetes vermelhos, a brancura esférica das cebolas, para apanhar as azeitonas. Dobrado sobre a terra, de cabeça baixa, as pernas bem afastadas, ao lado do meu pai vou aprendendo sem convicção e com profunda má vontade o ofício a que me destinam, e logo sinto uma dor insuportável na cintura e a aspereza seca da terra ferindo minhas mãos acostumadas à textura suave dos cadernos e dos livros. Fiz bolhas na palma das mãos, de tanto apertar entre elas o cabo lustroso da enxada, e ao rebentar elas deixaram uma área em carne viva que aos poucos, com o passar dos dias, cicatrizou com a pele muito mais dura de um calo. Quando a bolha rebenta, meu pai me manda urinar em cima dela, porque a urina é o melhor desinfetante, por isso arde tanto. No colégio, na biblioteca pública, as coisas têm superfícies suaves e polidas, agradáveis ao tato, com uma lisura de papel, ou de tecido gasto de batina. Lâminas de materiais plásticos e de metais reluzentes e leves compõem a nave Apollo e as grandes estações espaciais dos filmes do futuro, em que homens e mulheres pálidos deslizam por corredores de luzes fluorescentes e digitam com extrema suavidade nos teclados dos computadores. No mundo em que nasci, e no qual periga eu ter de viver sempre, quase tudo é áspero, as mãos dos homens, o brim de suas calças de trabalho, os torrões secos, as paredes caiadas, as albardas e os cestos das bestas de carga, o cânhamo das cordas, o tecido dos sacos, o tosco sabão caseiro que minha mãe e minha avó fabricam dentro de grandes bacias e que faz coçar as mãos e quase não faz espuma, as toalhas com que nos enxugamos, as folhas de jornal com que limpamos o cu. As folhas das figueiras arranham como lixa e sua seiva branca queima vivamente se cai numa ferida ou nos olhos. Os talos e as folhas secas dos pés de grão-de-bico são tão ásperos que para arrancá-los da terra sem esfolar as mãos é preciso usar meias de inverno como luvas.

Quando as mulheres e as crianças se ajoelham para catar azeitonas nas manhãs de geada, os torrões de terra cortam como cacos de vidro e rasgam os dedos e os joelhos. No verão, depois de algumas semanas trabalhando com ele, de queimar e voltar a curtir a pele amolecida pela trégua escolar do inverno, meu pai me manda mostrar as mãos e observa satisfeito a cor muito mais morena e as palmas cheias de calos.

— Isso sim é que são mãos de homem — diz —, e não de almofadinha ou de padre.

As mãos do meu pai têm uma textura de madeira serrada: até outro dia, as minhas ainda eram tragadas em seu aperto como os cabritinhos brancos do conto na bocarra do lobo. As mãos do meu pai são largas, escuras, de dedos muito grossos e unhas grandes, muitas vezes com as bordas quebradas. Cavoucam a terra recém-aberta com um golpe de enxada para dela arrancar um cacho de batatas. Arrancam cebolas com suas cabeleiras de raízes e de lama, apalpam delicadamente entre as folhas de um pé de tomate à procura dos que já estão maduros e tomando o cuidado de não machucar os longos talos quebradiços dos que já engrossaram mas ainda não começaram a ganhar cor. As mãos do meu pai apertam a cincha na barriga do burro, para a albarda e os cestos não virarem com o peso da carga, e puxam sem esforço aparente a corda que traz amarrado na ponta um grande balde de lata transbordante de água, junto ao parapeito do poço. Empunham foices, amarram com cordéis de esparto grandes maços de espigas, avaliam o peso e a textura de uma melancia para saber se vai estar vermelha e reluzente quando for partida ao meio com um rangido da casca, arrancam o mato imunes aos espinhos dos cardos e ao veneno das urtigas. As mãos do meu pai se juntam numa concha transbordante de água quando no quintal ele se inclina sobre uma bacia para se lavar, e a seguir esfregam o rosto com um fragor vigoroso, e parecem mais escuras ainda em contraste com a toalha branca com que as enxuga. E no entanto se mostram desajeitadas, lentas, tolhidas, quando segura uma esferográfica ou um lápis entre os dedos e tem de assinar algum papel ou escrever uma lista de números, e a duras penas conseguem discar o telefone, das poucas vezes em que teve de fazer isso: o grosso indicador mal cabe no círculo oco do disco, e aquela mão tão poderosa parece intimidada e retraída diante dos botões de qualquer aparelho, ou se atrapalha ao virar as páginas de um jornal ou de um livro. Mesmo depois de fortalecidas pelo trabalho e pela intempérie, minhas mãos não se parecem em nada com as do meu pai, assim como meu corpo, que nos últimos tempos ficou magro e desengonçado, nada tem a ver com o dele, rijo, largo, solidamente assentado sobre a terra. De repente sou mais alto que meu pai, e há muito que minhas mãos e as dele deixaram de se encontrar. Cada um devia guardar na lembrança a última vez que caminhou de mãos dadas com o pai.

Agora o meu, de vez em quando, fica olhando para mim quando pensa que não percebo, talvez estranhando meu crescimento tão rápido, constrangido perante esse desconhecido de olhar fugidio que tomou o lugar de seu filho, desalentado com minha inépcia nos trabalhos de que ele mais gosta e que com tanta paciência e pouco sucesso tentou me ensinar. "Nós, hortelãos, não somos agricultores", ele me dizia, não faz muito tempo, quando ainda achava que conseguiria me transmitir o amor por seu ofício, seu gosto pelo cuidado e pela perfeição, para além da utilidade imediata e até da recompensa, "somos jardineiros." Uma noite dessas, ouvi uma conversa dele com um amigo, tomando a fresca na rua. Os dois estavam sentados em cadeiras de vime, de pernas abertas, os braços apoiados nos encostos, ao jeito masculino. Tive a impressão de que falavam com pesar de um doente sem muitas esperanças, uma dessas desgraças que fascinam todo mundo, por confirmar a crueldade e os caprichos de um acaso que rege as vidas humanas com a mesma indiferença com que determina os ciclos das secas e das chuvas. Eu escutava suas vozes de dentro do vestíbulo, no escuro, junto à janela entreaberta para deixar entrar a brisa fresca da noite. Meu pai fazia silêncio enquanto seu amigo lhe dizia que nem tudo estava perdido. Casos muito piores tinham sido resolvidos, e por mais que nos últimos tempos parecesse que não restavam chances de melhora, onde havia vida havia esperança. Esse alguém, o possível doente, o quase desenganado, ainda era muito jovem, na verdade quase uma criança, e nessa idade as coisas mudam muito depressa, e quem parece destinado a se perder de repente surpreende a todos revelando um talento inesperado e se transformando num homem de valor. Portanto, não estavam falando de um doente, e sim de um inútil, um inútil que meu pai defendia melancolicamente contra o alarmante parecer do seu amigo, que se comprazia em consolá-lo da aflição que ele mesmo alimentava afetuosamente:

— Quem sabe? — disse o amigo. — Pode ser que ele ainda largue de tanto livro e tanto estudo e vire de novo uma pessoa normal. Você notou nele alguma outra esquisitice, além desse vício de ler?

— Agora parece que deu para saber tudo sobre as viagens à lua.

— Isso já é mais esquisito, mesmo.

Eu me afastei da janela entreaberta, devagar, para eles não perceberem que eu estava espiando. Devia ter reparado que na voz do meu pai havia um fundo de ternura e de lealdade por mim.

8.

As vozes, o barulho dos pratos, as birras da minha irmã, o vai e vem da minha mãe e minha avó entre a sala e a cozinha me impedem de ouvir as notícias da televisão e até de enxergar a tela, onde vão aparecer as imagens mais recentes vindas do interior da nave Apollo. Ou não prestam atenção ou não entendem nada, e quando não entendem começam a fazer perguntas e prestam menos atenção ainda, ou esquecem o que acabaram de perguntar para fazer um comentário sobre o jantar, ou contar uma fofoca, ou repetir um ditado, ou trocar as últimas notícias sobre a agonia do Baltasar ou sobre o possível preço que poderão pagar este ano pelo azeite e pelo trigo, ou se lembram de uma galinha que tiveram anos atrás que botava ovos vermelhos e enormes ou de um parente distante que na guerra teve as duas pernas cortadas por uma rajada de metralhadora, ou especulam sobre o amadurecimento das uvas mais cedo ou mais tarde que no ano passado, e lembram que para Santiago e Santana pintam as uvas, e para a Virgem de agosto já estão maduras. Cada ato é uma repetição, cada experiência idêntica traz consigo uma frase feita ou um ditado que a confirma como coisa já acontecida muitas vezes, já cristalizada e cunhada como uma moeda de baixa liga que trocam à exaustão em suas conversas circulares. Um deles lembra a primeira parte de um ditado e outro devolve a segunda, como se respondesse a uma ladainha da missa ou do terço, e embora repitam as mesmas coisas a certo momento de cada ano, ou inclusive de cada dia, a repetição não parece cansá-los, e até a enunciam como a descoberta de um ignorado tesouro de sabedoria.

— *Chuva no São João...* — diz um.

E outro completa, em cima:

— *Nem bom vinho, nem bom pão.*

E todos balançam a cabeça como que ponderando a profundidade dessa observação inapelável.

No final de junho, quando as bêberas pretas e alongadas já amadureceram nas figueiras e são servidas como sobremesa, alguém descasca uma delas e leva à boca sua polpa doce e avermelhada, que desmancha deliciosamente, e então é o momento de advertir:

— *Com bêberas, água não bebas...*

E a resposta é tão imediata quanto a gargalhada:

— *Vinho, tanto quanto queiras.*

Lembrar que para acompanhar as bêberas, assim como para os melões, o vinho é mais sadio do que a água, enche-os de uma alegria sempre renovada, que se repete todos os anos ao chegar a época dessa fruta e a cada vez que, finda a refeição, servem um prato de bêberas, o que acontece infalivelmente durante toda sua estação. Anos mais tarde, já em outra vida, quase em outro mundo, irei reconhecer essa alegria cabal dos alimentos nos quadros de comilanças rurais de Brueghel. A água pode ser muito sadia, mas se bebida junto com bêberas ou melão incha a barriga, portanto o melhor arremate da sobremesa é um gole de vinho. A exaustiva atenção com que celebram o familiar ou o imediato, com que discutem as mínimas variações de uma rotina circular que inclui a vida dos parentes e vizinhos, os trabalhos do campo, os pormenores da matança, a comida, as previsões do tempo, corresponde a uma perfeita indiferença em relação ao mundo exterior, do qual na realidade recebem pouquíssimas notícias, mesmo quando almoçam e jantam, como agora, na barulhenta companhia do telejornal, ao qual só prestam atenção, e não sem ceticismo, na hora da previsão do tempo. Como é que aquele homem de terno e gravata, que de longe se vê que nunca pisou numa roça, pode saber se vai ou não chover em Mágina nos próximos dias, se vai soprar o ábrego fresco e úmido que vem do sudoeste ou se dos morros onde todas as manhãs nasce o sol vai descer o vento *solano* que esturrica as plantas e deixa o céu caiado de um branco de sol ardente e sequeiros áridos?

Os ventos sopram de dentro de grutas abertas como enormes bocas nas bordas de um mundo plano. Que a Terra seja redonda e que gire em torno do próprio eixo e dê voltas ao redor do sol, como mostram as imagens que abrem o telejornal, é uma das muitas fantasias que surgem quando se acende a tela, às quais eles não dão muito crédito porque não correspondem à sua experiência da realidade. Falam de seus assuntos prestando menos atenção às imagens e às vozes dos locutores do que prestariam à chuva na janela — chuva que, aliás, eles veneram como um prodígio raro e benéfico, exceto quando cai no São João; e como não sabem controlar direito o volume do televisor — talvez não se lembrem de qual é o botão certo —, em vez de baixá-lo, o que fazem é falar mais alto, armando uma balbúrdia em que é impossível distinguir a voz do correspondente nos Estados Unidos contando as últimas novidades no voo da Apollo 11 rumo à lua. Só meu pai janta em silêncio, ensimesmado em seu prato, tão indiferente às notícias da televisão quanto à descrição da visita que minha mãe e minha avó fizeram à casa do agonizante Baltasar.

— Está branco que nem esta parede — diz minha mãe.
— Acho que nem nos reconheceu.
— Tio, olha quem está aqui — a sobrinha falou para ele, e parece que ele tentou dizer alguma coisa e meio que abriu os olhos, e fez um barulho como se roncasse.
— Esse aí não chega nem a comer as primeiras uvas do ano — meu avô fala com voz de sentença, a cara comprida solenizada por uma expressão como de assentimento da fatalidade.
— E como fede, parece que já começou a apodrecer.
— É a sobrinha quem limpa a merda dele. A mulher é muito fina para sujar as mãos.
— Como é que você sabe dessas coisas, mulher?

... Aproximando-se nas próximas horas da órbita lunar, onde logo se desprenderá o módulo da alunissagem, a uma altura de sessenta milhas, ou seja, pouco mais de cem quilômetros, sobre a superfície inóspita do nosso satélite...

Protesto em vão:
— Silêncio, que não consigo ouvir nada.
— Vai ver que está ficando surdo — diz minha irmã.
— Surda vai ficar você, com o tapão que vou acertar na tua orelha.

Minha irmã rompe a chorar com a boca aberta cheia de comida, e o choro agudo arranca meu pai do seu alheamento.
— Acha bonito falar assim com uma menina pequena?
— Eu não sou tão pequena — minha irmã limpa a boca, fungando —, já tenho sete anos.
— Mas parece que tem três, dando trela para esse bobão.

... onde, como nossos telespectadores já sabem, registra-se uma absoluta ausência de atmosfera, razão pela qual...

— Não tem jeito — protesto em voz baixa. — Impossível entender o que estão dizendo.
— E para que você quer tanto entender essas coisas da lua?

Levanto a cabeça do prato, mas nem tenho chance de responder à pergunta do meu pai, embora chegue a captar seu olhar intrigado, quase alarmado.

— Quem era o médico que estava lá com ele hoje à tarde? — já me pergunta meu avô.

— Ele precisa é de um padre, mais do que um médico — diz minha mãe.

— Os pecados desse aí não tem padre que perdoe.

— Não fosse tão unha de fome, pagava uma enfermeira para tomar conta dele e lavar suas coisas como Deus manda.

— Deve achar que vai levar o dinheiro para o outro mundo.

— Ele até chegou a ter uma, mas não durou nem dois dias, porque era só ela chegar perto que o velho nojento lhe passava a mão.

— Querem calar a boca? A pergunta era para o meu neto.

... *Cabendo aos astronautas Armstrong e Aldrin o privilégio histórico de pôr os pés na poeira do Mar da Tranquilidade na noite de...*

— Sei lá, um médico. Nunca tinha visto.

— De gravata-borboleta, gordo, o cabelo bem penteado para trás?

— Como lambido por uma vaca?

... *hora da costa Leste dos Estados Unidos, que corresponde a seis horas mais tarde nos relógios espanhóis...*

— Por que cargas-d'água os americanos não têm a mesma hora que nós? — pergunta-se meu pai, sem tirar os olhos do prato.

— Porque lá na América é inverno quando aqui é verão, e de noite quando aqui é de dia — diz a minha irmã, como se recitasse uma lição na escola.

— E desde quando você sabe dessas coisas?

— Desde que você me contou — responde minha irmã,

depois mostra a língua e joga o corpo para o lado do meu pai, bajuladora, buscando proteção contra mim.

— Devia ser o doutor Medina — diz minha mãe. — Se não me engano, hoje à tarde o vi saindo da casa, com sua maleta preta.

— O velho deve estar mal mesmo, para chamar um médico que andou com os vermelhos, sendo ele tão falangista.

— Vermelho ou não vermelho, dizem que em toda Mágina não tem outro igual.

— De Izquierda Republicana* — explica meu avô. — Comandante de um batalhão médico da frente do Ebro.

— Estava usando um botão preto na lapela — digo, lembrando-me de repente desse detalhe, e me inclino para o lado para ver melhor umas imagens embaçadas que aparecem na televisão: manchas brancas, vultos humanos inchados pelos trajes espaciais e movendo-se com lenta leveza num espaço ínfimo, como se flutuassem na água.

— Acabou de perder um grande amigo — diz meu avô, em tom confidencial, de entendido, sempre insinuando que sabe mais do que diz, que guarda valiosos segredos. — E vocês sabem de quem ele também foi muito amigo?

— Não sabemos nem queremos saber — interrompe-o minha avó. — E se você beber mais um copo de vinho vai soltar a língua.

— Do filho do nosso vizinho, o da casa da esquina...
— O hortelão que fuzilaram no fim da guerra?
Sei de cor todas as histórias deles; e também sei até onde eles

---

* Partido político fundado em 1934 que, ao lado de outros como o PCE, o POUM e o PSOE, constituiu a Frente Popular vitoriosa nas eleições de 1936, permanecendo no comando do governo republicano até sua derrocada pelas tropas franquistas, em 1939. (N. T.)

falam e em que momento se calam, e em que passagem de um caso baixam a voz para dizer um nome ou para recordar um crime que quase sempre tem a atmosfera de uma desgraça súbita e natural, de um absurdo golpe do destino.

— O filho dele também não foi morto quando saiu da prisão?

— Foi morto na chácara de um amigo, no ano de mil novecentos e quarenta e sete — meu avô gosta das datas exatas e das palavras proparoxítonas. — Numa emboscada da Benemérita.

— Como se você soubesse o que essa palavra difícil quer dizer.

— Ô, mulher ignorante, a Benemérita é um nome mais fino da Guarda Civil, é como chamar o touro bravo de *el morlaco* ou *el astado*.

— Naquele tempo matavam as pessoas, como no cinema? — pergunta minha irmã.

— Isso é conversa para se ter na frente de uma menina? — meu pai ficou muito sério.

— Eu não tenho medo. Não tenho mais pesadelos de noite.

... *Numa façanha somente comparável com a do Descobrimento da América, glória da Espanha dos Reis Católicos, restaurada após séculos de prostração por nosso invicto Caudilho...*

— Um sábio, o doutor Medina — meu avô reflete em voz alta, entregando-se a seu gosto pela celebração do talento. — Teria sido um segundo doutor Marañón, um Ramón y Cajal, não fossem as represálias que sofreu depois da guerra.

— Ele não foi para a cadeia?

— Por quê? Ele tinha matado alguém?

— Quieta, menina!

— Quem vai para a cadeia é porque matou alguém.

— Mas será que sempre tem que sair essa conversa?

— Que nada. O vovô esteve preso, e não tinha matado ninguém.

— E dá para não voltar ao assunto?

— A culpa é sua — minha avó encara o marido. — Por falar demais.

— ... A consciência limpa e a cabeça erguida — meu avô se levanta, digno e ferido, deixa a colher junto ao prato. — Sem nenhum crime salvo ter servido a um governo legítimo.

— Querem fazer o favor de falar mais baixo, que a janela está aberta?

... *Atravessando o espaço na nave Apollo como os marinheiros de Colombo atravessaram o oceano desconhecido nas três caravelas...*

— A *Santa María*, a *Pinta* e a *Niña* — recita minha irmã com falsete escolar.

— Cala a boca, que você parece um papagaio.

— Cala a boca você, que parece um macaco, com as pernas e os sovacos peludos.

Antes de eu levantar a mão, minha irmã já dá um grito e corre para o colo do meu pai.

— Silêncio, e tratem de comer, senão eu pego a cinta e marco o traseiro dos dois.

Meu pai sempre nos ameaça sem muita convicção, mas nem por isso minha mãe deixa de sair em nossa defesa, como se realmente quisesse nos proteger de um castigo, com um gesto de contida reprovação, sem erguer os olhos:

— Olhem só que corajoso, metendo medo nos filhos.

— Uma cintada bem dada na hora certa evita muitos aborrecimentos — sentencia o meu avô.

No centro da mesa há uma grande travessa de coelho refogado com tomate, uma garrafa de vinho e outra de soda. Até não faz muito tempo comíamos todos da mesma travessa, umedecendo pedaços de pão no molho, metendo a colher quando havia sopa ou caldo, pegando os nacos com as mãos e lambendo os dedos. Agora, por influência da tia Lola e do seu marido, temos um prato cada um, onde minha mãe ou minha avó repartem a comida com uma concha. Usamos a colher, mas não aprendemos a lidar com garfos e facas, e quando há fatias de carne ou postas de peixe continuamos a pegá-las com as mãos e ensopamos grandes lascas de pão no molho ou no tomate refogado. Sempre ralham com minha irmã e comigo porque só queremos as partes macias da carne e não sabemos aproveitar a que vem presa nos ossos.

— Olhem como esses dois deixam o prato, parece ciscado de galinha.

— Precisavam de um outro Ano da Fome,* para dar valor à comida.

... Conforme o previsto, o pé esquerdo do comandante Neil Armstrong tocará nosso satélite exatamente às três horas e cinquenta e seis minutos da próxima segunda-feira vinte e um de julho...

Eles, indiferentes ao televisor, chupam os ossos, roem até arrancar a última fibra de carne, sugam ruidosamente, desmembram as articulações de uma perna de coelho para que nada escape da limpeza, com uma concentração intensa, quase fanática, não querendo desperdiçar nem a mais mínima dose de proteínas. Na nave Apollo 11 os astronautas se alimentam de concentrados de substâncias altamente nutritivas, que podem ser engolidos sem esforço, e bebem líquidos revigorantes em garrafinhas de plástico branco que depois ficam flutuando vazias e limpas no módulo de comando. Nas estações espaciais do futuro, os viajantes que levarão anos para chegar a outros planetas vão tomar cápsulas coloridas que reduzirão ao mínimo a evacuação dos resíduos, e talvez leiam com incredulidade nos livros de his-

---

* Neste caso, o ano de 1945, marcado por forte crise econômica e uma seca prolongada. (N. T.)

tória acerca dos bárbaros hábitos culinários que ainda perduravam no século XX. Nós partimos com as mãos pedaços de um pão enorme, redondo, de casca grossa e escura polvilhada de farinha, lambuzamos o miolo na gordura e enfiamos tudo de uma vez na boca bem aberta, tragando como os perus do quintal do Baltasar.

Até na mais barulhenta das refeições há a hora da verdade em que ninguém fala, todos absortos no ato supremo da nutrição, na qual só se ouve mastigar, sugar, chupar, raspar com a colher o fundo de um prato ou de uma panela. Comem em círculo, em volta da *mesa camilla** e da travessa com partes de coelho e tomate frito, passam uns aos outros o único pano disponível sobre a mesa para limpar as mãos ou a boca, respiram fundo, como quem se concede um instante de alívio num esforço muito intenso, mordem cartilagens, separam a mandíbula inferior da cabeça do coelho e chupam o maxilar, raspam com a colher o céu da boca, que tem uma superfície de carne rugosa, o palato do coelho, perfuram o crânio procurando o bocado mais saboroso, os miolos, que cabe por privilégio masculino a meu pai ou meu avô, e ao terminarem resta em cada prato um montículo de ossos minúsculos e limpos, despojados até do mais ínfimo resíduo de substância nutritiva.

— Pois é, comemos — suspira alguém, minha mãe ou minha avó, depois de um momento de silêncio, aliviada a tensão do trabalhoso ato de comer.

— Matamos quem estava nos matando — diz meu avô.

— E quem estava nos matando? — pergunta minha irmã, por pura bajulação, já sabendo a resposta.

— A fome, que matou muita gente. A fome que mata sem faca nem pau.

— Mas ainda falta a sobremesa. Tem melancia no poço?

---

* Mesa de inverno, geralmente redonda, em cuja base há um suporte adequado para um braseiro e é coberta com uma toalha grossa e comprida. (N. T.)

— E o Baltasar? Gostava tanto de comer, e olhem de que jeito ficou. Diz a sobrinha que já nem consegue engolir líquidos. Mas como foi sempre tão comilão, pede para colocarem fatias de presunto ou de queijo encharcadas de azeite perto do nariz, pra ele cheirar.

— Castigo de Deus, pelo presunto, o queijo, as talhas de lombo e os pães brancos que ele comeu quando todos nós só tínhamos alfarrobas para alimentar os filhos.

— Lá vamos nós voltar ao assunto...

— Roubando o que era nosso e que você não foi capaz de defender, que deixou levarem de bobo que é.

... *O mundo inteiro poderá assistir ao vivo, em casa, ao grande acontecimento histórico, através dos receptores de televisão...*

— Mas o que eu podia fazer, se estava preso?

— Antes de ser preso já tinham feito você de bobo. Olha a vida que ele levou e a vida que levamos nós.

— Temos o que ele não tem — meu avô ergue a voz, em pose dramática. — Saúde, seis filhos maravilhosos e a consciência tranquila.

Não tem jeito: não consigo entender o que estão dizendo na televisão. Deixo a mesa, levando comigo a cadeira de vime, para chegar mais perto do televisor.

— Aonde o senhor pensa que vai? Ainda não acabamos.

— A lugar nenhum, é que vocês não me deixam ouvir a televisão.

— E pode-se saber o que de tão importante estão falando aí?

— É essa coisa da lua. Ele diz que vai levantar quando todo mundo estiver dormindo, só para ver na tevê.

— Cala a boca, sua cagueta.

— Vou devolver esse aparelho e dar um basta em tanta história com a lua, que até parece que você perdeu o juízo — meu pai se levanta e faz menção de desligar a tevê, mas não consegue encontrar o botão, e fica desnorteado, buscando um jeito de salvar sua autoridade, olhando para minha mãe. — Maldita a hora que resolvi escutar o marido da tua irmã, que só quer saber de ficar com nosso dinheiro.

— Não se mete com a minha irmã, que ela não tem culpa de nada.

— A partir de amanhã, chega de livros, de vadiagem e de viagens à lua — meu pai afinal descobriu como desligar o televisor, e agora volta a se sentar, recuperada a dignidade, disposto a me curar dos meus desvarios. — Vou te chamar às seis, para vir trabalhar comigo no campo, na fresca da manhã.

— Aí falou um homem — sentencia a minha avó, mas ela quase sempre fala com uma ponta de sarcasmo, que meu pai talvez não deixe de notar.

— Agora vai pegar a melancia.

— Eu não quero melancia, quero um pêssego.

— Então, no caminho, apanha um pêssego para tua irmã.

— Ela que vá pegar, que eu não sou empregado dela.

— Toma cuidado na hora de puxar o balde, não vai cair no poço e se afogar.

— Por que não compramos uma geladeira, como a da tia Lola, e assim não precisamos mais botar as coisas para esfriar no poço?

— Era só o que nos faltava — resmunga meu pai. — Fogão a gás, televisão e agora uma geladeira. Por que não um helicóptero? E eu me matando de trabalhar de sol a sol para pagar as férias desse boa-vida.

— Lá vem você de novo. Que mal será que o marido da minha irmã te fez?

— O frio da geladeira faz muito mal à garganta — informa meu avô, um pouco mais calmo. — Já teve caso de gente que morreu de pneumonia depois de beber a água gelada desses aparelhos. Todos os médicos concordam que a água fresca de uma botija é muito mais sadia.

— Pelo jeito, foi só para você que os médicos contaram essa.

Saio para o quintal, aliviado por poder ficar alguns minutos longe deles, sem ouvir o permanente rumor em que vivem enredados, denso como o zumbido de uma colmeia. Fora, o ar está fresco e cheira a jasmim e a dama-da-noite, a folha e a seiva de parreira. Por sobre os telhados e as cercas chegam as vozes do cinema de verão, e no céu acinzentado pelo calor do dia paira uma fatia de lua.

Escuto ao longe minha irmã gritando meu nome com sua voz aguda: por que será que ele está demorando tanto?, deve ter dito meu avô, e meu pai: na certa ficou olhando a lua, e minha mãe: e se ele tiver caído no poço?, e minha avó responde: ele pode ser desajeitado, mas idiota não parece, e minha irmã: vou atrás dele, e meu pai, sombrio, nunca muito seguro de sua autoridade: você fica aí sentada, que também não faz uma semana que ele foi pegar a melancia.

Eu me debruço na amurada do poço, e lá embaixo vejo como num espelho negro o brilho inquieto da água e o gomo da lua repetido nela. Puxo da corda áspera e a roldana chia acima da minha cabeça. A água ecoa profundo quando o balde aflora erguido pela roldana, e em seguida bate nas paredes de pedra com sons metálicos. Vem de baixo um frescor profundo, uma umidade salobra, enquanto o balde transbordante vai subindo até a amurada, o cânhamo da corda pinicando minhas mãos. Quando chega no alto faço que balance até mim e o deixo no chão, pingando, com um cheiro de saco molhado, porque a melancia, para que fique mais fria, é mergulhada na água dentro de um saco amarrado com barbante, e depois enfiada no balde de latão. Desamarro o saco, tiro a melancia grande, planetária, e a levo para a sala segurando-a com as duas mãos. A conversa mudou na minha ausência. Voltaram a ligar a televisão e agora estão falando da lua.

— O Carlos diz que eles sobem num foguete mais alto do que esta casa — aventura minha mãe, recorrendo à autoridade do marido da irmã, em quem projeta parte da veneração que sente por ela. — E que explode com uma mecha que nem a dos foguetes de quermesse.

— Que será que o teu cunhado sabe de foguetes?

— Mais do que nós há de saber, de tanto mexer em todos aqueles aparelhos que vende na loja.

— Ai, filho, até parece que você foi até a lua pegar essa melancia.

— Que mal será que o Carlos te fez — minha mãe, para discutir com meu pai, baixa a voz e olha para a mesa, apertando com o dedo uma migalha de pão — para você ter tanta bronca dele.

— Eu não tenho nada com ele. Que fique lá em sua casa, e nós na nossa.

Meu avô apalpa a melancia entre suas mãos enormes, avalia seu peso, meditativo, e a deixa sobre um prato, acariciando sua casca com a palma da mão, tamborilando sobre ela com os dedos, auscultando-a. Nesse instante, o locutor do telejornal entrevista um sujeito de rosto azedo e terno escuro, com uma insígnia de alguma coisa na lapela:

A lua, que nos parece tão agradável e poeticamente tão bela graças à distância e à iluminação solar, logo se revelará um astro inóspito, decrépito, desolado, de impressionante frieza espiritual. Nem água, nem vegetação, nem outros seres animados, nem nenhum dos elementos que embelezam nosso mundo...

— Será que tem marcianos na lua?

— Os marcianos são de Marte, menina. Se a lua tivesse habitantes, eles se chamariam selenitas. Mas não tem.

— E como é que eles sabem, se nunca subiram lá? — a ironia da minha avó sempre encerra uma suspeita quanto à estupidez dos seres humanos, a começar pelos membros mais próximos de sua família.

O homem voltará rapidamente à Terra, pesaroso, achando-a mais bela, porém endurecida pelo egoísmo, pela ambição e a ingratidão.

— Que é que esse homem de cara amarrada está dizendo?

— E dá para saber, se vocês não param de falar?

— Esta melancia está no ponto — sentencia meu avô. — E bem fresquinha. Melhor do que em qualquer geladeira.

— Que homem! Também entende de geladeiras... — diz minha avó. — Estranho que, entendendo de tantas coisas, continue pobre como sempre.

— Na lua não tem atmosfera — engulo em seco, ergo a voz, esforçando-me para que não saia esganiçada. — Não tem água, nem plantas, nem animais, nem gente. Não tem nada. A lua é um satélite morto há bilhões de anos.

Meu avô, que já empunhava o facão para cortar a melancia ao meio, fica olhando para mim, não sei se com admiração ou com pena, com uma incredulidade que logo vira sarcasmo. É para isso que estou há tantos anos na escola? É para isso que eu me tranco no quarto e fico lendo aqueles livros enormes, em vez de ir para o campo com meu pai e ganhar a vida com o trabalho das minhas mãos, como eles fizeram quando ainda nem tinham a idade que eu tenho agora?

— Pois então, se na lua não tem nada, para que tanto esforço para subir lá?

— Do jeito que agora está fininha, que até parece uma casca de melão — diz minha avó —, vão ter que sentar nela como se fosse num balanço.

— E se eles caírem com o movimento?

— A lua não cresce nem míngua, é sempre redonda como esta melancia — irritado, cedo à arrogância, a um ridículo esforço pedagógico fadado ao fracasso. Rolo a melancia para perto de mim, sua esfera lisa como a cabeça calva e brilhante do meu avô. Será que explico para eles a lei da gravitação universal, o percurso elíptico das órbitas da Terra e da lua? Será que lhes digo que a distância média entre as duas é de trezentos mil quilômetros, quando eles medem o espaço em palmos e léguas? Será que eu conto que para se desprender da atração terrestre a nave Apollo teve que atingir a velocidade de trinta mil quilômetros por hora, quando eles se deslocam a pé ou a passo de burro ou de mula e ficam tontos quando têm que pegar um ônibus de linha para ir à capital? — A Terra é a melancia, e a lua este pêssego aqui...

— Nada disso! Esse pêssego é meu, eu mesma apanhei.

— ... a lua gira em volta da Terra, enquanto a Terra gira em volta do sol...

— Então, por que é que todo dia o sol se levanta atrás da serra e à noite se esconde?

Minha avó intervém, cantarolando em tom irônico:

— *O sol se chama Lourenço*
e a lua Catarina...

— Deixem ele explicar — minha mãe sai em minha defesa, hesitante. — Alguma coisa a mais do que nós ele há de saber.

— Até parece que é preciso ter diploma para saber onde nasce o sol...

Obstinado, pedagógico, cheio de mim, indiferente ao escárnio, faço rodar o pêssego rente à borda da mesa e em seguida apanho um saleiro, coloco junto ao equador da melancia, explicando que é a nave Apollo, e o afasto aos poucos da casca verde-escura, aproximando-o do pêssego. Depois do jantar, enquanto os comensais vão perdendo a paciência, querendo provar logo a melancia, temendo que perca o frescor perfumado da água do poço, tento em vão forçar o salto do universo ptolemaico para o de Galileu e Newton, na noite de julho em que os astronautas Armstrong, Aldrin e Collins navegam rumo à lua e preparam seus instrumentos e seus trajes espaciais para o momento supremo em que um módulo de alunissagem em forma de caranguejo ou de aranha-robô pousar numa planície de poeira e rochas cinza, onde as pegadas de suas botas permanecerão idênticas durante milênios, como as pegadas fósseis dos dinossauros sobre as duras rochas terrestres.

— Neste momento a nave espacial está aqui — na minha mão direita gira o saleiro, que tem uma forma cônica parecida com a de uma cápsula. — Domingo à tarde o módulo lunar vai se separar dela e descer bem devagar até a superfície.

— Bom, vamos ver se até lá conseguimos comer a melancia — diz meu avô, pegando-a de volta entre suas mãos.

— É tudo mentira — contrariando seu costume, meu pai resolveu intervir abertamente na conversa, atraindo o olhar de todos. Em casa raramente fala tão alto, nem durante tanto tempo. Agora quase não me olha, mas sei que, do seu jeito oblíquo, é comigo que está falando. — Uma invenção dos americanos, para enganar o mundo. Não existe foguete, nem viagem à lua, nada disso. É feito um desses filmes de discos voadores ou de viagens no espaço, em que nem o mais idiota acredita, onde está na cara que os monstros são de borracha ou gente fantasiada e que as rochas são de papelão, e até as árvores são de plástico. Quer saber? — agora fala olhando para mim. — É tudo propaganda. Em que cabeça cabe que um foguete possa chegar à lua? É propaganda para nos deixar idiotas e nos fazer comprar mais televisores e o cunhado da sua mãe ganhar mais dinheiro. Que diferença faz para você saber se a lua tem ou não tem atmosfera? Se nela crescem tomates, se vão chegar lá amanhã ou depois de amanhã? Quer saber aonde eles vão chegar? Ao mesmo lugar onde estavam, onde agora mesmo devem estar rodando o filme que logo mais vão passar no noticiário. Por acaso eu vou trabalhar menos se esses americanos de escafandro caminharem pela lua? Seu tio por acaso vai me perdoar as prestações da televisão e do fogão a gás que ainda falta pagar? E como você vai ganhar a vida, se não aprende a trabalhar no campo e passa a noite lendo e de manhã acorda mais pálido que a própria lua? Para que você vai estudar? Para ser astronauta?

Nesse instante meu avô acaba de fincar a lâmina da faca no centro da melancia. Corta sua esfera seguindo a linha equatorial e acaba de parti-la com as mãos, em duas metades que se separam num estalo geológico da dura casca e da polpa vermelha e luminosa, pontilhada de sementes pretas, brilhando o sumo fresco que logo todos iremos sorver num barulho unânime. O interior da melancia é de um vermelho tão forte quanto o núcleo de níquel e ferro fundidos nas ilustrações sobre o centro da Terra do meu livro de ciências naturais. Com a faca na mão e a melancia aberta sobre a mesa, meu avô fica por um momento pensativo, e não começa a cortar a primeira fatia.

— Muito bem — diz ele, olhando-me por cima dos dois hemisférios vermelhos da melancia enorme. — Já entendi tudo. Eles sobem num foguete e chegam na lua. Lá não tem nada, não nasce nada, nunca chove, não dá para respirar, mas tudo bem, dá na mesma. Eles chegam lá. Só tenho uma dúvida. Quando chegarem na lua, como é que vão entrar dentro dela?

9.

Hora dezoito, minuto vinte e oito. Esta manhã, assim que acordei, liguei o rádio da cozinha e a voz distante de um correspondente em Cabo Kennedy estava contando que nesse exato momento os três astronautas dormiam exaustos, depois de sua primeira jornada completa de viagem. Jornada, não dia. No espaço exterior não há dia nem noite. *E Deus criou o dia e a noite*, diz o Gênesis: é dia do lado da nave em que bate o sol, e noite no lado contrário, e para o calor solar não torrar os astronautas, a nave vai girando lentamente, numa rotação tão precisa quanto a da Terra ou da lua, para que o dia e a noite se sucedam em torno de sua forma cilíndrica a cada tantos minutos.

Como todas as manhãs, fui acordado pelos pios e o revoar das andorinhas, que têm seu ninho no beiral da minha sacada. Eu as escuto piar ainda em sonhos, no friozinho da madrugada, quando o sol ainda não chegou à praça e sopra uma brisa suave entre os ramos mais altos dos álamos, onde, desde que despontou a claridade do dia, rebentou um grande clamor de pardais. O denso aroma da resina e das flores dos álamos entra em meu quarto pelas venezianas abertas da varanda junto com o canto dos pássaros. Essas andorinhas que vêm da África e ocupam o mesmo ninho que deixaram vazio no final do verão passado, como conseguem encontrar, sobre os campos e os telhados, seu caminho até esta praça, até esta mesma sacada? Como é que os engenheiros aeronáuticos e os computadores conseguem encontrar a trajetória exata que vai da Terra à lua? Escorrego de volta no sono, com o imenso alívio de todo o tempo que falta para as aulas começarem, para chegarem as sombrias manhãs de inverno em que terei de acordar ainda no escuro para ir para o colégio, ou, pior ainda, para a apanha da azeitona durante as férias de Natal, enquanto a maioria dos meus colegas acorda tarde e passa os dias vendo tevê e esperando os presentes dos Reis Magos.

Ainda falta muito tempo: um tempo longo, demorado, quase imóvel, como o do meu preguiçoso despertar, não o tempo sincopado e matemático que os computadores marcam na base de Houston e nos painéis de comando da nave Apollo. Enquanto os astronautas dormem em suas poltronas anatômicas, presos a elas para que a ausência de gravidade não os faça flutuar, sensores colados na pele de cada um transmitem pelo rádio, através do espaço vazio, o número de seus batimentos por minuto e de sua pressão sanguínea. Estou quase flutuando numa gostosa ausência de gravidade sobre minha cama, ainda amodorrado, escutando o revoar das andorinhas junto às venezianas da sacada, o piar dos filhotes que erguem o bico achatado e mole para receber o saboroso mimo de uma mosca ou de um verme recém-caçado. As andorinhas cruzam silvando o ar da praça San Lorenzo e sob a copa dos álamos as mulheres varrem o calçamento e depois o molham com a água suja de seus baldes. No meio-sono da agonia e da morfina, o Baltasar também deve estar ouvindo o piar dos pássaros, enquanto a luz matinal penetra debilmente pelas cortinas fechadas de seu quarto sufocante, pela fenda das pálpebras sem cílios que ele nem tem mais forças para manter abertas. No interior de seu corpo, nos túneis de seus brônquios, nas cavidades de seus pulmões, enlodados com o alcatrão de milhares e milhares de cigarros e com a fuligem do papel grosseiro com que os enrolava, o câncer se espalha como essas criaturas invasoras e moles dos filmes de ficção científica, multiplicam-se sem controle as células que vão estrangulá-lo. Será que Deus determinou que essas células se reproduzam errado, terá concebido esse lento suplício para castigar a soberba ou a maldade do Baltasar? Nas manhãs de primavera, minha mãe sobe para me acordar antes das oito e abre de par em par a sacada por onde irrompem numa grande onda a luz do sol e o frescor matinal. Abre a sacada e ameaça puxar as cobertas para que eu não volte a dormir, trazendo com ela a energia jovial do dia intacto e recém-começado.

As *manhãzinhas de abril*
são boas de dormir,
e as de maio
conto e não acabo.

Ano após ano volta esse ditado, infalível como o sol loiro e oblíquo listrando meu quarto através das frestas da veneziana e como o piar e o revoar das andorinhas no ninho de barro sob o beiral da sacada. É a doçura do fim das aulas já próximo, do longo verão que se anuncia. Só que agora, nestas manhãs de julho, sinto vergonha de que a minha mãe entre no quarto e veja os sinais da minha transformação, minhas pernas compridas e peludas, talvez o volume de uma ereção matinal na cueca, ou a mancha amarela de uma ejaculação noturna. Dias atrás fui acordado pela umidade fria de uma ejaculação, e ainda em sonhos achei que o cheiro do sêmen tomava conta de todo o quarto e saía para a praça pela sacada aberta, e o que na verdade estava cheirando eram a seiva e as flores dos álamos.

Eu agora preferiria que a porta do meu quarto tivesse trinco. Mas minha mãe já não entra para me acordar tão à vontade como fazia até bem pouco. Hoje escuto os passos dela na escada, seus passos lentos, de corpulência cansada, subindo até este último andar da casa onde só eu durmo. Nos passos de minha mãe há o peso excessivo de seu corpo e a permanente exaustão das tarefas da casa, esfregar o chão de joelhos com um pano molhado, acender o fogo, lavar a roupa no telheiro do quintal com água fria num tanque de pedra.

— Levanta, que teu pai mandou você ir para a horta.

— Hoje não posso, tenho que ir ao colégio.

— Ao colégio, nas férias?

— Preciso devolver uns livros para um padre.

— Você avisou teu pai ontem?

— Quando fui avisar, ele já tinha pegado no sono.

Meu pai acorda de madrugada para abrir sua banca de frutas e legumes no mercado e quase todas as noites pega no sono ainda à mesa, depois de jantar, roncando suavemente enquanto os outros conversam ou veem televisão. Passa com muita facilidade do laconismo ao sono, com os braços cruzados sobre a mesa e a cabeça apoiada neles, e quando acorda sobressaltado, no meio de um ronco, olha em volta com o rosto amassado e o cabelo grisalho desgrenhado sobre a testa. Meu pai, intimamente estranho nesta casa que é da família de sua mulher, tende a ficar à mesa em silêncio ou dormindo. Depois se levanta, meio sonâmbulo, dá boa-noite, sai para o quintal para usar a latrina, olhar para o céu e farejar no ar os indícios do tempo que vai fazer no dia seguinte. Antes de se recolher, vai até o estábulo dar a última ração aos animais, palha misturada com cevada e trigo, e depois o ouvimos subir as escadas lentamente, vencido pelo sono e pela exaustão do trabalho.

Minha mãe e ele mantêm longos duelos de silêncio, cada um alimentando seu rancor que nunca estoura, que se ulcera por dentro e acaba por se dissolver ou ao longo do tempo fica enquistado neles. Meu pai quase nunca ergue a voz, e nunca levantou a mão para mim, diferentemente do pai de quase todos os meus conhecidos. Quando não gosta de uma coisa, fica calado, e seu silêncio pode ser mais opressivo do que um grito ou um murro na mesa. Tanto falei com ele e tanto o ouvi quando era menor e agora parece que cada um de nós dois se recolheu a sua cova de silêncio, ele alimentando suas queixas de minha preguiça e meu desinteresse pelo trabalho no campo; eu, minha contrariedade com as ordens que devo obedecer, com as tarefas que até não faz muito tempo achava agradáveis, porque se confundiam com minhas brincadeiras e me permitiam ficar perto dele, a quem agora, de repente, não tenho nada a dizer, porque também ele está do outro lado da barreira invisível que se ergueu entre mim e o mundo exterior, feita de distância, de estranhamento e de vergonha.

— Você sabe que teu pai não gosta desse padre.

— Ele me emprestou uns livros, e preciso devolver.

Meu pai não gosta desse padre porque acha que ele quer me convencer a entrar no seminário. É um padre jovem, que dá aulas de geografia universal e que nunca aplica castigos físicos. Seu nome é padre Juan Pedro, mas todo mundo o chama de padre Peter, ou de o Pater. Não usa cercilho na cabeça, embora ainda tenha todo o cabelo. Vai muito seguido ao mercado e procura a banca do meu pai para conversar com ele e seus colegas hortelãos, faz perguntas sobre o cultivo dos legumes e a limpeza dos olivais e quer saber quanto recebem os diaristas no campo e os agricultores ao vender a safra da azeitona. Meu pai o informa minuciosamente de tudo, mas é no fundo cético quanto à possibilidade de alguém tão estranho ao nosso mundo entender qualquer coisa a esse respeito, e não confia. Por que um padre haveria de se interessar pela época do ano em que as berinjelas amadurecem ou por quantas horas — todas as de claridade solar — dura a jornada de um azeitoneiro? E por que daria tanta atenção a um aluno de família trabalhadora e bolsista?

— Cada uma que você inventa — diz minha mãe, sempre disposta a se sentir magoada por ele. — Pegou carinho pelo menino porque vê que ele é estudioso, e só quer ajudar.

— O que esse aí quer é que ele vire padre.

— Também não seria nenhuma vergonha...

Meu pai não confia no padre Peter nem em nenhum padre ou qualquer pessoa que use uniforme ou hábito ou pertença a uma organização, pois todas lhe parecem detestáveis, perigosas, nocivas. Não gosta das confrarias da Semana Santa, nem das torcidas organizadas, e todos os anos inventa um pretexto para não entrar na associação de vendedores do mercado. Os entusiasmos coletivos, as diversões em grupo lhe parecem sintomas de debilidade mental. O boi solto bem se lambe, diz ele. Eu queria entrar na Ação Católica ou na Organização Juvenil Espanhola, que na sede têm salões de jogos com mesas de pingue-pongue, pebolim e tabuleiros de damas e de xadrez, e organizam acampamentos de verão na praia ou nos bosques da serra de Mágina. Mas ele achava os da Ação Católica um bando de beatos, e os da OJE um bando de fascistas, e com isso eu fiquei sem ir à praia, sem aprender a nadar e sem jogar pebolim nem pingue-pongue.

— Você não vai entrar em coisa nenhuma — repete, taxativo. — Olha como foi na guerra, toda aquela gente entrando nos partidos e nos sindicatos. Tanto cantar hino e marchar todo mundo junto, de uniforme e lenço no pescoço, para dar no que deu.

— Os da OJE usam uniforme, mas os da Ação Católica não.

— Mas aposto que cantam hinos e marcham todos juntos.

— Se ele entrar na Ação Católica vai poder ir na praia e aprender a nadar — intercede minha mãe.

— E se ele se afogar? Você não viu quanta gente morre afogada desde que começou essa moda das férias na praia? Desajeitado do jeito que é, esse aí é capaz de se afogar até numa banheira.

— Na nossa é que não vai ser.

— E não faz falta mesmo, podendo usar o chuveiro que o teu irmão instalou...

O padre Peter me passa os livros e depois marca encontro comigo em seu quarto ou em seu escritório para conversarmos sobre eles. *Diário de Daniel, Fé e compromisso, Os padres comunistas, O Evangelho e o ateu, Um barraco em Bilbao.* Livros sobre jovens que vivem profundas crises existenciais que eu não entendo muito bem, a não ser em sua obsessão erótica, ou que abandonam todas as comodidades para se *doar aos outros* ou para ir trabalhar nas minas ou no campo, coisa que entendo menos ainda, porque o que quero é justamente o contrário, abandonar o campo e desfrutar dessas comodidades que eu só conheço graças à tia Lola e às revistas ilustradas que acho na casa dela. O padre Peter diz que estou muito perto do começo do meu caminho, mas que ainda preciso encontrá-lo. Que o importante não é o lugar aonde queremos ir, e sim o caminho pelo qual avançamos. Que a palavra vocação significa chamamento, e que eu devo ficar atento para escutar uma voz. A voz de Deus, que vai me exigir compromisso e entrega, renúncia de mim mesmo, decisão de doar, de doar-me aos outros. Nos jovens há uma inspiração de ideal, uma dimensão de anseio que a sociedade não reconhece, e isso desperta sua rebeldia e a incompreensão dos adultos. Os profetas do Antigo Testamento não foram rebeldes? Jesus Cristo não foi o primeiro revolucionário? Esses jovens que deixam crescer a barba e o cabelo e andam descalços pelas ruas de Paris ou de São Francisco e se reúnem no meio de um vale para ouvir os conjuntos de música moderna, como há dois mil anos se reuniam outros jovens inquietos em torno de Jesus, não estão à espera de ouvir de novo, na linguagem de hoje, o Sermão da Montanha? Os *jovens desta história são inquietos, indisciplinados, incisivos, andam de cabelo comprido e pés descalços*, diz a contracapa de um livro que o padre Peter me emprestou. Eu imagino que também gostaria de ser inquieto, indisciplinado, incisivo, e não tão obediente como sou, e andar de cabelo comprido, e não com este corte rústico que o barbeiro do meu pai me faz. O que não chego a entender é o porquê dos pés descalços, que me lembram os penitentes mais fanáticos da Semana Santa. *Estes jovens pregam o amor livre, a não violência, mas se escondem da verdade humana.* Quando ouve a confissão, o padre Peter não impõe pais-nossos nem ave-marias como penitência: cabe a quem se confessa criar sua própria oração, imaginando-a como uma sincera conversa com Deus, e mais do que palavras repetidas de memória e talvez não sentidas pelo coração, o que Jesus Cristo nos pede são pequenos gestos de compromisso com os outros. A masturbação, que muitos consideram apenas um pecado contra a pureza, é antes de tudo um ato de egoísmo, porque nos fecha em nós quando justamente o propósito desse impulso sadio é tecer laços generosos voltados a essa *comunhão da carne*, santificada quando *comunhão do espírito*.

Nos livros que o padre Peter me empresta há muitas frases grifadas, e outras que foram sublinhadas a lápis por ele, e embora eu as leia em voz alta e me esforce para entendê-las, nunca tenho muita certeza do que querem dizer. Também ele, quando fala, parece que diz algumas frases ou palavras grifadas, e às vezes tem um caderno aberto à sua frente e nele desenha gráficos com setas e outros sinais que eu olho balançando a cabeça lentamente, porque foram pensados para esclarecer as coisas. Eu lhe pergunto por que Deus permite que os inocentes sofram, por que escolheu Judas e não outro dos discípulos para trair Cristo, sabendo que o condenava ao desespero e ao suicídio e, portanto, ao inferno. Que pecados cometeram as crianças de Biafra para morrerem de fome e de doença mal acabadas de nascer, para serem decapitadas junto com suas mães ou até arrancadas do ventre delas e esmagadas contra o chão? Se eu for para o Céu e meu pai ou minha mãe, ou alguém que muito quero, forem para o inferno, como poderei desfrutar da felicidade eterna, sabendo que eles sofrem e que continuarão a sofrer por toda a Eternidade? Eu me sinto ousado ao fazer essas perguntas, quase maldoso, quase herege. Como conciliar a descrição bíblica da Criação em seis dias com as provas irrefutáveis que confirmam a verdade científica da Teoria da Evolução? Ao contrário dos outros padres, o padre Peter sempre sorri e fala como um amigo, às vezes pondo um braço no ombro da gente, principalmente nos grandes passeios pelos corredores ou pelo pátio que ele prefere à formalidade do confessionário. A Bíblia, sobretudo o Gênesis, não deve ser entendida como uma narração literal: assim como Cristo falava por meio de parábolas, para ser entendido pelas pessoas simples às quais dirigia sua mensagem, a Bíblia nos propõe metáforas que a razão do Homem nem sempre sabe interpretar. Por acaso interpretaremos sempre corretamente a linguagem dos poetas, das crianças, até das pessoas mais próximas? O padre Peter me promete que logo vai me emprestar um livro sobre as pesquisas paleontológicas de Teilhard de Chardin, e me pergunta com um sorriso se não gostaria de me confessar: ali mesmo, em seu escritório, sem nenhuma formalidade litúrgica além de ele pôr a estola no pescoço. Eu costumava me confessar ao padre Peter, mas comecei a sentir tanta vergonha pelo fato de o meu pecado ser sempre o mesmo, e de serem tão pouco eficazes a dor do coração, os propósitos de emenda, até as conversas personalizadas com Deus, que aos poucos deixei de me *achegar ao sacramento*, como ele diz. Um dia, um dos últimos antes das férias, ele me pediu que eu ficasse na sala depois da aula, e enquanto recolhia da mesa seus cadernos e seus slides — o padre Peter usa slides nas aulas de geografia e também em suas palestras religiosas — me perguntou se havia algo de errado comigo, se tinha alguma preocupação, alguma dúvida que não me atrevesse a confessar a ninguém. A confissão e a comunhão são alimentos do espírito, e a pessoa se debilita e perde as defesas quando se priva delas por muito tempo, assim como quando fica sem comer ou sem beber água. Fechar-se por completo aos outros, como uma casa às escuras e trancada a chaves, não é privar-se do alimento mais necessário de todos? Comungar significa compartilhar: eucaristia é encontro. A pessoa pode receber na boca a hóstia sagrada e no entanto não estar participando na comunhão, porque a alma permanece fechada. Em seu escritório, o padre Peter pegou uns livros da estante e me disse que os lesse devagar, fazendo anotações, sublinhando-os à vontade.

— Leia, e quando acabar venha ao colégio para conversarmos sobre eles com calma. Não há pressa. Vou ficar aqui o verão inteiro.

Na verdade, eu não li os livros, porque só de abri-los já sentia um tédio mortal. Prefiro A *origem das espécies*, ou A *viagem do Beagle*, ou *O macaco nu*, com suas excitantes descrições zoológicas dos corpos masculino e feminino, dos episódios de aproximação, corte e acasalamento sexual, que toda vez que os leio me fazem correr para a latrina e lá trancado esquecer meus propósitos de pureza. Ir ao colégio devolver ao padre Peter seus livros de palavrório teológico e de sentimentalismo cristão é um pretexto que improvisei hoje para não ir à horta do meu pai. Mas é verdade que até bem pouco tempo esses mesmos livros me despertavam emoções religiosas, aliviavam minha angústia e minha culpa, e até me inculcavam um vago desejo de virar sacerdote ou missionário, de me doar aos outros sem esperar compensações do meu egoísmo. A banca de jornais da praça General Orduña exibe as enormes manchetes da véspera. A velocidade da viagem à lua é medida em pés por segundo, mas os jornais de Madri chegam a Mágina com um ou dois dias de atraso, dependendo da lentidão e das avarias do trem-correio ou do ônibus interurbano. COMEÇA EM CABO KENNEDY A ERA ESPACIAL; O HOMEM: UM DIA DEIXOU O PARAÍSO E HOJE DEIXA SEU VALE DE LÁGRIMAS EM BUSCA DE NÃO SE SABE BEM O QUÊ; O ASTRONAUTA ALDRIN CONSULTA SEU MESTRE ESPIRITUAL DA NAVE APOLLO. Sigo ladeira acima rumo ao colégio, na manhã fresca, com os livros do padre Peter embaixo do braço, antecipando o tédio da conversa que devo ter com ele. Ao repetir a caminhada pelas mesmas ruas por onde todas as manhãs atravesso a cidade quando vou às aulas, de cabeça baixa e a pasta pesando numa das mãos, com uma melancolia opressiva que agora me parece remota, de repente tenho a sensação de que se passou muito tempo desde que acabaram as provas e começaram as férias, há menos de um mês. Vejo o prédio familiar ao longe e é como se voltasse a visitar lugares onde morou uma pessoa que tem o mesmo nome que eu e compartilha minhas lembranças, mas que já não tem nada a ver comigo.

O Colégio Salesiano São Domingos Sávio fica num descampado nos arredores da cidade, ao norte, perto da saída para a estrada de Madri. Depois das últimas casas, passando o terminal dos bondes que vão para o vale do Guadalquivir, ergue-se no espaço plano e árido um punhado de árvores solitárias e três prédios que só têm em comum seu isolamento e um ar entre industrial e carcerário, longos muros de pedra caiada que lembram os do cemitério não muito distante dali. Cada um dos três edifícios parece erguido de modo a parecer o mais distante possível dos outros e ressaltar a amplidão deserta que o cerca, que já não pertence à cidade, mas também não pertence ao campo, uma terra de ninguém entre as últimas casas e as primeiras linhas de vanguarda dos olivais. Há uma ermida meio arruinada, uma fundição, o bloco comprido e fosco do colégio, com suas fileiras de janelas estreitas e iguais e uma torre na esquina sudoeste que confirma a severidade penitenciária de sua arquitetura. *Tu mole escurialense*, diz o hino do colégio, letra e música do padre zelador *don* Severino, que também é o regente do coral, e todas as tardes nos impinge cantos gregorianos e estrofes marciais:

*Salve, salve, colégio de Mágina
forjador de aguerridas legiões
que com o esforço de tuas sábias lições
em suas almas soubestes gravar...*

No Colégio Salesiano São Domingos Sávio impera a desolação do isolamento, a opressão de grandes salas de aula e de corredores que terminam em escuros vãos de escada. No inverno, nas manhãs sombrias de segunda-feira, o colégio aparece numa distância exagerada pela amplidão do céu cor de lousa, tão longe de tudo, do coração da cidade e dos lugares da minha vida, que chegar a ele por trilhas abertas no descampado já é um castigo sem consolação imaginável. Espalhados pela planície, entre valas e matos, há grandes tambores de latão, canos de ferro do tamanho de túneis, tanques de gasolina ou de azeite fabricados na fundição próxima. Os tanques têm forma cilíndrica e umas portinholas no alto que os fazem parecer submarinos encalhados. Gosto de imaginar que entro em um deles, que me tranco por dentro, que navego como no barco submarino do capitão Nemo ou no batiscafo do capitão Picard, vendo o fundo do mar por um olho de boi, a salvo de tudo, num silêncio perfeito, num inacessível hermetismo de felicidade.

Dizem que à torre de vigia costuma subir o padre diretor, munido de binóculos para observar os alunos que brincam nos pátios ou os que somem entre os tambores e os canos do descampado para fumar. De manhã, na hora da entrada, às vezes o vemos vir de muito longe, voltando de um passeio solitário pelos confins da cidade, as fraldas da batina agitadas pelo vento, agarrando-se às arestas ossudas de seu corpo, com a barra e os sapatos pretos sujos de lama.

O rosto e as mãos do padre diretor são de um branco acinzentado, nas mandíbulas um brilho metálico de barba muito áspera e bem raspada. O queixo fino, as faces encovadas, os pômulos angulosos, o crânio redondo e calvo, dão à sua cabeça uma forma de lâmpada invertida. Uma cicatriz atravessa sua testa: quando era moço, no seu tempo de seminarista, o padre diretor caiu num poço seco, que tinha no fundo um motor quebrado e enferrujado. Foi dado como morto, mas na hora em que tropeçou e caiu contam que teve tempo de se encomendar a Nossa Senhora do Socorro, a são João Bosco e a são Domingos Sávio, que fizeram os três o milagre de salvar a vida dele, mesmo fraturando o crânio contra a sucata imunda do fundo do poço. Atrás das lentes dos óculos, seus olhos dilatados olham do fundo das órbitas com uma frieza clínica, com uma ironia sempre disposta a se deleitar com a falta de inteligência, com a covardia, a fraqueza e o medo. No padre diretor, as vulgaridades e as grosseiras imperfeições do mundo material e dos instintos corruptores que pulsam nos seres humanos, especialmente nos alunos do colégio, provocam um profundo desagrado, uma visível aversão física que o bálsamo da caridade cristã não consegue mitigar. "Vocês são carne de forca", murmura ele às vezes, olhando para nós do alto do estrado, e ninguém sabe se esse anúncio de condenação se refere apenas à iminente prova de matemática, em que quase todos seremos reprovados, ou ao nosso duvidoso futuro na vida, tanto a terrena como a eterna, tão jovens e já corrompidos pelo pecado, recém-saídos da infância, mas já marcados pelas taras morais e físicas dos vícios a que não conseguimos resistir e nos quais recaímos repetidas vezes apesar da confissão e da penitência, sobretudo o da luxúria, na variante mais comum entre nós, que tem tantos nomes quantas expressões alusivas: o *pecado contra a pureza, o hábito nefando.*

Somos carne de forca, e do modo que ele nos observa, com seus olhos claríssimos e as grossas lentes de seus óculos, o padre diretor parece examinar a vergonha íntima de cada um. Quase cola o rosto ao de um aluno que acaba de interrogar no estrado, e sua proximidade hipnotiza e aterroriza, embota a inteligência, paralisa a língua. Até Endrino e Rufián Rufián morrem de medo dele, e Fulgencio tenta se camuflar em seu canto de sombra no fundo da classe. Quando se aproxima assim à espera de uma resposta que provavelmente não virá ou será errada, a cicatriz que atravessa em diagonal a testa do padre diretor fica mais pálida contra a pele cinzenta e pulsa levemente, como uma veia saltada. Afasta-se, com um suspiro de resignação perante a irremediável estupidez, e o réu começa a se sentir a salvo, postado junto à lousa onde não conseguiu resolver uma fórmula, o giz ainda na mão. Mas aí o padre diretor vira o corpo com uma agilidade aterradora e sua mão direita espalmada com os dedos bem esticados se choca contra a cara do incauto, num tapa que ecoa secamente na sala e que faz o garoto cambalear. Leva a mão ao rosto, encolhendo-se instintivamente como um bicho golpeado, e não se atreve a olhar para o padre diretor, porque um olhar poderia ser tomado como um desafio e provocar um novo golpe. Conheço a sensação: o rosto ardendo e um zumbido muito agudo apitando dentro do ouvido, e por um momento a gente não ouve nada, como se a cabeça estivesse dentro de um escafandro.

* * *

Às nove da manhã de toda segunda-feira, em ponto, o padre diretor entra na classe empurrando a porta ao mesmo tempo que gira a maçaneta, para dramatizar a perigosa instantaneidade da sua chegada, e percorre com o olhar frio e o sorriso sarcástico as fileiras de alunos que se levantaram ao lado das carteiras, os internos com seus aventais cinza. Suas narinas grandes e vibráteis, quase translúcidas, assim como as orelhas, sem dúvida captam o cheiro do medo, das secreções recentes e mal lavadas, do sebo capilar e das virilhas e axilas pouco ventiladas, os cheiros azedos de uma masculinidade em erupção, que nem a disciplina salesiana, nem a penitência, nem o medo dos castigos eternos conseguem domar por completo. "Anjos até bem pouco", murmura às vezes, no púlpito, o queixo cravado no peito, como que abatido por um imenso pesar, "e agora anjos caídos". O padre diretor gosta das verdades puras da teologia e da matemática, que são abstratas e não estão sujeitas à corrupção, à decadência ou ao erro, e no entanto governam o universo, emanações miraculosas da inteligência divina. Não entender a fórmula matemática que define as leis da elipse, e portanto as órbitas dos corpos celestes, é um pecado e um ato de cegueira tão reprovável quanto o do ateu ou o do herege que não acata o mistério da Santíssima Trindade. Yuri Gagarin, o cosmonauta russo, o primeiro ser humano a navegar em órbita em torno da Terra, declarou ao regressar: "Passeei pelo céu, mas não vi Deus". E por acaso é necessária outra prova da existência de Deus além desses corpos celestes que giram no espaço numa harmonia milagrosa, numa concordância tão exata que nem o relógio mais perfeito nem o computador mais complexo nunca poderão imitar? Na lousa, as fórmulas, as equações, as elipses, as linhas, que o diretor traçou contra o fundo preto com a ajuda de um enorme compasso de madeira tornaram-se tão indecifráveis quanto a multidão de estrelas numa noite de verão. O triângulo equilátero de um problema de geometria que ninguém conseguiu resolver parece encerrar aquele olho divino onisciente e acusador dos livros de história sagrada. Nas especulações teológicas e aritméticas do padre diretor, a Inteligência Suprema que governa o universo por meio da harmonia dos números também não renuncia à fúria de vingança. Como Darwin, destruído pela morte da sua filha pequena, ou como Nietzsche, apodrecido pela sífilis e pela loucura, ou o imperador Diocleciano, devorado por úlceras pestilentas, também o ímpio Gagarin teve seu merecido castigo: ele, que com tanta soberba se gabava de ter pilotado um foguete espacial de onde não viu Deus, morreu no ano passado num acidente de aviação, queimado vivo entre as ferragens incandescentes do seu caça.

Às nove da manhã, em ponto, sem dizer nada, o padre diretor sobe ao estrado, examinando os rostos de sono, de medo, da pesada melancolia de segunda-feira invernal, de luxúria obstinada e culpada. Com um gesto breve de sua mão direita, como se cortasse o ar, nos manda sentar. Ouve-se o ruge-ruge do tecido lustroso da sua batina ao mesmo tempo que entre as primeiras fileiras se espalha o cheiro de sua loção de barbear eclesiástica. Eu também sinto outro cheiro: Gregorio, o colega da carteira da frente, tem tanto medo do padre diretor que, só de ouvir seus passos avançando pelo corredor em direção à classe fica com o corpo descontrolado e começa a soltar uns peidos silenciosos e fétidos, ao mesmo tempo que um tremor toma conta dos ombros e do cangote, onde dentro de alguns minutos é bem provável que caia um golpe dos nós dos dedos cerrados do diretor.

Não há pressa. Ninguém se mexe, os cotovelos sobre a madeira inclinada das carteiras, os lápis a postos, os cadernos com os exercícios de matemática, as cabeças baixas, franjas infantis ou topetes de adolescentes precoces, rostos com uma tênue penugem ou com espinhas, cheiros de higiene precária, de pó de giz. Nada se mexe, exceto os intestinos transtornados do pobre Gregorio, que deixa escapar gases tão incontidamente como no dia em que se mijou todo no estrado diante do padre diretor, com o avental de interno e as calças escorrendo, o rosto vermelho, a cabeça rapada e as orelhas de abano, sorrindo por contágio ou por instinto humilhado de camaradagem com a turma que acabava de romper numa gargalhada, logo cortada pelo silêncio, à espera do castigo público.

A cada segunda-feira, o padre diretor estende o tempo da nossa espera. Senta-se atrás de sua mesa, percorre as fileiras de cabeças como se as sobrevoasse com o olhar, e por um instante o fixa na distância escura do fundo da classe, ou na janela que dá para o pátio, para a igreja em construção. Abre sua pasta preta que contém as fichas de todos nós, e todos sentimos um sobressalto, temendo que na página que o diretor acaba de abrir esteja sua fotografia e seu nome, as quadrículas onde ele anota, com sua caligrafia minúscula, as notas de cada exercício que fazemos, com a mesma minúcia com que seu Deus irado e onisciente há de anotar na memória os mais ínfimos pecados de cada membro da humanidade pululante e pecadora. O padre diretor, com a mão esquerda no queixo e o cotovelo sobre a mesa, tem a pasta aberta à sua frente, mas não olha para ela, ou não parece reparar nela. Tamborila os dedos da mão direita na superfície da mesa, suavemente, talvez só com as unhas, raspando a madeira lustrada. Ou então tira sua esferográfica e bate o botão contra a mesa, e cada batida se desdobra em outras menores, com a mola descendo e subindo, como se o diretor quisesse comprovar sua elasticidade ou resistência, ou como se calculasse mentalmente a cadência das batidas. Há sessenta segundos em cada minuto e sessenta minutos em cada hora eterna de aula. *Imaginem que cada segundo de sua vida equivale a mil anos, mas nem assim vocês poderão calcular a duração da Eternidade.* Durante os primeiros minutos não há outro som na sala de aula. O padre diretor sorri, deixa a caneta sobre a mesa, e todos sabemos que a trégua está acabando, que a espera já foi esticada até o limite. Com os dois cotovelos apoiados sobre a mesa, as mãos compridas e juntas diante da boca, formando o eixo de simetria da sua figura alta e ereta, o padre diretor anuncia, sorrindo:

— Hoje vamos cortar cabeças.

Ouve-se um murmúrio de alívio e outro de medo reavivado: cortar cabeças, no jargão punitivo do padre diretor, quer dizer que só vai chamar à lousa os alunos que têm o nome no topo de cada folha de seu caderno. Mas ninguém pode dar isso como certo, porque é possível que no meio da aula o padre diretor faça um gesto de cansaço, seu rosto pálido atravessado por um sorriso seco como um ricto:

— As cabeças estavam tão ocas que me cansei de cortá-las. De agora até ao fim da aula vamos cortar pés.

E os que iam vendo se aproximar o castigo inevitável com a fatalidade de uma sentença, porque seus nomes encabeçavam as próximas páginas, agora quase desmaiam de felicidade, e os que se imaginavam impunes de repente se veem atirados na iminência do cadafalso: o estrado onde terão que subir quando ouvirem seu nome, a lousa coberta de números e de fórmulas que apagarão com a resignação de quem já perdeu tudo e só espera o escárnio, a bofetada, o cascudo no cangote, os dedos gelados retorcendo sua orelha até que a sintam como se fosse ser arrancada.

Ninguém está a salvo: nem sequer quem não foi chamado à lousa, quem baixa a cabeça sobre o caderno e rabisca um exercício ou simplesmente permanece imóvel, tentando se contrair até se tornar invisível, como um molusco que cerra as valvas, como um inseto ilusoriamente protegido pelo mimetismo da pisada que vai esmagá-lo. Então se aproximam pelas costas, entre as fileiras de carteiras, os passos do diretor, que vem do fundo da classe, e junto com seus passos o ruge-ruge da batina; e a premonição de um súbito cascudo no cangote é tão intensa que o cabelo da base do pescoço se eriça e os músculos se contraem. Todas as manhãs de segunda-feira, às nove, no início tétrico da semana, depois de a tarde de domingo ter se afogado em tristeza à medida que a noite caía, depois do sono e do despertar penitenciário, e da viagem até o outro extremo da cidade, até o descampado onde se ergue o colégio, a aula de matemática é uma laboriosa iniciação ao medo, a uma variedade aguda e profunda do medo, que é outra das novidades da minha vida.

— Gostou dos livros?
— Gostei sim, padre.
— Não me chame de padre — sorri o padre Peter, o Pater. — Estamos de férias. Além do mais, não estou de batina.
Ele está de calça preta, camisa cinza de mangas curtas, com colarinho. O padre Peter usa o cabelo penteado com risca, com uma franja desordenada caindo sobre a testa. As lentes de seus óculos ficam mais escuras na claridade. Na parede há um mapa-múndi onde estão assinaladas com alfinetes vermelhos as missões salesianas na América do Sul, na África e na Ásia, e fotos coloridas de crianças sorridentes, com traços orientais, índios, negros. Sobre a mesa, Che Guevara sorri mordendo um charuto na capa de um livro.
— Outro grande revolucionário — diz o padre Peter, percebendo a direção do meu olhar. — Um grande revolucionário e também um grande revoltado, que não é a mesma coisa. Um dia vou lhe emprestar *O homem revoltado*, de Albert Camus.

O padre Peter balança a cadeira para trás, apoiando o encosto na parede. Justo acima de sua cabeça há um crucifixo, e abaixo do crucifixo uma imagem em preto e branco de Nossa Senhora do Socorro, ladeada pelos retratos de são João Bosco e de são Domingos Sávio, com sua cara triste, afeminada e infantil, de inocente que morreu quase com a mesma idade que eu tenho agora sem nunca ter cometido o pecado solitário. Antes morrer mil vezes que pecar. Antes pecar mil vezes que morrer, diz Fulgencio o Réprobo, soltando uma gargalhada rouca de fumante e libertino.

— E as férias? — o padre Peter faz perguntas muito rápidas, indo direto ao assunto, diz ele, como um repórter.

— Na horta, com meu pai, quase todos os dias — encolho os ombros, sentado diante dele, na ponta da cadeira. — E estou estudando inglês e taquigrafia.

— Taquigrafia?

— Caso um dia eu seja repórter internacional.

— Deixe eu ver suas mãos.

Por um momento, meu rosto cora: como se o padre Peter procurasse nas minhas mãos as marcas do pecado. Mostro-lhe as palmas, em cima da mesa, e ele as observa, toca as partes endurecidas com a ponta dos dedos.

— Mãos trabalhadoras — diz. — Não há nada mais bonito.

Eu as retiro, constrangido, esfrego as palmas suadas entre os joelhos.

— Olhe para mim. Não precisa baixar a cabeça.

— Não tinha percebido.

— Mesmo com ela baixa, eu posso ler no seu rosto...

Volto a corar, e ergo os olhos para o padre Peter, mas não consigo ver seus olhos, porque agora as lentes dos óculos escureceram.

— ... e sei que você não cumpriu sua promessa.

— Claro que cumpri — minto de novo. — Eu li os livros.
— Eu pedi que você me prometesse outra coisa.
— Não me lembro.
— Que ficasse atento para escutar o *Chamado* — o padre Peter diz certas palavras em letra maiúscula e frisada. — A vocação, está lembrado? Do latim *Vocare*, chamar. São muitos os chamados, e poucos os eleitos.
— E por que uns são eleitos e outros não? Deus tem preferências?
— Deus sabe o que é melhor para cada um, melhor do que nós mesmos.
— Deus sabe que é melhor alguém morrer num desastre de carro, ou ficar paralítico, ou trabalhar sem descanso e ser pobre a vida toda?
— O Evangelho é uma aposta em favor dos pobres...
— Mas aqui no colégio tratam melhor os filhos dos ricos.

Eu mesmo me espanto com minha impertinência. Digo o que me passa pela cabeça, com um vago impulso de hostilidade, só para contrariar, pelo constrangimento de estar nesse escritório e pela impaciência de ir embora e não saber como.

— Você recebeu notas mais baixas por não ser um aluno pagante?

O padre Peter se levanta e por um momento receio que deva me dar um tapa e sinto uma coceira no rosto e na nuca, como quando estou perto do padre diretor. Vai até a janela, que dá para os grandes pátios quase desertos no verão, onde há apenas um ou outro interno jogando basquete com pachorra. Na claridade que entra pela janela, as lentes voltam a escurecer. De pé a meu lado, o padre Peter põe uma das mãos no meu ombro.

— Esse inconformismo, essa ira que você sente — suspira —, são impulsos nobres, que deve aprender a canalizar. Você quer uma coisa, e a quer com muita força, com todas as suas for-

ças, mas não sabe o que é. Está procurando algo, e não sabe que é Deus quem inspira essa busca.
— E se Deus não existir?
— Admitamos a hipótese — o padre Peter voltou a se sentar à minha frente, as mãos entrelaçadas, os cotovelos sobre a mesa, numa postura de alerta, inclinado para a frente, como numa das partidas de pingue-pongue ou de pebolim em que às vezes desafia seus alunos. — Qual seria nesse caso o sentido do Universo?
— Talvez nenhum.
— E a situação do Homem na Terra?
— Uma espécie como qualquer outra, que venceu por seleção natural.
— Entendo — diz sombriamente o padre Peter, as mãos juntas diante da boca, como que meditando, ou rezando. — A luta pela vida. A sobrevivência do mais forte. Que esperança isso deixa para os fracos, para os pobres e os doentes? Vamos adorar o Super-homem de Nietzsche?

A única coisa que eu sei de Nietzsche é que parece que disse que Deus tinha morrido, ou que se Deus estava morto tudo era permitido, e que ficou louco e falava com um cavalo, e que morreu de sífilis.

— Ou aceitar sem mais as palavras do Calígula de Camus: que os homens morrem e não são felizes...

Enquanto escuto o padre Peter tento descobrir a ligação entre Calígula e Nietzsche, que deve ter a ver com cavalos. Será que Calígula também ficou louco, por ímpio e perseguidor dos cristãos, e também acabou falando com seu cavalo? Ou o que ele fez foi nomear o cavalo senador? Era tão depravado que dormiu com a própria irmã? Ou quem dormiu com a irmã e lhe transmitiu a sífilis foi Nietzsche? Ou a sífilis se pega batendo punheta sem parar? O padre Peter tira os óculos lentamente: tem os olhos

muito claros e os lacrimais vermelhos. Hipersensibilidade à luz.
Num momento muito primitivo da evolução, há milhões de anos, alguns organismos começaram a desenvolver células capazes de perceber a luz dentro de certos comprimentos de onda. Células que aos poucos foram se organizando até adquirirem a espantosa complexidade dos olhos, que não são mais simples nem menos sofisticados numa mosca ou num polvo do que no ser humano. Será que Deus, o mestre relojoeiro, também teve que atuar como oculista?
— Fé e Razão — diz o padre Peter. — Lendo o relato bíblico superficialmente, parece que as duas são contraditórias. Darwin contra o Gênesis: o Homem criado numa manhã, no sexto dia, ou o resultado de milhões e milhões de anos de evolução, da ameba até esses seres que neste exato momento estão viajando pelo espaço rumo à lua.
Voltou a pôr os óculos e olha pela janela, não para o pátio, mas por cima dos telhados e da torre de vigia do colégio, como se procurasse no céu um rastro da nave Apollo.
— A vida começou na água, segundo os cientistas. Muitos milhões de anos mais tarde, alguns desses seres marinhos abandonaram desajeitadamente a água e começaram a ocupar a terra. E agora, nestes dias que correm, a vida dá um salto talvez muito maior, da terra para o espaço. E não haveria um porquê para esse esforço imenso? Um motivo por trás desses saltos formidáveis, que não seja a luta pela vida, a sobrevivência e a reprodução? O símio, para alcançar a postura ereta, por acaso não afastou os olhos da superfície da terra, movido pelo desejo de olhar o céu? O processo de hominização é, no fundo, o resultado de um anseio de transcendência. Já lhe falei do padre Teilhard de Chardin, e talvez tenha chegado a hora de você conhecer a obra dele, muito antes do que eu esperava. A mente juvenil queima etapas que para o adulto equivalem a longos períodos de aprendizagem. É natural

você desconfiar de seus superiores, destes homens de batina que obrigamos a rezar de memória e dizemos que, se você não acreditar que Deus criou o mundo em seis dias e que a mulher saiu de uma costela do homem, vai ser condenado...
— É isso que o padre diretor vive dizendo. Que tudo o que a Bíblia diz é um dogma de fé.
— E que Josué mandou o sol parar no céu, e o sol obedeceu? E que um carro de fogo arrebatou o profeta Elias?
— Quem sabe era uma nave extraterrestre, como dizem que era a estrela de Belém.
— A mensagem bíblica não é fácil — o padre Peter me olha agora com um sorriso de comiseração. — Mentes de primeira categoria, desde os pais da Igreja, têm se esforçado por compreendê-la há dezenove séculos. Sábios, historiadores, eruditos, especialistas em línguas orientais, em hieróglifos, na escrita cuneiforme. E agora vamos achar que entendemos tudo numa simples leitura, como quem lê uma notícia de jornal? O padre Teilhard de Chardin não foi um sacerdote qualquer, nem um simples teólogo. Foi um cientista, e um dos maiores do século XX. Um paleontólogo de primeira categoria, descobridor de fósseis como o do *Homo pekinensis*. Para ele a evolução não era um processo cego, guiado pelo acaso ou pela lei terrível, a lei injusta da sobrevivência dos fortes. A evolução tem um sentido, um impulso ascendente, que está em toda a natureza, na semente e na árvore que crescem do interior da terra, no símio que ergue as mãos e a cabeça da terra para olhar o horizonte, para caminhar ereto. No astronauta que rompe a força da gravidade levantado até o céu pela imensa força do foguete Saturno. Por trás da evolução está o plano de Deus, que é o que nós, cristãos, sempre chamamos de Providência...
— E se houver outros seres mais inteligentes e mais evoluídos do que o homem em planetas de outras galáxias?

— Não faria diferença — diz o padre Peter, depois de alguns segundos de hesitação. — A ação salvadora de Cristo encerra dimensões cósmicas.

— E os dinossauros?

— Que é que têm os dinossauros? — a paciência do padre Peter está se esgotando.

— Foram extintos há sessenta e cinco milhões de anos, por causa do impacto de um meteorito gigante sobre a Terra.

— É apenas uma hipótese, você sabe disso.

— Foi graças à extinção dos dinossauros que outras espécies, como os primeiros mamíferos, tiveram a chance de prosperar...

— Continuamos no terreno das hipóteses — o padre Peter faz cara de intensa meditação, as mãos juntas e retas pegadas à boca, como se rezasse, com as unhas à altura do nariz. — Aonde você quer chegar?

— Sem a extinção dos dinossauros, nada de os mamíferos se desenvolverem na Terra — tomo fôlego, nervoso, embriagado com minha própria temeridade, com minha verborragia. — E sem mamíferos, nada de símios, nem de hominídeos, e portanto nada de seres humanos. Foi Deus, ou a Divina Providência, que mandou aquele meteorito gigante bater contra a Terra para acabar com os dinossauros?

O padre Peter observa minha excitação, meu nervosismo: assume uma expressão voluntária de paciência, uma atitude entre a ironia e a mansidão afetuosa.

— Então, no seu entender, não há lugar para Deus na ordem do Universo. Você é ateu?

— Sou agnóstico, padre — engulo em seco ao dizer essa palavra, que aprendi dele mesmo, não faz muito tempo.

O padre Peter balança a cabeça pensativamente, olha para a folha em que esteve desenhando setas, esquemas, diagramas, linhas que se entrecruzam. Levanta-se, e eu aproveito para me levantar também, pensando com alívio que deu a entrevista por encerrada. Aproxima-se de mim, agora menos alto do que eu, e passa uma das mãos no meu ombro, íntimo, sem se dar por vencido, cheio de serena paciência.

— Compreendo suas inquietações — diz ele, em voz baixa, e posso sentir seu hálito próximo. — Sei que você continua procurando, e que o caminho não é nada fácil. Quer se confessar?

— Não tenho tempo — minto de novo, e me safo dele. — Preciso ajudar meu pai no campo.

10.

Vivo me escondendo, refugiado nos livros e nas notícias sobre a viagem da Apollo 11. Espero com impaciência os boletins que o rádio dá a cada hora e os telejornais em que se veem imagens embaçadas dos astronautas flutuando dentro da nave, movendo-se entre cabos e painéis de controle. Audazes e ao mesmo tempo muito protegidos, abrigados num interior translúcido como o que habitam os bichos-da-seda dentro de seus casulos. Separados do espaço exterior por alguns milímetros de alumínio e de plástico, avançando num silêncio absoluto e numa perfeita curva matemática em meio ao vazio que separa as órbitas da Terra e da lua, lentos e leves e ao mesmo tempo movendo-se a trinta mil quilômetros por hora, a nave girando a cada quatro minutos numa rotação que lhe permite não ser incendiada pelos raios solares, não sucumbir ao frio antártico em que instantaneamente mergulha o lado que fica na sombra. A cada quatro minutos a Terra aparece numa das janelas circulares, um globo azul cada vez mais distante, com manchas pardas e esverdeadas e espirais brancas, um lugar solitário, frágil como uma bola de cristal transparente. Os livros de que gosto falam de naves espaciais, de aeróstatos que sobrevoam as selvas e os desertos da África, de submarinos, de viajantes que querem descobrir o mundo e ao mesmo tempo fugir da companhia dos seres humanos. Mas agora, de repente, as aventuras e as máquinas voadoras ou submarinas dos livros são menos novelescas do que as da realidade, e eu espero as notícias do rádio ou da televisão com a mesma impaciência com que antes voltava para casa para retomar a leitura de Júlio Verne ou de H. G. Wells. Eles alimentaram minha imaginação e meu fascínio pelas novidades da ciência, e justo agora, quando posso acompanhar o romance da ciência nas notícias do dia, Verne e Wells perdem o brilho da antecipação, tornando-se de um dia para o outro tão anacrônicos quanto as roupas que os personagens vestem nas ilustrações de seus livros.

JÚLIO VERNE, PROFETA DA AVENTURA ESPACIAL, diz um artigo de L. Quesada no *Singladura*, o jornal da nossa província. *Chegou a prever com erro de poucos quilômetros até mesmo o local na península da Flórida onde se daria o lançamento*, escreve o repórter Quesada, que na realidade não é jornalista, mas balconista da loja de tecidos El Sistema Métrico, onde minha mãe e minha avó sempre compram os panos, incluídos os retalhos brancos para aquelas atrozes cuecas, motivo de chacota dos meus colegas nas aulas de educação física. Mas os astronautas de Verne viajam à lua dentro de uma bala oca de canhão, e levam com eles um casal de cachorros e uma gaiola com galos. A nave dos viajantes de Wells é uma esfera de vidro protegida por um absurdo sistema de persianas ou pequenas cortinas pintadas com uma substância chamada cavorita, por causa do nome de seu descobridor, o cientista Joseph Cavor. A cavorita é um composto, que tem o hélio como elemento ativo, capaz de tornar qualquer objeto recoberto com ela imune à força da gravidade. No fundo de suas crateras, a lua de Wells tem depósitos de ar congelado que se derretem quando o sol bate nelas, formando uma densa camada de nevoeiro que permite a respiração e permanece em estado gasoso até a próxima noite lunar, quando o ar vira gelo outra vez. Sob a superfície dessa lua fantástica há um mundo sufocante de túneis habitado por criaturas disciplinadas e maléficas, como colônias de cupins. A lua de Verne é menos improvável, e os viajantes não chegam a pôr os pés nela: mas pelas janelas da bala oca em que conseguem atingir a órbita lunar, os tripulantes veem subitamente, na face escura do satélite, ao fundo da escuridão e da distância, cidades e florestas, ruínas imensas, lagos sulfúricos. Faz alguns meses, em dezembro do ano passado, os astronautas da Apollo 8 deram catorze voltas em torno da lua, e não viram ruínas, nem crateras cobertas de névoa, nem canais de rega como os que dizem que podem ser vistos na superfície de Marte. Eu via na televisão as imagens próximas, os buracos, as planícies cinzentas, as sombras recortadas com precisão sobre uma paisagem sem as distorções do ar, e sentia como se eu mesmo estivesse viajando naquele módulo, a pouquíssimos quilômetros de distância, e que meus olhos, como os dos astronautas, podiam distinguir o que nunca antes tinha sido visto por olhos humanos. Meu rosto pegado ao vidro, e eu intrépido e a salvo, como se navegasse pelo fundo do mar no submarino do capitão Nemo. Numa noite de insônia, no rádio, ouvi um locutor de voz grave e séria contar que a NASA conservava sob o máximo sigilo imagens misteriosas captadas pelas câmeras de televisão da Apollo 8: uma cratera de estranha forma triangular, uma silhueta no horizonte que lembrava muito uma espécie de torre de controle. Os astronautas também tinham visto e fotografado uma pirâmide luminosa, mas o governo americano destruiu as fotografias e exigiu silêncio às três testemunhas daquela visão que, segundo o locutor, contrariava todos os dogmas da ciência oficial.

***

Cada livro é a última câmara sucessiva, a mais segura e mais profunda, no interior do meu refúgio. Um livro é uma toca para não ser visto e uma ilha deserta onde fico a salvo, e também um veículo de fuga. Leio romances, mas também manuais de astronomia, ou de zoologia ou de botânica que encontro na biblioteca pública. A viagem de Darwin no *Beagle* ou a de Burton e Speke em busca das nascentes do Nilo chegaram a me emocionar mais do que as aventuras dos heróis de Verne, com muitos dos quais vivo numa fraternidade fantástica mais animadora e reconfortante do que meu convívio com os colegas de escola. Desejei ser o Homem Invisível de Wells e o Viajante no Tempo que encontra a mulher de sua vida num futuro vinte mil anos à frente e volta ao seu antigo presente trazendo como prova uma rosa amarela, e nele se sente tão exilado que dali a pouco foge de novo para o futuro em sua Máquina do Tempo, precária como uma bicicleta. Mas essas medidas temporais da imaginação não são nada comparadas com as da paleontologia, com os bilhões de anos que decorreram desde o surgimento dos primeiros seres vivos nos oceanos da Terra. Quem pode se conformar com a seca e pobre textura da realidade imediata, das obrigações e suas mesquinhas recompensas? Com a explicação teológica, sombria e punitiva do mundo oferecida pelos padres no colégio ou com a expectativa do trabalho na terra ao qual meus pais e avós sacrificaram a vida e no qual esperam que também eu me deixe sepultar?

    Começo a ler e já estou mergulhando, e não escuto as vozes que me chamam, nem os passos que sobem as escadas à minha procura, nem as badaladas do relógio da sala a que o meu avô dá corda todas as noites, nem os relinchos dos burros no estábulo ou o cacarejar das galinhas no fundo do quintal. Voo silenciosamente sobre o coração da África como os passageiros de *Cinco semanas em um balão*, desço com o professor Otto Lidenbrock pelas grutas e galerias que levam ao centro da Terra, seguindo as mensagens cifradas e os rastros deixados por um explorador do século XVI, o alquimista islandês Arne Saknussemm. A certa altura da noite do próximo domingo, descerei com os astronautas Armstrong e Aldrin no módulo lunar Eagle, que pousará com suas pernas articuladas de aracnídeo na poeira branca ou cinza do Mar da Tranquilidade. Um cientista diz que talvez a poeira seja fina demasiado para sustentar o peso do veículo e dos astronautas: talvez essa poeira que permaneceu inalterada durante milhões de anos seja tão inconsistente quanto a penugem dos cardos, e o veículo Águia afunde nela sem deixar rastros, porque é possível, dizem, que a superfície rochosa se encontre a quinze ou vinte metros de profundidade. Lembro uma história que li muitas vezes, de uma ficção futurista que trata da primeira viagem à lua, que segundo o autor ocorreria dali a sete anos, em 1976. Muitas vezes as histórias que leio nos livros de ficção científica acontecem num futuro que era remoto e fantástico para os autores que as escreviam e que hoje já é passado ou pertence ao futuro imediato. Em 1976, uns astronautas chegam pela primeira vez à lua e começam a explorá-la. Um deles se afasta dos outros, em direção a uma gruta ou uma cratera que parece estar muito perto, mas o cansaço, a força do sol contra o capacete, a tontura provocada pela ausência de gravidade o enfraquecem, e ele sente que vai perder os sentidos. Então repara numa coisa ao mesmo tempo banal e impossível: o duplo rastro paralelo de rodas sobre a poeira lunar. Quer dizer que já houve outros viajantes, que talvez os soviéticos tenham chegado antes deles. O astronauta, prestes a desmaiar sobre as marcas das rodas, olha para gruta que tem à sua frente e vê nela uma luz como nunca antes viu, uma luz delicada, amarelada, maravilhosa, impossível de ser vista na Terra, e que no entanto suscita nele uma recordação poderosa, a certeza de que não é a primeira vez que a está vendo. Sente que lhe falta o ar, que não lhe chega pelos tubos de respiração, que vai morrer, e antes de perder a consciência continua vendo aquela luz à sua frente. Acorda, muito doente, na nave que viaja de volta à Terra, e sente que não pode dizer nada aos seus companheiros sobre aqueles rastros como que de rodas de ferro nem sobre a luz na gruta. Reformado depois de uma longa convalescença, já isolado dos demais seres humanos, incapaz de refazer os laços que o uniam a eles depois da experiência singular de ter pisado na lua e de quase ter morrido sobre a poeira lisa e cinza onde havia rastros impossíveis, empreende uma viagem solitária pela Europa. Em Londres, por acaso, volta a entrar num museu que visitara na juventude, a National Gallery. E ali, de repente, diante de um quadro, descobre onde tinha visto pela primeira vez a luz miraculosa que o deslumbrara numa gruta da lua, a luz que não está em nenhum outro lugar, que ninguém podia ver nem recordar, ninguém que não fosse ele e o pintor desse quadro, A *Virgem dos rochedos*, de Leonardo da Vinci.

Os livros de que mais gosto tratam de gente que se esconde ou de gente que foge e neles há sempre máquinas confortáveis e herméticas que permitem evadir-se do mundo conhecido e ao mesmo tempo preservar um espaço íntimo como um quarto, a salvo de perseguidores ou invasores. O que eu sei, o que eu sou, as sensações que descubro nos sonhos, as que encontro nos livros e nos filmes, são um segredo tão incomunicável quanto aquela luz que o astronauta viu ao delirar na lua e ao entrar numa sala da National Gallery. Para ser quem imagino que sou, ou aquele em quem gostaria de me transformar, tenho de fugir e me esconder. Eu me escondo em meu quarto nos altos da casa e na casinha da latrina ou no refúgio dos lençóis, onde desfruto dos meus dois prazeres mais secretos, meus dois vícios solitários, o onanismo e a leitura. Os dois me deixam igualmente alheio a tudo, e muitas vezes alimentam um ao outro. Na borda de alguns dos meus livros há uma linha mais escura indicando a passagem onde os abri com mais frequência, aquela onde me deparei com o ponto exato de estimulação. Cenas eróticas quase nunca explícitas, com algum pormenor que as torna irresistíveis, e que infalivelmente me levam ao crescimento do desejo, a seu cuidadoso controle, à prolongação de um êxtase que parece sempre a antecipação de uma doce embriaguez e logo se dissolve em repulsa e vergonha. Num desses livros, uma prostituta egípcia aborda um homem na penumbra de um templo e lhe mostra as coxas e os seios nus, e quando ele se aproxima para tocá-la ela desata a rir e foge, e ele a persegue por corredores iluminados por tochas. Em outro livro, um soldado, durante a guerra, em Londres, no dia anterior à sua partida para uma missão da qual não voltará com vida, visita uma mulher que começa a se despir diante dele e lhe vira as costas para soltar o sutiã. Quando a mulher se volta, com a cabeleira ruiva solta sobre os ombros sardentos e os seios nus e a sombra avermelhada dos pelos pubianos entre as coxas juntas, é como se eu estivesse no quarto e tivesse ouvido o estalo do fecho do sutiã e o rangido das molas da cama e como se revivesse um desses sonhos que me visitam pontualmente todas as noites, pouco antes do amanhecer, e me fazem acordar num estado de opressiva melancolia e desarmada ternura, apaixonado de fantasmas carnais que não correspondem a nenhuma presença feminina e real, a nenhuma dessas moças desejáveis que olho de longe e com as quais nunca falei.

Eu me apaixono por atrizes de cinema, por personagens de romances, por desconhecidas que vejo na rua, que sigo num transe impune de desejo e de invisibilidade, porque elas não notam minha presença ou não imaginam o que se passa em meu pensamento. Já me apaixonei pela balconista de uma papelaria que sempre tem na vitrine romances de Júlio Verne e de H. G. Wells, e por Monica Vitti em todos os filmes dela que pude ver e nos cartazes que os anunciam na porta do cinema. Já me apaixonei por Julie Christie em *Doutor Jivago* e por Fay Wray quando treme de medo meio nua e agita as pernas na mão de King Kong, e por todas as jovens estrangeiras, de cabelo liso e saia muito curta, com uma máquina fotográfica pendurada no pescoço, que vejo vez por outra, com uma fisgada de pura emoção sexual, passeando exóticas e perdidas pelas ruelas do nosso bairro, consultando um guia turístico. Neste inverno me apaixonei, numa noite de domingo, no galinheiro do cine Ideal, por uma atriz loira que até então nunca tinha visto, Faye Dunaway, loira e diáfana, esguia, como a cigana que dá de mamar todas as tardes a seu bebê nas Casillas de Cotrina, com um toque asiático no perfil e nas têmporas, na boca entreaberta, nos olhos rasgados.

Faltavam poucos dias para os feriados de Natal e o lançamento da Apollo 8, a primeira nave espacial que iria romper por completo o ímã da gravidade terrestre e entrar em órbita em torno da lua. O dia seguinte, como todas as segundas-feiras, começava com aula de matemática. O padre diretor fazia quicar na mesa a mola de sua caneta invertida, deleitando-se na expectativa apavorada, no silêncio da classe, antes de abrir seu caderno de capas pretas e decidir se iria cortar pés ou cabeças. A segunda-feira projetava antecipadamente sua sombra carcerária sobre a tarde fria e breve do domingo, tomada por um clamor de sinos de igreja e um cheiro de fumaça de lenha fresca de oliveira, o cheiro das tardes de inverno de Mágina. Eu havia passado a manhã trabalhando com meu pai na horta, ajudando-o a recolher e a lavar os legumes que iria vender no mercado no dia seguinte. Quase sem perceber, tinha me afastado dos meus amigos da escola e dos meus companheiros de brincadeiras infantis na rua. Não conhecia ninguém no colégio novo e vivia tolhido por uma surda sensação de solidão que se abria à minha frente como um abismo nessas tardes de domingo, na casa grande e gelada onde escurecia cedo demais e onde minha família permanecia apinhada junto ao fogo da cozinha ou em volta da *mesa camilla* da sala, ao calor do braseiro.

O jornal estava cheio de anúncios de apartamentos com calefação central e água quente encanada, com elevador para subir e descer, com áreas ajardinadas e piscinas. Para nos lavarmos com água quente tínhamos que pôr uma panela no fogo e depois despejá-la numa bacia, misturada com água fria, para que durasse mais. Eu me lavei como pude, me penteei diante do pedaço de espelho pendurado em um prego na parede da cozinha, examinando com receio o avanço das espinhas e o dos pelos do bigode que ainda não começara a barbear. Vesti minha roupa de domingo, penteei o cabelo com risca ao lado e não com a franja reta que tinha usado até o verão anterior, que também fora o último em que havia usado calças curtas. Minha mãe e minha avó me passaram em revista, como elas diziam, corrigiram a risca no cabelo, a posição da gravata, alisaram minhas sobrancelhas com os dedos molhados de saliva. Minha mãe me deu a moeda de vinte e cinco pesetas da minha paga de domingo, que eu poupava quase por completo, para comprar alguns dos livros que via expostos nas vitrines das papelarias.

Não menti para elas quando disse que estava indo à missa. Naquele tempo — já tão distante, e faz apenas alguns meses — eu ainda ia à missa todos os domingos, certo de que, se faltasse, estaria cometendo um pecado mortal. Mas nessa tarde eu sentia um estranho misto de vergonha de mim mesmo e de discórdia do mundo, de raiva do Deus onipotente e seus representantes na

Terra, os padres pálidos e cruéis que voltaram a me submeter à sua autoridade quando chegasse a sinistra manhã de segunda-feira. Havia o padre Peter, é verdade, que nunca nos batia nem nos ameaçava com o fogo eterno e literal da condenação. Mas assistia com perfeita indiferença aos castigos que os outros aplicavam, ou olhava para outro lado, ou fingia que não era com ele, sempre cordial e dinâmico, de súbito ausente, ensimesmado numa benévola contemplação, dócil perante o padre diretor, rindo dos seus gracejos. Soava a última badalada quando cheguei à praça Santa María, diante da fachada da igreja. Tinha a impressão de ver pela primeira vez as pessoas que entravam, com as quais tantas vezes me misturara e que agora me despertavam uma mescla de hostilidade ideológica e aversão física: beatas velhas, vestidas de preto, com véus sobre a cabeça; casais burgueses, igualados por um embotamento idêntico, os homens com um bigodinho fino e óculos escuros, as mulheres com grandes papadas e cenho irritado; jovens casais de namorados que pareciam marcados pelos estigmas do conformismo e da velhice, por longas vidas futuras de mútuo aborrecimento e criação de filhos e repetição de gestos apáticos como o de assistir à missa todos os domingos à tarde para ouvir o pároco ultramontano pregar do púlpito contra as minissaias e a libertinagem, contra a imoralidade dos costumes e a pouca vergonha do cinema. O tédio dominical e católico de Mágina ia se tornando irrespirável para mim: eu me via avançar em meio àquela gente a caminho da igreja, com o coração endurecido, com minha dose secreta e vulgar de pecados que receberiam uma absolvição formular, a farsa apressada de uma confissão ao ouvido de um estranho e duas ou três orações repetidas de memória. Eu me via na fila dos que iam tomar a comunhão, as cabeças baixas, a roupa escura, os olhares de soslaio, a hóstia grudada no céu da boca, desmanchando-se na saliva, porque mordê-la era cometer um pecado mortal. O pão e o vinho convertidos na carne e no sangue de Cristo, não metaforicamente, mas de maneira tangível: portanto, ou se estava lá participando numa pantomima, ou de um ato de canibalismo, talvez resquício dos cultos primitivos em que se ofereciam sacrifícios humanos aos deuses.

A audácia das minhas próprias ideias me inflamava: fazia-me sentir um livre-pensador, como Voltaire ou Giovanni Papini, que até mesmo o padre Peter diz ser uma leitura perigosa, uma alma valente, mas equivocada. Será que o Deus onipresente, vingativo e colérico das histórias dos padres me fulminaria com uma doença atroz e vergonhosa, com uma súbita desgraça, a notícia da morte do meu pai quando voltasse para casa, por exemplo, ou a descoberta de um câncer na minha medula espinhal, causado em parte pelo hábito de bater punheta e em parte pelos pensamentos ímpios? Ouvia um coro de beatas cantar dentro da igreja:

Perdoa teu povo, Senhor,
Perdoa teu povo, perdoa, Senhor.
Não seja eterna a tua ira...

Por que essa ira eterna, por que essa necessidade coletiva e covarde de se humilhar pedindo perdão? Era Deus sempre inocente e sempre culpados os seres humanos, cada um deles e desde o nascimento, manchados pelo pecado original? Olhei para um lado e para outro, com medo de ser visto por algum conhecido, dei meia-volta e decidi que nunca mais iria à missa, a não ser que me obrigassem.

Tinha uma tarde inteira pela frente e uma moeda intacta de cinco duros no bolso da calça. Atravessando a praça De los Caídos, com sua estátua de um anjo segurando nos braços o herói falangista que recebeu um tiro na testa, subi até à rua Real. Pares de namorados e de casados de braço dado começavam ali o lento passeio regulamentar que levava à praça General Orduña e depois à rua Nueva, terminando na esplanada do hospital de Santiago, onde giravam para repetir monotonamente o mesmo circuito. Na rua Real ficava a barbearia de Pepe Morillo, aonde meu pai me levava para cortar o cabelo quando era pequeno, e um pouco mais acima a magnífica fachada do cine Ideal, ocupada no tempo de grandes estreias por figuras dos protagonistas dos filmes, em papelão recortado: Charlton Heston vestido de Moisés, em *Os dez mandamentos*, e de Rodrigo Díaz de Vivar, em *El Cid*; Alan Ladd, com as pernas muito afastadas e um revólver em cada mão, em *Os brutos também amam*; Clint Eastwood a cavalo, com um velho poncho e mordendo um charuto, em *Por uns dólares a mais*. Em certo dia do verão anterior, a fachada do cine Ideal tinha amanhecido coberta por uma lona com a pintura de uma paisagem polar, com icebergs, penhascos de gelo, ursos-brancos, pinguins: era o anúncio da prodigiosa novidade do ar-condicionado, que manteria o interior da sala fresco até mesmo nas noites mais escaldantes, muito mais agradável do que a brisa quente nos cinemas ao ar livre.

Nessa tarde, alta e recortada contra o prédio cinza do cine Ideal, havia uma figura feminina que, com sua pose temerária e o esplendor da sua beleza, desafiava toda a triste resignação do final de domingo, a rotina dos passeios, a beataria mansa dos paroquianos entrando ou saindo das igrejas, o conformismo dos casados e dos namorados congregados aos pares diante dos balcões das confeitarias para comprarem pacotinhos de doces. Loira, exótica, de paletó cinturado, salto alto, uma boina de lado, os olhos semicerrados e um cigarro entre os lábios muito vermelhos, com uma metralhadora nas mãos, Bonnie Parker recortada de um fotograma em tecnicolor e cobrindo, iluminada por refletores, a fachada do cine Ideal.

Perdoa teu povo, Senhor, perdoa teu povo. Talvez Deus não

me perdoasse se em vez de assistir à missa de domingo eu entrasse no cinema para assistir a *Bonnie & Clyde*, que além do mais era proibido para menores de dezoito anos. Mas eu tinha o cabelo penteado com risca, já exibia um pouco de bigode, estava com o terno de domingo, marrom-escuro e com gravata, a roupa que minha mãe mandara fazer para mim como mais uma mortificação da passagem para a vida adulta. Alguém que passasse pela rua poderia me descobrir na fila do cinema: alguém da minha família, algum conhecido dos meus pais, ou pior ainda, um padre do colégio que tivesse vindo passear pela cidade aproveitando a tarde livre do domingo. Faltar à missa sem justificativa num domingo é um pecado contra o terceiro mandamento, *Guardarás os domingos e festas de guarda*, um pecado mortal, grave como qualquer outro pecado mortal, dos que se o pecador morre sem confessar vai direto para o Inferno. Os mandamentos da Santa Madre Igreja são tão inapeláveis quanto os artigos do Código Penal. Mas já não havia remédio, e eu estava a ponto de incorrer em outro pecado mortal, a não ser que o bilheteiro resolvesse reparar em mim do outro lado da sua janelinha oval e se recusasse a me vender um ingresso, apontando para o letreiro bem visível ao pé do cartaz do filme. Mas havia muita gente na fila, principalmente soldados rústicos e turbulentos do quartel de infantaria, e a sessão estava prestes a começar, por isso o bilheteiro nem sequer levantou os olhos quando lhe pedi um dos ingressos mais baratos, para os bancos de tábua que ficam na parte mais alta do cinema, conhecidos como galinheiro.

 Respirava voluptuosamente o cheiro de veludo velho e a aromatizador barato. Os dourados, os cortinados vermelhos, os corredores pouco iluminados do cine Ideal, me traziam à imaginação o interior do *Nautilus*. Nessa mesma penumbra eu tinha visto em outra tarde de domingo e de inverno o *Vinte mil léguas submarinas*. O verde-esmeralda e o azul profundo dos mares falsos do filme tinham me emocionado tanto quanto o azul oceânico dos mapas-múndi, em que eu aprendera a situar a longitude e a latitude dos itinerários do capitão Nemo, a posição exata da ilha de Lincoln, no Pacífico Sul, onde durante vinte anos os náufragos de A *ilha misteriosa* tiveram seu paraíso, e que agora seria inútil procurar nos mapas, pois fora desintegrada pela erupção de um vulcão.

O capitão Nemo tinha ficado sozinho no *Nautilus*, esperando a morte, sepultado em vida no suntuoso túmulo de seu barco submarino. Quando as luzes do cinema se apagavam, eu me preparava para uma forma de imersão ainda mais poderosa que a da leitura. Tanta gente olhando para a tela no escuro, e cada um a sós, cada um preso e mergulhado em sua versão privada de um sonho comum. Mas também no cinema, como na leitura, insinuava-se a presença misteriosa e ferozmente sexual do desejo. Muitas vezes me excitara, clandestino e só entre os vultos escuros dos outros, olhando os rostos, as pernas longas, os decotes das atrizes, entrevendo por um instante um peito nu que passara pelo corte da censura, uma figura nua de mulher do outro lado de uma cortina translúcida no fundo de um bosque iluminado à contraluz. Viam-se por vezes sombras, casais abraçados, enredados numa espécie de contorção semiclandestina, em ofegos sufocados. Fulgencio o Réprobo dizia que só os trouxas iam ao cine Ideal para ver o filme: que havia putinhas novas que procuravam os soldados assim que as luzes se apagavam e se deixavam bolinar e faziam o que fosse preciso em troca de umas moedas.

Mas o filme começou, e já não vi nem ouvi mais nada que se passasse fora da tela, e deixou de me importar ser condenado ao Inferno ou repetir de ano ou me ver precipitado por amor a uma carreira suicida de assassinatos, assaltos a bancos e fugas delirantes por estradas secundárias em que sempre estaria a ponto de cair numa emboscada. Eu me apaixonei por Faye Dunaway como nunca me apaixonara por ninguém então, com o amor carnal, fascinado e adâmico que sentira pela tia Lola quando era pequeno e com a excitação que me causavam as ciganas de seios brancos, cabelo revolto e coxas nuas que via todas as tardes de verão em seus barracos. Minha paixão por Faye Dunaway foi maior do que pela loira Sigrid, a amada nórdica do Capitán Trueno,* e maior ainda do que por Monica Vitti, com sua boca grande e os seus olhos rasgados, e do que por Julie Christie entregando-se com devoção serena e pressentimentos de infortúnio ao amor ilegítimo de Iuri Jivago, perdendo-o para sempre no cataclismo da revolução bolchevique. Faye Dunaway, com seu lindo nome exótico que eu não sabia pronunciar, com sua cabeleira curta e reta ao lado do rosto, tão esbelta, tão jovem, desejável e nua sob um vestido de verão estampado, com os ombros ossudos e os lábios muito carnudos, com uma mecha de cabelo muito liso atravessando a testa, o olhar mortiço sob os cílios enormes e as pálpebras pintadas, a fumaça de um cigarro surgindo entre os dentes, pela boca entreaberta, oferecida, numa expressão fácil de desdém ou de crueldade, um gesto de ternura ébria que beirava o abandono ou o desfalecimento. Faye Dunaway encarnando a vida breve, a paixão verdadeira e o sacrifício de Bonnie Parker, aliada na fuga, na rebeldia, na perseguição e na morte de Clyde Barrow, como os amantes que morriam muito jovens nas lendas antigas: mais bonita do que nunca quando estava prestes a morrer, contor-

---

* Personagem de quadrinhos espanhol criado pelo desenhista Ambrós (Miguel Ambrosio Zaragoza), com texto de Víctor Mora. Trata-se de um cavaleiro da Terceira Cruzada que vive suas aventuras em pleno século XII, ao lado da noiva Sigrid e dos companheiros Goliath e Crispín. Sua história foi publicada entre 1956 e 1968, alcançando uma popularidade sem precedentes no país. (N. T.)

cendo-se e cambaleando crivada pelas balas como numa dança longa, demorada, demente, no silêncio e na leveza de um êxtase supremo, flutuando antes de tombar para sempre no engano visual da câmera lenta. Depois de sair do cinema, voltava para casa pelas ruelas como um viúvo trágico, com o meu terno de adulto e minha gravata escura, seguido por minha sombra projetada pelas luminárias das esquinas e pelo eco dos meus passos no empedrado, habitado pelo amor impossível e pela beleza misteriosa e carnal de Faye Dunaway, disposto a dissimular e a mentir, a contar que tinha ido à missa, a me entregar a um futuro de assaltos a bancos e a aventuras sexuais com mulheres loiras e perdidas, a me fechar o quanto antes na casinha da latrina.

11.

Sob os galhos da romãzeira, no espaço de sombra onde fica o tanque em que lavamos os legumes e as frutas ao cair da tarde, meu pai e eu almoçamos com a primeira luz da manhã, quando o sol ainda não galgou os morros do leste e sopra uma brisa fresca e quase úmida, que levanta um rumor suave nas folhas das árvores e traz os cheiros limpos e precisos da vegetação, da terra e da água: o cheiro do limo no tanque, das folhas ásperas e da seiva ardida das figueiras, das folhas dos tomateiros, tenras e erguidas ao frescor do orvalho, um cheiro tão intenso que fica nas mãos que as afastam delicadamente para não quebrá-las quando tateiam à procura dos tomates que já estão vermelhos e que é preciso colher a essa primeira hora do dia, porque um pouco mais tarde o calor já os amolece e se machucariam facilmente. É a hora de regar a terra, para que a água não evapore muito depressa, e também de cortar delicadamente os pimentões e as berinjelas de seus ramos, e de apalpar com cuidado os figos para ver se já estão maduros, se bem que dá para saber disso sem tocar neles, explica meu pai, só pela cor mais escura e o cheiro doce que soltam, e pelo jeito como se dobram com o próprio peso, em vez de permanecerem tesos nos galhos, como quando ainda estão verdes. É preciso explorar os pés de pepinos, e procurar entre as folhas enormes o verde--escuro e a curva lisa das melancias, o amarelo ou o verde-lagarto dos melões: o fruto é muito pesado, e o talo que o une à planta muito frágil, por isso se deve ter muito cuidado para não arrancar um melão ou uma melancia que ainda não esteja no ponto, porque então se perde. O verão é a estação dos frutos mais opulentos e doces, mas não basta cuidar das plantas ao longo do ano, escolher as melhores sementes, podar as árvores, remexer e adubar a terra: também faz falta uma última delicadeza na hora da colheita, uma aproximação cautelosa que começa pelo olhar atento e pelo olfato, pela observação de nuanças de cor e sintomas de peso que só um olho treinado percebe e a mão secunda com hábil sutileza, com uma determinação que tem um quê de carícia. É preciso espantar os pássaros, certeiros em avaliar o ponto certo das frutas de sua preferência, e é preciso manter longe os minúsculos parasitas, os grilos e as baratas que se aninham na espessura fresca dos pés de tomate e se alimentam dele, os besouros de couraça listrada, que põem seus ovos no reverso das folhas das berinjelas e das batatas e podem roê-las inteiras com sua mordida ínfima e tenaz. Os pardais gostam das cerejas e voam em bandos para bicá-las assim que começam a ficar vermelhas e doces, mas não ligam para os damascos, para sua polpa alaranjada que tanto atrai as formigas e as vespas. Quando eu era menor, meu pai me mandava patrulhar sob as figueiras, as cerejeiras e as ameixeiras agitando um enorme chocalho de vaca para assustar os pássaros, ou me fazia percorrer as fileiras de batatas, berinjelas e pimentões à procura dos besouros para jogá-los dentro de um balde com água que levava comigo. Quando juntava bastantes, ia despejá-los num trecho de terra seca e dura onde os pisoteava, e começava de novo.

Os frutos de verão são um sistema solar de corpos esféricos de diversos tamanhos que meu pai e eu apanhamos na hora mais fresca do dia, quando o mundo parece intacto e como que recém--criado, ainda a salvo da fúria do sol, recém-saído dos processos nutritivos da noite. Quando eu era criança e via as ilustrações dos planetas girando em suas órbitas em volta do sol, imaginava que cada um deles era uma fruta, conforme o tamanho: Mercúrio uma cereja, Vênus uma ameixa, a Terra um pêssego, Marte um tomate, Júpiter uma melancia, Saturno um melão amarelo e redondo, Urano uma maçã, Netuno um damasco, Plutão uma ervilha distante, todos pairando harmoniosamente no vazio, girando como as cadeirinhas da quermesse.

Mesmo sendo sexta-feira, meu pai não foi vender no mercado, porque hoje é 18 de julho, feriado nacional. Veio me acordar ainda de noite, quando todos os outros na casa estavam dormindo, até mesmo minha mãe. Eu tinha dormido muito tarde, ouvindo no rádio a última crônica do correspondente em Cabo Kennedy, e saí trançando as pernas, com os olhos fechando de sono. Na praça San Lorenzo o céu começava a azular sobre as copas dos álamos onde os pássaros nem tinham começado a piar. As luminárias das esquinas ainda estavam acesas, e um fio de luz amarela se coa pela persiana do quarto onde o Baltasar agoniza. Montado em seu burro, meu pai desce pelas ruas íngremes em direção ao caminho da horta, e eu, meio dormindo, sigo atrás dele na jumenta do meu avô, que também bufa em protesto por ter de suportar meu pouco peso, como um peão preguiçoso e ronceiro. A lua em quarto crescente empalidece no céu do vale, onde Vênus ainda é visível.

— A estrela-d'alva — diz meu pai, com a animação e a jovialidade que lhe provoca acordar de madrugada e iniciar a longa cavalgada rumo ao campo.

— Não é uma estrela, e sim um planeta.

— Qual a diferença?

— Uma estrela tem luz própria, um planeta reflete a do sol, como a própria Terra.

— E nesse planeta tem gente que madruga, e vai ao campo, e come, e faz de tudo, como a gente aqui?

— O céu de lá está sempre coberto de nuvens e faz um calor terrível, mais de quatrocentos graus, e a atmosfera está cheia de gases venenosos — leio com tanto fervor as enciclopédias de astronomia da biblioteca pública que até os dados mais peregrinos se fixam em minha memória sem o menor esforço. — Se por acaso existir em Vênus alguma forma de vida, sem dúvida não se parece em nada com as da Terra.

— Pois eu aposto que, se alguém vive por lá, deve estar doido para vir aqui, aproveitar esse friozinho gostoso.

Meu pai toca o burro até impor um trote ligeiro, que a jumenta bufadora não acompanha. Deixamos para trás as últimas casas de Mágina e à nossa frente se abre a extensão verde das hortas que cobrem a encosta, e ao fundo, na planície, os olivais que ondulam até o rio e a serra. Este paraíso tão propício à vida não existiria se a Terra estivesse um pouco mais perto ou mais longe do sol: as oliveiras, as figueiras, as romãzeiras, a erva fresca e viçosa nos regos, o brilho dourado dos trigais por onde já avançam lentos ranchos de ceifadores encurvados brandindo as foices, os pinhais e carvalhais que escurecem os contrafortes azulados e roxos de serra Mágina. São esses azuis que os astronautas avistam do espaço: talvez agora mesmo estejam vendo a silhueta parda e descoberta da península Ibérica, tão remota para eles e tão povoada de vida invisível como pode ser para mim uma gota de água. Do espaço, a essa distância, é impossível saber que a Terra é um planeta habitado, fervilhante de uma infinidade de formas orgânicas. Teria Deus criado uma por uma todas as espécies de insetos, de plantas, de minhocas, e caramujos, e grilos e pássaros, todos os frutos da terra, com o único fim de alimentar o homem? Teria utilizado suas matemáticas sagradas para determinar a distância exata entre a Terra e o sol a fim de que os oceanos não evaporassem, mas também cuidando para que o planeta não ficasse tão longe que o frio excessivo tornasse a vida impossível? Os dois dedos indicadores do padre Peter se juntam verticais e ossudos diante de seu rosto, e ele cheira as próprias unhas num gesto quase imperceptível: poderia o acaso explicar todas as circunstâncias excepcionais do Sistema Solar, a distância justa do sol, a composição da atmosfera, até a velocidade da rotação e da translação e a ligeira mas decisiva inclinação do eixo de nosso planeta, graças às quais o dia e a noite e as estações do ano se sucedem harmoniosamente?

Quem sabe o que existe sob as nuvens densas de ácido sulfúrico de Vênus, onde um dia dura duzentos e quarenta e três dias terrestres e a temperatura atinge alturas capazes de fundir o chumbo. Em 1985, e provavelmente muito antes, em 1980, antecipou Wernher von Braun, *haverá voos tripulados para Marte, e antes do fim do século se chegará a Vênus.* Mas também li uma história que se passa em 1990 na qual a Terra se tornou tão inabitável quanto Vênus, por causa das emissões de dióxido de carbono que envenenaram irreparavelmente a atmosfera e fizeram as temperaturas subirem tanto que os gelos polares derreteram e o mar tragou as cidades costeiras. Piratas submarinos saqueiam as câmaras blindadas dos bancos de Nova York em busca de carregamentos de ouro, e uma raça de mutantes anfíbios coloniza os túneis submersos do metrô. Como eu serei, se estiver vivo, em 1980, em 1983, neste fim de século do ano 2000, que não parece uma data possível da realidade, mas uma encruzilhada no tempo tão fantástica quanto as colonizações planetárias e os diversos futuros de apocalipse nuclear ou desastres naturais causados pela cegueira humana, tão comuns nas histórias de ficção científica, e também nas notícias da atualidade: quando voltarem à Terra, os astronautas da Apollo 11 terão de vestir trajes e capacetes especiais, e vão passar três semanas de quarentena para evitar o risco de contaminação por germes desconhecidos que possam trazer da lua, capazes de espalhar epidemias exterminadoras, contra as quais o organismo humano não teria defesas. Como será ter quarenta e quatro anos, três a mais que meu pai agora, meu pai que já tem o cabelo branco, em contraste com a juventude de seu rosto grande e enérgico e com a cor morena de sua pele. De repente o futuro resplandecente das previsões científicas se torna sombrio, quando penso que no ano 2000 meu pai será um homem de setenta e dois anos, e minha mãe completará setenta, e meus avós provavelmente estarão mortos.

Com a ajuda de um canivete, meu pai corta em pedacinhos um naco de toucinho sobre uma grande fatia de pão. Toma seu desjejum de pé, absorto e tranquilo, examinando com deleite de proprietário a parte da horta que seus olhos abarcam do ponto onde está, a paisagem familiar que a rodeia, as hortas dos vizinhos, o largo caminho de terra que sobe para a cidade, o barracão branco e os telheiros, os terraços plainos, cruzados por canteiros retos e canais onde verdejam as folhas dos legumes, os renques de figueiras, de romãzeiras e ameixeiras, que sombreiam as veredas e separam as áreas de cultivo. Esta é sua ilha do tesouro e sua ilha misteriosa, aí se sente como Robinson Crusoé depois de ter colonizado a dele, e se tivesse de abandoná-la passaria o resto da vida suspirando de saudades. O pai de meu pai e o avô dele lavraram essa mesma terra, mas nunca chegaram a possuí-la, trabalhando sempre como parceiros de outros que espoliavam metade dos frutos de seu esforço e os tratavam como servos. Ele conseguiu comprá-la poupando desde bem jovem, renunciando a ter sua casa própria, enchendo-se de dívidas com prazos que pairam em eterna ameaça e certas noites chegam a lhe tirar o sono. São quatro cordas,* apenas dois hectares segundo as medidas oficiais que constam na escritura, mas a horta está bem localizada, a água que flui da fonte é boa e farta e a terra muito fértil. Todo fim de tarde o burro e a jumenta sobem até o mercado carregados de sacas e grandes cestos de vime abarrotados de legumes e frutas, ainda mais agora, nos meses de verão, quando a terra não se cansa de produzir suculentas maravilhas, que na manhã seguinte se empilham em magnífica ordem sobre o mármore do balcão de meu pai, num esplendor planetário de tomates vermelhos e maciços, rotundas beringelas violáceas, melancias como globos terrestres, ameixas de luminosidade translúcida, pêssegos com penugem de faces fragrantes, cerejas de um dramático vermelho de sangue, figos perfumados, pimentões verdes e vermelhos e pimentinhas de um amarelo muito intenso, batatas grandes e de formas rochosas como meteoritos, rabanetes que saem da terra com um emaranhado de finas raízes enlameadas e ao serem lavados sob o jato frio da fonte revelam um rosa quase púrpura, cebolas com cabeleiras de medusa. Com o final do verão chegarão as uvas e as romãs, que ao serem partidas revelam no interior um magma de grãos suculentos, vermelho como os fogos interiores da Terra, feitos de ferro e níquel fundidos, fervendo a uma temperatura de seis mil graus.

Na primeira luz e no ar fresco e perfumado da manhã de julho, meu pai toma em pé seu desjejum de pão com toucinho, olhando em volta a terra que lhe pertence, que ele cuidou, lavrou, limpou de ervas ruins, semeou nas horas propícias, adubou com o melhor esterco e arou seguindo uma geometria imemorial de acéquias, cortaduras e camalhões, nivelando-a para que a água da

---

* Unidade de medida de superfície agrária que varia de região para região; no caso, equivale a 10 x 10 braças, ou meio hectare. (N. T.)

rega avance na velocidade certa, de modo que não transborde mas também não fique imóvel e empoçada: uma terra em que nada é ilimitado ou agreste, em que tudo está calculado conforme uma longa experiência e sob medida de forças humanas quase sempre solitárias ou de grupos muito reduzidos de trabalhadores hábeis num certo número de saberes que exigem sobretudo zelo e constância. Com uma vara e um carretel de barbante, meu pai sabe traçar, sobre a terra recém-lavrada e tão macia que os pés afundam nela, as linhas retas, os ângulos, as paralelas dos sulcos, do mesmo modo que teria feito há quinhentos anos um camponês mourisco ou há quatro mil anos um agrimensor egípcio. Agora olha de soslaio para seu filho, que quebra seu jejum com uma torta de banha polvilhada com açúcar, sentado num muro baixo de pedra à sombra da romãzeira, e parece estar muito longe, tonto de sono por causa do hábito pouco saudável de ficar lendo até muito tarde, perdido sabe Deus em que caraminholas sobre a atmosfera de Vênus ou sobre os astronautas que daqui a dois dias vão chegar à lua: seu filho, que lê demais e não sabe lidar com as ferramentas nem com os animais, que se deita tardíssimo e levantaria mais tarde ainda se o deixassem, que some nos cômodos altos da casa ou nos recantos mais escondidos da horta e não responde quando o chamam, e quando volta parece não entender nada direito.

Hoje, pelo menos, meu pai me fez levantar a uma hora saudável e vai me reter com ele o dia inteiro na horta, ensinando-me a fazer as coisas que eu adorava fazer quando era pequeno, a distinguir os frutos maduros dos verdes, a colher um tomate sem estragar o talo longo e frágil da planta, a trabalhar ao lado dele, aprendendo habilidades tangíveis que um dia me serão úteis na vida, calejando minhas mãos que de repente são muito mais desajeitadas e menos sensíveis que as dele, queimando a pele de um modo honrado, com o sol do trabalho, e não como esses vadios e parasitas que se deitam ao sol e se lambuzam de cremes nas praias enquanto outros ceifam e debulham para que eles tenham pão branco no café, ou trabalham vergados sobre a terra para colher os frutos que eles vão devorar. Meu pai acha que as pessoas adultas e sadias que se atiram às estradas de carro nestes feriados de 18 de julho para torrar nas praias ou à beira das represas e dos rios são de uma baixa categoria moral, por isso não admira que se matem nas estradas ou se afoguem de indigestão.

— Logo mais, no noticiário, você vai ver o mundo de gente que morreu nos desastres ou afogada.

O verão cosmopolita e alegre que aparece na televisão, o dos anúncios multicoloridos de bronzeadores e apartamentos na praia, com jardins e piscinas, que se exibe nas revistas da tia Lola, não existe para meu pai, ou não merece dele o menor crédito. No noticiário de ontem à noite, um locutor anunciou triunfalmente, entre notícias de inaugurações e sinais de progresso que engrandeciam as comemorações do trigésimo terceiro aniversário do Levante, que da fábrica da SEAT tinha saído o milionésimo automóvel e que acabava de chegar ao aeroporto a turista número dez milhões, uma garota da Pensilvânia de minissaia tentadora e cabelos longos e escorridos, a quem logo impuseram um chapéu de toureiro e uma capa espanhola. (Eu me apaixonei por ela no ato, por seu cabelo liso caindo aos lados do rosto e seu sorriso estrangeiro, e queria resgatá-la com bravura novelesca daquele séquito de tratantes e figurões franquistas de óculos escuros e bigode escovinha de quem era refém.) Mas, olhando para além de sua horta e sua banca no mercado, meu pai vê o verão como um sem-fim de secos baldios tomados de congestionamentos e sucata de acidentes nos acostamentos, de rios e represas traiçoeiros com as margens apinhadas de jecas de cueca que não sabem nadar, que machucam os pés nas pedras e nos cacos de vidro e morrem de insolação ou de congestão, por se jogarem na água depois de encher a pança de *paellas* gordurosas e sangria.

— Dezoito de julho — diz ele, pensativo e sarcástico. — Dia do Glorioso Levante.
— Você se lembra desse dia?
— Como se fosse ontem, e olha que eu era mais novo do que você agora.
— Tinha oito anos.
— Você também sabe disso?
— Como você nasceu em mil novecentos e vinte e oito...
— Com as contas do mercado eu até que me viro bem, mas com as dos anos sempre me atrapalho. Acabamos de comer, e meu pai esfrega as palmas ásperas das mãos e guarda o canivete. Temos que começar a trabalhar enquanto ainda dura a fresca. Cada qual com uma cesta de vime ao ombro descemos pela vereda até os canteiros de tomates. Se há um milhão de carros na Espanha — e isso só de uma marca —, quantos vão ser no mundo inteiro daqui a vinte anos, cuspindo dióxido de carbono na atmosfera? Nuvens escuras cobrem permanentemente o céu de cidades atravessadas por viadutos e elevados interligando os arranha-céus, e as pessoas circulam pelas ruas com máscaras de gás que dão às multidões um ar aterrador de colônias de insetos.

— Cuidado, homem, preste atenção.

Meu pai corta folhas de figueira e me ensina a colocá-las em camadas que cobrem o fundo da cesta, para os tomates não machucarem em contato com as varas de vime entrelaçadas. O cheiro das folhas é a fragrância das manhãs de verão, assim como as maravilhas e o jasmim-verde perfumam as noites.

— Era sábado, e fazia muito calor dentro de casa — diz meu pai, enquanto tateia delicadamente entre um tomateiro, descobrindo entre a folhagem um grande tomate vermelho que eu nunca teria visto. — Mas minha mãe não me deixava sair para brincar na rua. Eu não entendia por quê. Olhava pela janela e não via nada.

Depois vi um vizinho que descia correndo, gritando alguma coisa, de camisa branca. Estava bem perto, na calçada em frente, junto à esquina. Era muito estranho ver uma pessoa correr na hora da sesta, naquele calorão. Ele tropeçou e caiu no chão, e parecia que tinha estourado um foguete, que nem os da quermesse. Eu nunca tinha ouvido um tiro. O vizinho estava de joelhos, apoiado no muro da esquina, e tinha a camisa toda cheia de sangue. A mancha de sangue crescia muito rápido na camisa branca. Ficou ali dois dias, de boca aberta, naquele calor, inchando feito um burro morto.

— E você sabe por que o mataram?

— Todo mundo sabe — meu pai acabou de encher sua cesta e a cobre com folhas de figueira, e logo se endireita, para descansar as costas e os rins, com as mãos na cintura. — Foi o primeiro morto que vi na vida. Depois comecei a ver montes deles na beira do caminho, quando ia para o campo com meu pai. Quase todos tinham perdido as alpargatas ou os sapatos, e estavam com os olhos cobertos de moscas. Aí mesmo, nesse caminho na frente da horta, vimos alguns deles, jogados no barranco. Meu pai mandava eu não olhar e tapar o nariz.

Tento imaginar meu pai, caminhando pela mão do pai dele, meu avô paterno, um velho vigoroso e calado, com o cabelo muito branco, em quem não consigo ver o homem jovem que foi um dia, descendo com o filho por estes mesmos caminhos, num verão quase idêntico de trinta e três anos atrás, os caminhos com mortos rijos e inchados nas beiras, com moscas nos olhos, sem alpargatas, sem sapatos, talvez com um pé descalço e o outro com uma meia pela metade, jogados na terra áspera de julho, entre o mato seco. Mas agora entendo que meu pai não falaria tanto se não estivesse a sós comigo.

— Meu pai foi levado para a guerra e eu fiquei com meu avô na horta, um velho e um menino sozinhos para tocar o trabalho e sustentar a família.

— Você não ia à escola?
— Eu gostava muito, mas esse ano não pude ir, nem no seguinte, nem no seguinte. Nunca mais voltei.
— Nem quando a guerra acabou?
— Se não tínhamos nem para comer, como é que iam comprar cadernos e lápis? Além do mais, eu já estava muito crescido, achava que era um homem-feito e estava orgulhoso de ganhar meu dinheirinho. Teria vergonha de voltar à escola. Gostava de galopar por esses caminhos, montado em pelo numa égua branca que era do meu pai...
— Mas não queria estudar alguma coisa?
— Como é que eu ia querer uma coisa impossível?
— Eu digo antes, quando você era pequeno e ainda ia à escola, não imaginava que quando fosse mais velho tiraria um diploma?
— Diploma era coisa de gente bem-nascida. Mas tinha um professor que gostava muito de mim e vivia dizendo que, se eu me esforçasse, poderia continuar estudando.
— Para médico, ou para advogado?
— Para engenheiro agrônomo. Era para isso que meu professor queria que eu estudasse. Foi morto pelos nacionais, quando ganharam a guerra. Que é que o pobre homem podia ter feito àqueles grandisíssimos filhos da mãe?

O sol já está alto e nos queima no pescoço e nas costas vergadas, mas meu pai e eu acabamos de apanhar os frutos mais frágeis, que estragariam amolecidos pelo calor: o tomate, as ameixas, os figos. Sinto dores nos rins quando endireito o corpo, e a corda de esparto com que carrego às costas uma cesta cheia me esfola o ombro. Na penumbra do barracão, que serve sobretudo de armazém e de refúgio contra o calor, e no inverno contra o frio e a chuva, meu pai, sentado numa cadeira velha, examina alguns dos melhores tomates, que são os que ele vai guardar para conservar as sementes. Corta um ao meio com o canivete e me mostra a carne maciça e rosada que, à contraluz, tem um brilho suculento.

— Olha só: nenhum oco, tudo polpa e caldo. Por isso lhe botaram esse nome.

— Que nome?

— *Carne de donzela*.

Com a ponta do canivete, meu pai retira as pequenas sementes e as vai colocando em cima de uma folha de jornal. "Cada uma delas tem dentro um pé inteiro", murmura, pensando em voz alta, "que mistério." No interior de cada semente está contida a forma de cada uma das milhares de folhas, e dos longos talos quebradiços e sinuosos, e de cada um dos tomates que primeiro brotarão como pequenas bolas verde-claras entre as sépalas que as flores terão deixado ao murchar e irão crescendo aos poucos e ficando rosados graças ao efeito do sol, adquirindo essa carne que é ao mesmo tempo um depósito de água e um armazém para as novas sementes, algumas das quais, as que intui melhores, meu pai seca ao sol e depois guarda num saco de pano como as moedas de um tesouro que voltarão a frutificar no ano que vem, no futuro previsível e tranquilizador que é idêntico ao passado. E então comemos cada qual em duas dentadas sua metade do tomate, ainda bem fresco, cheirando a seiva, e limpamos com a mão o sumo que nos escorre da boca.

Anos atrás, quando eu tinha sete ou oito anos de idade, meu pai me levou uma noite ao cinema de verão. É uma lembrança estranha, pois raras vezes ele e eu ficávamos longe dos outros, a não ser na horta, e quem costumava me levar ao cinema eram minha mãe e meus avós, e também a tia Lola, mas isso bem antes, quando o namorado dela ainda não a havia tirado de perto de nós. Meu pai não devia ter lá muita vontade de ir ao cinema com a família e, além disso, como sempre acordava tão de madrugada, em geral já estava dormindo quando começava a primeira sessão, ao anoitecer, às nove horas. Minha mãe, meus avós e eu gostávamos tanto de cinema, e o de verão ficava tão perto de casa, no parque da Cava, que íamos lá quase todas as noites, e às vezes não nos bastava uma sessão e ficávamos para a segunda, para ver de novo o mesmo filme, principalmente nas noites mais quentes, quando era uma delícia aproveitar a brisa que começava a soprar por volta da meia-noite, vinda dos pinhais e das hortas que ficavam do outro lado dos muros brancos do cinema. Sobre nossas cabeças se estendia o jato de luz que vinha das janelinhas horizontais da sala de projeção e cobria de imagens o enorme retângulo da tela. Olhando para o alto, via-se uma névoa de milhões de pontos luminosos, uma poeira estelar em que misteriosamente viajavam as figuras, as paisagens, os rostos e as vozes do filme. Mas o que dava vertigem era pensar que, além, bem longe, muito mais acima, brilhavam com tênue intermitência as constelações que coalhavam o céu azul muito escuro, atravessado por uma longa nuvem imóvel que parecia um remoto fiapo de névoa, feito de uma matéria mais sutil do que a poeira que pairava no cone de luz do projetor. Quem conseguisse contar sem erro todas as estrelas que havia no céu numa noite de verão seria castigado por Deus com uma morte imediata. E essa nuvem longa e misteriosa que nunca se mexia era a Carreira de Santiago, que Deus tinha colocado no céu para guiar de noite os peregrinos que caminhavam para o Finisterre para visitar o túmulo e o santuário do Apóstolo. Havia estrelas que passavam a toda e se extinguiam tão rápido como apareciam. Outros pontos de luz se moviam com maior regularidade e não sumiam tão depressa: até piscavam ritmadamente, às vezes com um clarão avermelhado, e eram aviões que voavam de noite, talvez a caminho da América, aonde chegariam depois de muitas horas. Também podiam ser satélites artificiais, ou naves que navegavam pelo espaço sem piloto, ou levando um cachorro ou um macaco, que respiravam dentro de um escafandro de vidro e eram ensinados para mexer nos comandos, como contavam com incredulidade os mais velhos, que ouviam essas coisas no rádio.

O chão do cinema de verão era de um saibro muito fino, com uma poeira que se levantava com os passos, e as cadeiras dobráveis eram de ferro. Abaixo da tela e ao longo dos muros caiados havia arbustos de buxo e damas-da-noite. O barulho do saibro sob os pés apressados de quem não queria chegar tarde, o cheiro da poeira, o aroma das damas-da-noite, o rangido das cadeiras de metal, a música da moda que saía dos alto-falantes enquanto as luzes ainda estavam acesas, as cócegas no céu da boca que se sentia ao beber o refrigerante gelado que acabava de comprar, tudo era uma parte da felicidade de ir ao cinema, tão substancial quanto o próprio filme, as cores vibrantes na tela, recortada contra um fundo de céu escuro de verão, com palmeiras que o vento balançava com um rumor que chegava a se confundir com o da tempestade imaginária em tecnicolor que estava fazendo um veleiro naufragar contra os recifes de uma ilha.

Mas naquela noite da minha lembrança eu tinha ido ao cinema sozinho com meu pai, e o filme era antigo e em preto e branco, *No tempo do onça*.

— Você vai gostar — disse meu pai, apertando-me a mão para que eu caminhasse mais depressa, porque acabávamos de entrar no cinema e já tinham apagado as luzes e se ouvia a música do cinejornal. — Eu vi quando era pequeno, durante a guerra.

— As pessoas também iam ao cinema durante a guerra?

De início custei a entender o que acontecia na tela e por que meu pai ria tanto, como nunca fazia em casa. O riso fazia seus olhos brilharem. Achava um tanto perturbadores aqueles personagens apressados e estapafúrdios, sempre fugindo de alguma coisa ou correndo atrás de alguma coisa que eu não sabia o que era, o charlatão do bigode preto pintado no rosto, o baixinho de chapéu cônico e jeito de malandro, e principalmente o outro, o mudo de olhos fanáticos, peruca loira e gargalhada silenciosa, que tirava toda a espécie de objetos dos bolsos sem fundo da sua capa surrada e corria como um macaco atrás das mulheres.

Quase todas as noites me levavam ao cinema, mas eu via os filmes como sobreposições de imagens poderosas e isoladas ou como sequências descontínuas, que me enfeitiçavam ainda mais porque não tinham nem sinal de semelhança com o mundo real e porque minha imaginação não era capaz de organizá-las em histórias. Um filme era acima de tudo uma sustentada alucinação que continuava a agir ao deixar o cinema, primeiro na lembrança e depois nos sonhos. Era o enorme eco das vozes amplificadas na noite de verão, o enigma do jato poeirento de luz que pairava sobre a minha cabeça e se transformava em imagens planas e imensas na tela, sem explicação possível; era a tontura de olhar para cima e ver na escuridão côncava as inumeráveis pontas de alfinete que nunca ninguém seria capaz de contar e talvez a lua grande e lerda, que parecia olhar para nós como uma cara redonda espiando pela boca de um poço.

Mas agora eu via o filme com a mesma atenção que meu pai, e tinha começado a rir alto como ele, como o público inteiro do cinema que aplaudia e assobiava à nossa volta, ecoando as ordens dementes do homem dos óculos de mentira, o bigode pintado e o charuto entre os dentes:

— Mais madeira! É a guerra!

Por algum motivo que eu não chegava a entender, o homem do bigode, o de chapéu redondo e o mudo de peruca crespa seguiam num trem a toda a velocidade, mas a locomotiva estava ficando sem combustível. Eles começavam então a desmontar as portas, a arrancar os assentos, a destruir com uma felicidade demente tudo o que encontravam para queimar na caldeira, e quanto mais rápido avançava o trem e mais a ponto de descarrilar, com mais afinco os três lunáticos destruíam os vagões às machadadas e iam ficando sem sustentação, triunfalmente entregues a um desastre cuja palavra de ordem repetiam, como um grito de batalha, tanto o homem do bigode quanto o público entusiasta e ruidoso:

— Mais madeira!

De volta para casa, na saída do cinema, eu revivia com voz aguda e excitada a cena do trem, e meu pai imitava o vozeirão empolado de Groucho Marx no filme, talvez recordando através de mim o menino que ele tinha sido e que tanto se divertira ao vê-lo trinta anos atrás, durante um verão da guerra, quando o pai estava no front e ele começara a madrugar e a trabalhar como um homem. Durante muito tempo os dois recordamos essa noite singular em que fomos sozinhos ao cinema, e quando voltávamos a contar um ao outro os pormenores da aventura do trem destruído às machadadas, o grito de *mais madeira* tinha entre nós um quê de contrassenha.

12.

Justo neste instante, às dezoito horas e vinte e dois minutos, quando a tia Lola acaba de bater à porta de nossa casa, uma labareda vermelha explodiu na face oculta da lua. A maneira de bater da tia Lola não se parece com nenhuma outra: é rápida, decidida, quase brincalhona, golpes secos do batedor que têm qualquer coisa de mensagem telegráfica. Quando eu era pequeno, sua presença sempre me dava uma secreta felicidade que era intensamente erótica. O propulsor principal da nave Columbia foi acionado para situá-la numa órbita elíptica. Os astronautas penetram numa escuridão que nunca antes o olho humano tentou atravessar, e durante os próximos quarenta e oito minutos permanecerão isolados de toda a comunicação com a Terra, navegando por essa região de sombra aonde os sinais de rádio não chegam. Nas noites mais frias de inverno eu dormia com a tia Lola e me apertava contra ela para me proteger do escuro e do frio, e ela tinha então um acesso de riso que me contagiava, e os dois escondíamos a cabeça embaixo das pesadas cobertas e da pele de carneiro para que ninguém nos escutasse. Dentro de menos de vinte e quatro horas o módulo lunar Eagle se separará do módulo de comando Columbia, desdobrará suas pernas articuladas e ligará seus motores para empreender uma descida de cem quilômetros até um ponto situado no Mar da Tranquilidade. Só dois dos três astronautas realizarão esse trecho da viagem. O terceiro, Michael Collins, permanecerá sozinho no módulo de comando, desde a tarde de domingo até a de segunda-feira, girando em volta da lua, quase trinta horas nesse tempo insone sem noites nem dias medido pelo relógio do painel de comando. Sozinho e atento, alerta, olhando a escuridão exterior sobre o horizonte cinza do satélite, onde verá surgir a esfera distante e azulada da Terra, dividida por uma linha de sombra.

Recorto informações, manchetes e fotografias do jornal e vou colando tudo nas folhas grandes e fortes de um caderno de desenho. *Os voos espaciais são o maior expoente da nova era em que a humanidade entrou e foram possíveis graças aos computadores eletrônicos.* Reúno meu tesouro de recortes, dados e palavras, refugiado em meu quarto, no alto da casa, como se vivesse num farol ou num observatório astronômico, eu e mais ninguém, como o astronauta Collins enquanto seus dois companheiros caminham sobre a lua. Palavras tomadas do grego e do latim para nomear fatos científicos, com ressonâncias mitológicas. Aposelene, periselene. O ponto mais afastado da órbita elíptica chama-se aposelene e situa a nave Columbia a trezentos e catorze quilômetros da superfície da lua: o periselene é o ponto mais próximo, a cento e doze quilômetros. *Não chegará o dia em que essas máquinas superevoluídas se revoltarão contra os senhores que as construíram e que já não serão mais capazes de controlá-las?*

Às 22h44 desta noite, o propulsor voltará a ligar-se automaticamente para a nave entrar em uma órbita circular, a cem quilômetros de altura. "A matemática explica o universo", diz o padre diretor, "torna visível à limitada razão humana as leis eternas e sutis que Deus traçou na Criação." O espaço negro em que viaja a Apollo 11 é um vazio tão perfeito quanto o da lousa sobre a qual o padre diretor desenha círculos e elipses e rabisca fórmulas com um pedaço de giz. A substância branca do giz é feita com as conchas pulverizadas de pequenos moluscos extintos há duzentos milhões de anos, tão inumeráveis que formam os penhascos brancos da costa sul da Inglaterra. Nada é simples, nada é o que parece à primeira vista, e qualquer mínimo fragmento da realidade encerra tantas possibilidades de conhecimento e de mistério que dá tontura só de espiar. Milhões de anjos caberiam na ponta de um alfinete, e todos os zeros que seria possível escrever na lousa da classe atrás de um único um não bastam para representar a duração da centésima milionésima parte da Eternidade. Para onde quer que você olhe será assaltado pela vertigem de cifras impossíveis. Que mortandade, que extinção em massa de espermatozoides eu mesmo não provoco em cada punheta que bato, desperdiçando assim os dons do plano divino estabelecido no Gênesis, *Crescei e multiplicai-vos?* Milhões de moluscos tiveram que morrer para que existisse o toco de giz com que o padre diretor escreve uma apavorante equação na lousa: o pó de suas conchas fósseis fica pairando no ar quando ele limpa as mãos ou bate as palmas para chamar nossa atenção ou formular uma nova ameaça, a data da próxima prova. E se houver milhares, milhões de outros mundos habitados por seres inteligentes, a uma distância tão imensa que jamais poderemos ter notícias de nenhum deles, por mais que os jornais falem em aparições de naves extraterrestres? Tirando o sol, a estrela mais próxima da Terra é Alfa Centauro, que se encontra a mais de quatro anos-luz, trilhões de vezes mais longe do que a lua. *Possivelmente, o problema que mais se tem discutido nas ruas se refere à possibilidade de esses homens de outros planetas também terem o pecado original,* escreve no *Singladura* o jornalista L. Quesada, que todo mundo chama de

Lorencito, e que todos os dias enche páginas e páginas de informação sobre a viagem à lua, além de participar de um programa semanal sobre ufologia e mistérios do espaço que eu tento ouvir todas as sextas-feiras à noite na rádio Mágina. Ontem encerrou sua participação recitando um poema sobre a Apollo 11, que segundo consta chegara às suas mãos de forma anônima, embora ele tenha insinuado em tom de mistério que, pelo estilo e pelo carimbo dos correios, podia-se deduzir sem medo de errar que seu autor era um dos poetas que escrevem na nossa cidade, tão pródiga neles, e não dos piores:

O homem pelo Cosmos se aventura,
supera com espírito o horror
de tanta imensidão jamais pisada...

— Coitado do Lorencito — diz a tia Lola, que é sua freguesa em El Sistema Métrico. — A viagem para a lua vai acabar com ele. Está muito pálido, diz que não dorme, e vive errando nas contas e na medida dos tecidos. Hoje de manhã teve uma tontura quando estava me atendendo e precisou sentar, e lhe trouxeram um copo de água. O coitado suava, mas não era de calor, e sim de arrepios. Parece que depois de passar o dia inteiro em pé atendendo o público vai correndo para casa escrever para o jornal, e às vezes vira a noite escrevendo e ouvindo no rádio as últimas notícias, e antes do amanhecer já está na Telefônica, fazendo fila para ditar seus artigos. E olhe que não recebe por isso, mas para ele tanto faz.

— Deve ser tonto.

— Ou ter muita vocação.

— Mas o que esse aí pode saber da lua e dos astronautas, se passou a vida cortando panos e rezando o terço?

— Ele estudou por correspondência — diz a tia Lola, com

muita convicção. — Tem um diploma de jornalista e outro de astrólogo.
— De astrólogo ou de astrônomo?
— Ai, filho, aí você já está pedindo muito.

A tia Lola tem os lábios pintados de vermelho, o riso solto, os dentes luminosos, as gengivas frescas e rosadas, os olhos grandes realçados pelo rímel dos cílios. Casou com um homem que ganhou muito dinheiro, mas desde que era bem jovem, e até onde minha memória alcança, sempre me lembrei dela assim: como uma flor de luxo na nossa sombria casa de trabalho e austeridade, a salvo do desgaste das tarefas domésticas e da resignação obstinada com que minha mãe e minha avó tocam a vida. Desde muito nova já pintava as unhas e os lábios e passava horas na frente do espelho, ou ouvindo música no rádio, sem fazer muito caso das ordens de minha avó nem se deixar dobrar por seus castigos. Seus saltos repicam alegremente nas escadas e no vestíbulo da casa, espalhando nela o aroma do seu perfume e o barulho das pulseiras que agita ao mexer as mãos quando fala. A tia Lola traz com ela o brilho do dinheiro e da vida colorida que se vê nos anúncios das revistas acetinadas que nunca faltam na casa dela, e que ela deixa na nossa depois de ler: anúncios de coisas que não temos e que nos pareceriam puramente fantásticas se não as tivéssemos visto na casa da tia Lola e na loja de eletrodomésticos de seu marido: televisores de tela enorme e abaulada, geladeiras, máquinas de lavar roupa, máquinas de lavar louça de um branco ofuscante como o do sorriso das mulheres quase sempre loiras que posam ao lado delas, aquecedores a gás, aquecedores de água, aspiradores, ferros de passar a vapor, barbeadores elétricos, relógios de pulso à prova de água e que funcionam sem corda. AGORA VOCÊ TAMBÉM PODE USAR O RELÓGIO OMEGA QUE OS ASTRONAUTAS USARÃO NA VIAGEM

À LUA. Nas revistas que a tia Lola nos traz e de onde recorto as fotos coloridas das reportagens sobre a missão Apollo, mulheres tão jovens e tão bem-vestidas como ela, sem o menor rastro de desgaste pelo trabalho físico, tomam sol vestidas com maiôs provocantes à beira-mar ou junto ao azul clorado das piscinas, segurando na mão, com um sorriso aliciante que não deixa de me tentar, vidros de perfumes de nomes em francês e recipientes de plástico com etiquetas de produtos que não sei para que servem e nunca vi na realidade, a não ser quando xereto no armário do banheiro dela: cremes bronzeadores, depilatórios, anticelulite, xampus para cabelos tingidos, máscaras faciais. Nem nos anúncios da televisão os eletrodomésticos, os carros e as mulheres que os anunciam são tão chamativos, pois são em preto e branco. Nas revistas da minha tia, as geladeiras dos anúncios estão abertas e cheias de alimentos quase tão exóticos quanto os cremes de beleza: iogurtes de todas as cores, garrafas gigantes de coca-cola e de fanta laranja e limão, frutas muito mais redondas e perfeitas do que as que colhemos na nossa horta, abacaxis tropicais, leite engarrafado, peças de manteiga em embrulhos metalizados, caixas de queijo em porções que têm na tampa o desenho de uma vaca risonha.

    Antes de a tia Lola entrar em casa e chamar por mim, eu já sabia que era ela quem chegava, só pelo seu jeito enérgico de bater à porta, com uma ponta de gracejo, antes de empurrar a porta encostada. Chama por mim pelo vão da escada, e eu largo meu caderno, as tesouras e o punhado de recortes e desço voando para lhe dar um beijo e respirar a alegria da sua presença. Minha irmã também soube que era ela quem chegava e entra correndo da rua, deixando suas amigas barulhentas, com quem estava pulando corda. A tia Lola sempre traz novidades e presentes: hoje, um punhado de revistas e de jornais recentes para mim, uma fita de cabelo para minha irmã, e também uma geladeirinha cheia de sorvete que ela mesma fez num aparelho elétrico recém-chegado à loja do marido. No quintal, ao cair da tarde, embaixo da parreira carregada de cachos ainda verdes, e sonora de vespas e de pássaros, minha mãe e minha avó deixam seu trabalho de costura para se deliciarem com o sorvete de chocolate, café e leite queimado que minha tia tira de sua geladeirinha como de uma cartola de mágico e com as histórias e novidades que tem para contar. Minha tia corta uma porção de sorvete, fazendo tinir as pulseiras, coloca ao lado duas bolachas finas e quadradas e vai servindo um por um, lambendo a parte derretida que lhe escorre pelos dedos. Minha irmã lambe o dela, experimentando com a outra a fita para o cabelo, e eu devoro o meu às dentadas, sua tripla camada de chocolate, leite queimado e café, enquanto começo a folhear os jornais dos últimos dias, suas primeiras páginas tomadas por grandes manchetes. O QUE AGUARDA OS ASTRONAUTAS QUANDO SAÍREM DA CÁPSULA? EXPECTATIVA UNIVERSAL. ALDRIN PERGUNTA AO SEU MESTRE ESPIRITUAL QUE ATITUDE DEVE ADOTAR QUANDO PISAR NA LUA.

— É a última novidade — diz a tia Lola. — Você bate o sorvete apertando um botão, despeja na forma, coloca no congelador e dali a meia hora já pode comer, e é muito mais sadio e saboroso que o da sorveteria.

— Só que a gente não tem geladeira — diz melancolicamente minha irmã.

— E nem precisamos — diz minha avó. — Para quê, se temos um poço tão fresquinho?

— Pois é só vocês quererem. O Carlos vem com o furgão e a instala num instante, e vocês pagam em tantas prestações que nem vão sentir.

— E o que fazemos com as prestações do fogão a gás e da televisão? — diz minha mãe.

— Ai, filha — minha avó tem sempre um tom de ríspida reprovação quando fala com a tia Lola —, teu marido só quer nos vender as coisas dele.
— Precisávamos mesmo era de uma máquina de lavar roupa.
— E uma de lavar louça, não?
— Também existe máquina para isso?
— Para usar uma máquina de lavar, antes é preciso ter água encanada.
— Nisso o menino tem razão. Onde já se viu, nos dias de hoje, continuar trazendo a água da fonte em cântaros?
— Pois eu quero ver água mais fresquinha e gostosa que a que o teu pai traz da fonte da Alameda.
— No lombo da jumenta. Demora mais ir até a lua do que buscar água na Alameda.
— Pois então compramos uma torneira, colocamos na parede, e pronto.
— Cala a boca, menina, para de falar besteira.
— Não fala assim com a sua irmã!

As revistas têm páginas inteiras com fotos coloridas da missão Apollo. Holofotes brancos iluminam à noite o foguete gigante Saturno 5 sobre a plataforma de lançamento, rodeado de nuvens que parecem produzidas pela combustão dos motores mas são dos gases de refrigeração do combustível. Cento e dez metros de altura e um peso de sete mil toneladas, e na ponta o pequeno cone da nave Columbia, um brilho branco e vertical no meio da noite, observado de longe pelos espectadores que esperam nas praias, em volta de fogueiras, tudo controlado até os mínimos detalhes pelos engenheiros que não dormem e olham as telas dos computadores eletrônicos, cada um deles escutando por seu fone de ouvido os números da contagem regressiva. Isso faz três dias, pouco mais de setenta e cinco horas, e a nave minúscula e frágil que no momento do lançamento parecia a ponto de ser tragada pelo fogo já percorreu mais de trezentos mil quilômetros e agora está em órbita em torno da lua.

Dentro de seus escafandros, pouco antes de entrarem pela escotilha na cápsula, os três astronautas acenam na passarela vermelha que se soltará do foguete no instante do lançamento: sorriem, já sem ouvir nada do exterior, as três cabeças mergulhadas no silêncio das esferas de plástico, com seus trajes brancos, balançando num gesto de adeus as grandes mãos enluvadas, caminhando em seguida com passos pesados sobre as solas de escafandristas com que dois deles pisarão a poeira da lua. Mas nesse momento os trajes espaciais e as mochilas com ar comprimido e os instrumentos de comunicação pesarão seis vezes menos do que na Terra, e os astronautas experimentarão uma leveza superior à dos nadadores na água. Basta um leve impulso, um salto que se dá, e você fica flutuando, caindo devagarinho alguns metros à frente, entre a poeira fina e lentíssima que seus pés levantaram, e que provavelmente estava intacta desde muito antes de se formarem os continentes da Terra. CONTERÃO OS ASTEROIDES DA LUA ALGUM AGENTE NOCIVO QUE, INTRODUZIDO NA CABINE ESPACIAL, REPRESENTE UM PERIGO PARA AS VIDAS DOS ASTRONAUTAS E DESENCADEIE UMA TRÁGICA EPIDEMIA EM NOSSO PLANETA?

— Passei na casa do Baltasar — diz a tia Lola, de repente muito séria. — A sobrinha repetiu meu nome para ele, mas acho que não me reconheceu.

— Não passa do dia de Santiago.

— Essa gente ruim parece que nem a morte mata.

— Santa Maria Puríssima! — a tia Lola se persigna, num arremedo de sinal da cruz. — Não falem assim de uma pessoa que está agonizando.

— A mulher parece que já nem olha para ele. É fina demais para limpar a merda dele.

— O Baltasar faz cocô na calça, que nem os bebês?

— As pessoas se vão deste mundo do mesmo jeito que chegam, se cagando todas.

— Não fala assim, Deus que me livre — diz minha mãe.

— Com as pessoas boas, o Senhor há de ter mais compaixão.

— A sobrinha é que limpa o cu dele e lava suas cuecas, enquanto a mulher passa o dia se penteando e se pintando, e vendo televisão.

— Com a herança que vai receber, podia muito bem comprar um aparelho em cores.

— O Carlos diz que com essa história da lua as pessoas estão comprando tevês como loucas.

Segundo a mulher do Baltasar, ela e o marido podiam ter um desses televisores em cores que já inventaram, mesmo sendo muito caros, e só não compraram ainda porque a cor desses aparelhos é produzida por uns pós bem finos, de várias tonalidades, que flutuam dentro da tela. Mas ela ficou sabendo — e contou para minha avó, confidencialmente — uma coisa que os vendedores escondem, e é que esses pós ainda não foram aperfeiçoados e logo ficam gastos, o que faz com que as imagens, de início bem nítidas e de cores brilhantes — "que nem no cinema" —, vão ao poucos enfraquecendo, e as cores desbotam, e dali a pouco a pessoa volta a ter um televisor em preto e branco.

— Essa mulher é burra demais — sentencia o tio Carlos, o marido da tia Lola, que deve saber do que está falando, porque ficou rico em pouco tempo vendendo eletrodomésticos, principalmente televisores. — Que é que ela pode entender de receptores em cores, se até outro dia estava arrancando cebolas.

O nome Carlos já é um sinal de que o destino desse meu tio era mesmo chegar longe. Nem na nossa família, nem em todo o bairro de San Lorenzo se tem notícia de alguém com esse nome. Os homens se chamam Pedro, Manuel, Luis, Juan, Francisco, Antonio, Nicolás, José, Lorenzo, Vicente, Baltasar. Herdam esses nomes dos avós e os transmitem aos netos, e todos os anos os comemoram com austeridade no dia do santo, que é muito mais importante que o aniversário e está associado à passagem das estações e aos trabalhos do campo. Deve ser porque o aniversário encerra uma ideia linear do tempo, de mudança sem volta, e o dia do santo parece garantir aquilo que eles mais apreciam, a monotonia agrária da repetição. O aniversário é individual, mas o dia do santo é coletivo: é comemorado em conjunto por todas as pessoas da família que têm o mesmo nome, e os nomes são tão repetidos que certos dias de santo têm um quê de festa local. Carlos já é nome de rico, ou de personagem de filme ou de radionovela, quase como Ricardo, ou Daniel, ou Gustavo. Se o sujeito se chama Carlos, certeza que não trabalha de sol a sol nem com as mãos e só comemora o aniversário. Quando era moço, o tio Carlos trabalhava de aprendiz numa oficina de consertos de máquinas de costura Singer. Como era esperto e simpático, logo passou de aprendiz a balconista da loja, e pouco depois, quando já andava se engraçando com a tia Lola, saiu da loja para trabalhar por conta própria, como representante de fogões a gás. Essa decisão do pretendente de sua filha fez meu avô pôr em dúvida o juízo dele. Quem ia querer cozinhar naqueles aparelhos quando os de carvão eram tão econômicos e seguros e quando, além disso, todas as mulheres prefeririam cozinhar num bom fogo de lenha de oliveira? O gás era um perigo, um veneno terrível. Ele, meu avô, lembrava--se de ter ouvido dizer, quando era rapaz, que o gás era uma arma terrível que matava milhões de homens na Guerra Europeia. Podia explodir com mais força do que uma bomba de obus e destruir uma casa inteira, e envenenava a comida preparada com ele, bastava ver sua chama azul e doentia.

Pouco tempo depois, o tio Carlos tinha vendido tantos fogões a gás que juntara o bastante para abrir uma loja, nos baixos de um prédio da rua Nueva, que alguns anos mais tarde ele mandou derrubar para construir uma das primeiras casas com elevador de Mágina, com uma vitrine enorme no térreo e um luminoso que atravessava a fachada de fora a fora, em diagonal, decorado com uma tela de televisão, o esquema de um átomo e de ondas eletromagnéticas, um raio e um nome esquisito e sonoro, resultado da junção das três primeiras letras de seu nome com as do nome da minha tia: CARLOL-ELECTRO-HOGAR 2000.

Quando meu avô lhe deu autorização para se encontrar com a tia Lola no portão todas as noites e, aos domingos, levá-la à missa e dar uma volta, o tio Carlos comprou uma vespa e óculos escuros. Como eu não conhecia ninguém que usasse óculos escuros nem andasse de lambreta, as duas coisas ficaram por muito tempo associadas na minha imaginação ao dinheiro e ao sucesso. O tio Carlos chegava à praça San Lorenzo na sua vespa e parava em frente de casa e dava três buzinadas, com uma certa cadência, para chamar a tia Lola, que já esperava por ele, vestida e pintada, toda cheirosa a perfume e laquê, a ruge e batom. Eu a ouvia descer as escadas com o repique ligeiro de seus saltos — "Menina, assim você se mata", advertia minha avó, em vão — e depois, espiando por uma sacada, via como recolhia a roda da saia e se sentava na garupa da lambreta, abraçada à cintura do tio Carlos.

Eu morria de ciúme.

Sem tirar os óculos escuros, meu tio arrancava pela rua Del Pozo, e suas buzinadas assustavam os burros e as mulas que voltavam carregados do campo, os rebanhos de cabras, de ovelhas ou de vacas que ao cair da tarde desciam para beber água no tanque da Puerta de Granada, o mesmo aonde iam lavar a roupa as ciganas que alguns anos mais tarde me transtornariam com seus peitos brancos e trêmulos, sacudidos pelo movimento enérgico de esfregar a roupa com sabão contra as tábuas de madeira estriada.

Minha mãe, minha avó e eu às vezes saíamos ao portão para assistir à partida da lambreta, com minha tia sentada de lado com os joelhos bem juntos e a roda da saia cobrindo o banco, como se nos despedíssemos dela na partida para uma viagem longa e cheia de incertezas. Ela nos dava adeus agitando a mão luminosa de pulseiras e unhas pintadas, como uma atriz no cinejornal. Com suas alpargatas mal calçadas, com seus aventais velhos nos quais enxugavam as mãos vermelhas e ásperas, minha mãe e minha avó pareciam pertencer não a outra geração, mas a outro mundo mais pobre e antigo do que o habitado pela tia Lola. Sem perceber, eu sentia a dupla humilhação de ficar com elas e ser trocado por outro.

— Qualquer dia esse doido vai se matar, correndo com esses óculos que não deixam ver nada e o cigarro na boca — agourava sombriamente meu avô, olhando para o relógio de parede que acabava de assinalar as onze da noite, e nada da tia Lola voltar. — Vai se matar e levar ela junto, ou senão vai se arruinar, enrolado nesses negócios em que vive se metendo.

Depois de cada vaticínio, o tio Carlos entrava num negócio mais ousado ainda e ganhava o dobro de dinheiro. Pouco tempo depois de se casar com a tia Lola, inaugurou a loja Carlol-Electro--Hogar 2000, com sua grande vitrine onde se empilhavam aparelhos de televisão e que meu avô olhava balançando a cabeça com expressão lúgubre, pensando que ninguém iria comprar aqueles aparelhos tão caros e complicados, e com imagens tão ridículas perto das dimensões gloriosas e as cores magníficas das telas de cinema. E quantos televisores seu genro não teria que vender para pagar as prestações da hipoteca insensata em que se metera para construir o prédio inteiro da loja, e as contas de eletricidade, incluindo a iluminação da vitrine e do letreiro com aquele nome extravagante que a maioria das pessoas que passava pela porta nem sabia pronunciar? O tio Carlos vendia televisores, geladeiras, máquinas de lavar roupa e de lavar louça, fogões elétricos e a gás, aspiradores, mas se negava a vender ou a consertar aparelhos de rádio como o que tínhamos em casa.

— Esse produto tem os dias contados — dizia ao meu avô, espantando-o com mais uma prova de sua temeridade e sua falta de juízo. — Quando esse aparelho quebra, a melhor coisa a fazer é jogar fora.

Quando a tia Lola começou a namorar, o tio Pedro e o tio Manolo eram ainda novinhos e continuavam ajudando meu avô no campo. A opinião deles sobre o pretendente da irmã oscilava entre duas alternativas: ou era um desmiolado, ou um sem-vergonha. Como ainda por cima não era de família camponesa e andava de terno, usava perfume e óculos escuros e até um anel de ouro, e fumava cigarros suaves, era possível que eles também tivessem dúvidas quanto à sua masculinidade e, ao mesmo tempo, sem atinarem na contradição, quanto à honestidade de suas intenções em relação à tia Lola, que afinal de contas era a irmã mais nova e, portanto, aquela por cuja honra era preciso zelar.

A mando de meu avô, o tio Pedro e o tio Manolo começaram a seguir o casal à distância, revezando-se conforme a necessidade, como dois policiais que não querem afugentar o suspeito. Se a tia Lola ia com o namorado ao cine Ideal — e na plateia, onde ninguém da nossa família tinha posto os pés até então —, o tio Pedro e o tio Manolo entravam na mesma sessão, mas nos altos do galinheiro, de onde mantinham a vigilância debruçados no parapeito. Lá faziam sinais para os namorados e até chegavam a assobiar para chamar a atenção deles, em parte para adverti-los da sua presença censória, em parte pelo desejo pueril de celebrarem a presença da irmã na plateia, apoltronada como uma grande senhora. Ela, que já os observava pelo rabo do olho desde o começo do passeio, fingia que não os via e chegava até a distrair a atenção do namorado, temendo com razão que ele se enfurecesse. Mas os dois irmãos insistiam nos assobios e acenos do alto do galinheiro, e o namorado, com a paciência no limite, pegava na mão dela para levá-la a outros lugares que não fossem visíveis do alto. O problema era que nos fins de semana o cinema estava sempre lotado, e o tio Carlos tinha que se conformar e fingir que não era com ele, ou então acabava de perder a paciência e levava minha tia embora do cinema. Mas esse expediente só podia ser usado com as luzes já apagadas, porque, se os dois irmãos percebiam a retirada, também saíam a toda a pressa e esperavam os namorados aparecerem, escondidos em algum vão da rua Real, ou procuravam por eles até encontrá-los em algum ponto do itinerário forçoso de todo casal: rua Real, praça General Orduña, rua Mesones, rua Nueva, esplanada do hospital de Santiago e regresso.

    O problema era que aos domingos de manhã o tio Manolo e o tio Pedro estavam trabalhando no campo e não podiam manter a vigilância. Foi assim que minha avó e minha mãe conceberam o remédio de me utilizarem como pau-de-cabeleira mirim, e com isso sem querer me brindaram com algumas das manhãs de domingo mais felizes da minha vida, contribuindo além disso para minha secreta reconciliação com o tio Carlos, por quem até então eu sentia ciúmes furiosos, um rancor venenoso. Antes disso, quando eu via a tia Lola se vestir e se pintar nas manhãs de domingo, a felicidade de observá-la — com uma ponta de emoção erótica — era empanada pela consciência de que ela fazia tudo aquilo para agradar ao intruso que viria buscá-la. Eu a seguia pela casa com a docilidade de um cachorrinho de estimação e a observava da minha baixa estatura com a mesma atenção devotada. Se ela se lavava na bacia, diante do espelho oval de seu quarto, eu já estava com sua toalha a postos. Olhava para ela sem pestanejar, enquanto me contava histórias ou filmes ou cantava as canções da moda que tocavam no rádio, e que não eram as mesmas de que minha mãe e minha avó gostavam, porque virava e mexia, quando minha tia aumentava o volume para ouvir melhor uma das suas canções preferidas e cantar junto, às vezes até dançando e me puxando para dançar com ela — os joelhos dobrados, balançando as cadeiras, o corpo inteiro basculando sobre os calcanhares —, logo se ouviam os gritos de alguém mandando baixar o rádio, que aquela música ia deixar todo mundo doido. Minha tia desatava a rir e não fazia caso nenhum, e eu ficava com medo por ela.

 Naquelas manhãs de domingo eu percebia com melancolia confusa a diferença entre ela e o resto de nós, quando aparecia arrumada e perfumada, com os seus sapatos brancos de saltos-agulha, que davam uma forma tão delicada aos tornozelos e ao peito do pé, às suas pernas sem meias, com seu penteado alto e a saia rodada. Enquanto isso, minha mãe e minha avó andavam vestidas com roupões velhos e aventais e alpargatas de corda, e quando se arrumavam era para ir à missa ou a um enterro e se vestiam de preto. Eu via tudo aquilo com meus olhos infantis como uma espécie de presságio que não conseguiria expressar e que nunca confessei a ninguém. Quando se ouviam as batidas na porta, minha tia Lola descia as escadas a toda a pressa para abrir para o namorado, deixando atrás o esvoaçar das saias e anáguas e um cheiro de sabonete e de colônia, de batom e esmalte de unhas. Antes de sair se inclinava para me dar um beijo, e eu aproveitava esse instante para saborear toda sua volúpia: os lábios vermelhos, o rímel sublinhando seus olhos grandes e seus longos cílios, as clavículas e os braços nus, a estampa do vestido, que era a única coisa de cores vibrantes em nossa casa, tirando as flores dos gerânios. Quando ela saía, eu podia notar nas sombras do vestíbulo a expressão de censura com que minha mãe e minha avó se despediam dela, e silenciosamente tomava seu partido, com um fervor apaixonado, com a abnegação de um cavaleiro que defenderia sua dama contra o assédio dos monstros sombrios e das maledicências que se encarniçassem contra ela, e que além disso não reprovaria sua frivolidade nem sua ingratidão por partir com outro.

— A dondoca vai embora sem nem ter feito a própria cama.
— E olha como deixa tudo. Muito se arruma, mas por onde essa daí passa, parece que passou um bando de cabras.
— Cabeça de cabra é o que ela tem.
— Sai para a rua e já vai rindo.
— Eu quero ver tanto riso não acabar em choro.

Mas agora, em virtude da minha missão de estrita vigilância, que se aplicava a cada movimento da tia Lola, eu, seu mais fervoroso partidário, era alistado como espião, sem que ninguém soubesse de que lado estava minha lealdade. E nas manhãs de domingo, em vez de assistir tristemente à sua transformação, que me lembrava a da Cinderela em seu conto, eu me beneficiava dela, recebia gozosamente sua emanação luminosa, pelo menos naquele tempo em que o tio Carlos ainda não tinha comprado a vespa, o que tornaria qualquer vigilância impossível. Então me vestiam com meus melhores calções e os suspensórios de fivela prateada, me lavavam o rosto e os joelhos com a bucha até ficarem vermelhos, me colocavam as meias brancas e os sapatos de verniz, e depois que minha mãe e minha avó tinham acabado de me arrumar, era minha tia Lola quem cuidava da última inspeção, acrescentando um detalhe imaginativo ou caprichoso, talvez desmanchando um pouco a franja demasiado lisa que minha mãe me achatara com água sobre a testa.

E quando se ouvia o chamado — um repique especial do batedor que era a senha dos namorados —, eu era o primeiro a descer para abrir a porta, e como o namorado não estava ainda autorizado a entrar em casa, ficava com ele na praça, explicando que a tia Lola já ia descer, com um princípio de cumplicidade que, no entanto, não anulava por completo o antigo rancor.

— Mulheres — dizia ele, encostando-se na esquina, com um cigarro nos lábios e ar de quem faria uma confidência que me seria útil na vida. — Sempre nos fazem esperar.

Ao sair, minha tia olhava rapidamente em volta para ver se alguma vizinha estava espiando e dava no namorado um beijo instantâneo como a bicada de um pássaro, o que bastava para reavivar meu antigo rancor. Um instante depois, minha mãe e minha avó já estavam na porta, e na de Baltasar, sua mulher e a sobrinha, e talvez mais algumas vizinhas que apareciam na calçada com uma vassoura ou iam regar os vasos na janela.

— Vão com Deus.

— Vê se não demora, Lola.

— Não se preocupe, senhora, que não vou roubar sua filha.

— Não comprem porcarias para o menino, que depois não almoça.

Eu ia entre os dois, com o instinto da criança ciumenta que tenta impedir a excessiva proximidade entre dois adultos. Contra o empedrado da rua Del Pozo repicavam os tacões da tia Lola, e nos bolsos de seu namorado tilintavam chaves ou moedas, o metal do isqueiro. Eu tinha consciência da singularidade da minha tia e do jeito como as outras mulheres olhavam para ela — também percebia como os homens às vezes olhavam para ela na rua —, e imaginava que ela e Carlos eram meus verdadeiros pais, ou uns tios mundanos e muito viajados que vinham me buscar vindos de um país distante e me levavam com eles num trem ou num transatlântico. Deixava com eles a praça San Lorenzo e as ruelas onde nossa vida transcorria, e me levavam para os espaços abertos onde nas manhãs de domingo passeava uma gente muito arrumada: o passeio de Santa María, onde os sinos das igrejas repicavam com o toque da missa maior; a rua Real e o passeio do Mercado, com a banda municipal tocando no coreto; a praça General Orduña, onde ficava a banca de jornais e gibis e a barraquinha do sorveteiro, e em frente, do outro lado da estátua furada à bala do general, as banquinhas nas arcadas, onde vendiam gibis, livros de bangue-bangue, envelopes de figurinhas, bolas de borracha, pacotes de sementes de girassol, tentadores pirulitos de caramelo vermelho com uma faixa de açúcar em volta, índios e caubóis de plástico, cintos com cartucheiras e pistolas de brinquedo, espadas e couraças e até elmos romanos. Eu me sentava com o tio Carlos e a tia Lola a uma mesinha redonda de alumínio do café Monterrey e mergulhava na leitura do gibi e no sabor do refresco que tinham comprado para mim e me esquecia por completo da minha zelosa vigilância. Já não estava sentado entre os dois, nem reparava no que faziam com as mãos. Os copos de cerveja que o garçom lhes trazia tinham o mesmo brilho dourado da manhã de domingo. Minha tia, quando bebia um gole, ficava com os lábios manchados de espuma branca, e depois deixava no copo vazio um arco de batom.

 Depois descíamos pelo Rastro até o parque da Cava, pegado ao cinema de verão, que era a grande novidade do nosso bairro, com suas fontes com repuxo, seus bancos de pedra, suas sebes de murta e seus maciços de roseiras e jasmins enroscados em pérgulas pintadas de branco, dominando toda a amplidão do vale do Guadalquivir. Eu já estava zonzo de cansaço, aturdido de felicidade, empanturrado de pirulitos e amendoins, de batatas fritas, de amêndoas salgadas, mas no parque da Cava, onde também havia barraquinhas de sorvete e de refrescos e vendedores ambulantes de balões e de brinquedos, ainda restava espaço para mais um presente. Minha tia e seu namorado se sentavam num banco, à sombra dos roseirais e das sebes, e eu me esquecia por completo deles, brincando com minha bola de borracha ou com minha diligência do Oeste ou com meu veleirinho, lendo meu gibi de cores brilhantes e com um cheiro de tinta tão delicioso quanto o da vegetação dos jardins. Se já havia começado a temporada de verão, ficava olhando os cartazes do filme que dariam à noite e o quadro com fotogramas pendurado junto à bilheteria. Ia até os terraços que davam para o vale do Guadalquivir e, com uma sensação de vertigem, olhava as hortas, as plantações, as oliveiras que avançavam em linhas retas para as encostas da serra, de um azul não muito mais escuro nem menos transparente que o do céu. Naquele lugar as pessoas se pareciam muito com minha tia e seu namorado, tão jovens quanto eles, tão impecáveis e pujantes quanto as sebes e os roseirais do parque, tão novas quanto a tinta branca das pérgulas. Os casais de namorados passeavam de braço dado, os homens de terno, óculos escuros e cabelo abrilhantado, as mulheres com vestidos claros e sapatos de salto alto, e os mais modernos andavam de mãos dadas, seguindo uma moda recente que a tia Lola e o tio Carlos deviam ter aprendido em algum filme e adotado com entusiasmo, e que punham em prática assim que dobravam a última esquina da rua Del Pozo, quando já não podiam ser vistos por minha mãe e minha avó.

Um dia, no parque da Cava, apareceu sobre nossas cabeças um avião branco que veio voando por cima dos telhados e das torres dos palácios e dos campanários das igrejas. Em sua cauda ondulava uma longa bandeira amarela que dizia: CINZANO. Todo mundo nos jardins olhava para o céu fazendo viseira com a mão. O avião deu uma volta sobre a tela do cinema de verão e se afastou no rumo do vale e da serra, deixando um longo rastro branco no céu sem nuvens, um branco limpo como espuma de cerveja. Foi ficando bem pequeno e já não se ouvia o barulho do motor, que tinha obrigado minha tia a tapar os ouvidos quando passava por cima de nossas cabeças e parecia que ia acariciá-las. Aos poucos, quando já era um pontinho branco que sumia, o avião deu uma grande volta e o sol brilhou por um instante em suas janelas. Chegou à altura do quartel de infantaria, no extremo da cidade, e daí voltou em linha reta para onde estávamos, cada vez mais próximo e mais estrondoso. Passou por cima da tela do cinema de verão agitando como um vendaval as folhas das palmeiras atrás dela, e ao sobrevoar de novo o parque da Cava sentimos um pé de vento contra o rosto e vimos por um instante, atrás das janelinhas quadradas, o rosto de óculos escuros e a camisa branca com galões do piloto. As pessoas bateram palmas quando uma mão apareceu acenando pela janela aberta, e alguns pais ergueram os filhos pequenos que esticavam as mãos como querendo tocar as asas brancas do avião. A bandeirola amarela que dizia Cinzano vibrava no céu muito azul com um brilho de ouro, crepitando no vento. Todos viramos a cabeça conforme o avião passava voando cada vez mais baixo sobre o mirador das muralhas e depois por cima do campanário coberto de heras da igreja de São Lourenço, em direção à praça Santa María. O tio Carlos indicava a trajetória do voo à minha tia com um braço estendido, passando o outro pela cintura dela, como quem não quer nada, por cima de seu vestido justo e estampado.

— Isso não é nada — disse meu tio quando o avião já havia sumido no céu, para além da serra de Mágina. — O presidente Kennedy disse que logo, logo o homem vai voar até a lua.

— E quem é esse presidente? — perguntou minha tia.

— O dos Estados Unidos, o que mais manda no mundo.

— Mais do que o Franco?

— Como daqui à lua...

Voltamos para casa pela rua Del Pozo, eu de novo entre eles, e quando meu tio foi embora e minha mãe e minha avó serviram o almoço, um ensopado de grão-de-bico com espinafre ou acelga, quase vomitei só de ver a panela e sentir o cheiro do grão, do repolho, do toucinho.

— Ai, filha, a gente cansou de pedir, mas entrou por um ouvido e saiu pelo outro. Vocês encheram o menino de porcarias e agora não quer saber de comer.

13.

O barulho foi crescendo na praça enquanto caía a tarde de domingo. Foi ganhando força sem que eu reparasse no que chegava aos meus ouvidos, um ruído de fundo como os sinos chamando para a missa com um timbre diferente em cada uma das igrejas da cidade e como o piar dos andorinhões iniciando seus voos de caçada sobre os telhados e as copas dos álamos. Ouvi vozes, batidas em portas, o motor de um carro parando quase embaixo da minha sacada e o máximo que pensei, muito de passagem, sem tirar os olhos do livro, foi que o Baltasar deve ter piorado, e que esse carro na certa é o do médico ou uma ambulância que vai levá-lo ao hospital de onde é bem provável que não volte. O que mais me interessa acontece nas páginas de um livro ou num ponto do espaço situado a quase quatrocentos mil quilômetros daqui, na órbita da lua. Palavras, instruções, impulsos elétricos, atravessam essa distância em menos de um minuto. Nos receptores do centro de controle de Houston se escutam os batimentos cardíacos dos astronautas. Engenheiros com os olhos fixos na tela dos computadores e com pequenos fones incrustados nos ouvidos estudam a respiração dos três homens enquanto eles dormem e consultam os relógios que medem o tempo sem dias nem noites para poder acordá-los na hora certa. Vozes atravessando a escuridão do espaço, pulsações humanas, sussurro de respirações. *Os astronautas da Apollo 11 realizarão experiências de telepatia, aproveitando um meio como o espacial, que poderia ser mais propício às comunicações mentais do que o meio atmosférico da Terra.* Os três homens adormecidos na penumbra do módulo de comando que gira em torno da lua, respirando como num minúsculo dormitório enquanto os indicadores não param de piscar e os relógios digitais saltam de segundo em segundo em direção ao momento em que serão acordados, no início deste dia terráqueo em que dois deles descerão na superfície branca e cinza que desliza pelas janelas da nave enquanto eles dormem.

O som é uma vibração do ar em ondas concêntricas, como as ondas que se propagam sobre a superfície lisa da água quando uma pedra cai nela. Cada material vibra com um diferente comprimento de onda, e assim o ouvido humano distingue a origem e a qualidade dos sons, o metal de um batedor numa porta, o atrito ou o choque de uns passos nos degraus de uma escada, o timbre preciso de uma voz. Mas outras ondas sonoras atravessam o ar sem que eu possa percebê-las, embora sejam captadas pelas membranas infinitamente mais sensíveis do ouvido de um cachorro, de um gato ou de um morcego. Os morcegos começarão a voar quando escurecer mais um pouco e já não restar luz suficiente para os voos e as caçadas dos andorinhões. Gritos agudíssimos, alaridos incessantes atravessarão o silêncio, enquanto seres de toda espécie se moverão no escuro em que eu não vejo nada. As ondas de rádio que uma emissora espalha no ar sobem até se chocar com a ionosfera, e refletidas nela voltam à Terra, podendo assim ser captadas pelos receptores. Mas algumas vazam para o espaço exterior e podem continuar viajando por ele durante centenas, ou milhares, ou milhões de anos, e talvez acabem sendo captadas por aparelhos de escuta criados pelos habitantes de planetas remotos. Ondas sonoras viajam pelo espaço entre a Terra e a lua, entre a lua e a Terra, ligando o centro de controle espacial de Houston e a nave Apollo, transmitindo imagens borradas, vozes humanas distorcidas pela distância, batidas de corações. O barulho cresce na praça, embaixo da minha sacada, multiplica-se em gritos de alarme e batidas em portas, é abafado por um instante pelo escândalo de uma sirene de ambulância. E se também estes sons que ouço agora viajarem tão ilimitadamente quanto a luz ou as ondas de rádio e em algum lugar muito longínquo e num ponto remoto do futuro um receptor muito sensível puder captar e reconstituir as vozes, os passos, os ruídos cotidianos que chegam até mim vindos dos fundos desta casa, os que todos os dias se repetem na praça? Uma máquina capaz de registrar os mais tênues ecos, o resíduo das ondas mais distantes, gravará tudo em fitas magnéticas onde ficarão registradas todas as vozes dos mortos, todos os sons que há muitíssimo tempo nunca mais ninguém ouviu, que pareciam apagados do mundo. É assim que os telescópios captam a luz que brilhou milhões de anos atrás em estrelas extintas. A claridade que nesta hora da tarde doura as janelas mais altas e as gárgulas da Casa das Torres e os telhados da praça San Lorenzo demorou oito minutos para chegar do sol até aqui. As vozes que escuto parecem chegar de muito mais longe, até que de repente os pneus cantando, impacto das portas metálicas abrindo e fechando, as ordens gritadas acabam por se impor no presente e reclamam minha atenção. A máquina dos sons será uma Máquina do Tempo que permitirá viajar às distâncias mais remotas do passado. Num laboratório de paredes brancas e assépticas no ano 2000, engenheiros com uniformes muito justos auscultam sensores ligados a antenas parabólicas capazes de captar as ondas sonoras mais fracas, que em seguida são reconstruídas pelos computadores para tornar a convertê-las em vozes humanas. Foi assim que os astrônomos captaram o ruído de fundo da explosão que deu lugar ao universo há quinze bilhões de anos: é assim que agora mesmo as antenas das estações de rastreamento instaladas em diversos locais altos e desérticos do planeta captam os sinais que os astronautas enviam da lua: o momento em que o módulo lunar pilotado por Armstrong e Aldrin se separou do módulo de comando, pronto para iniciar a descida; os batimentos cardíacos e o som da respiração do astronauta Collins, que durante as próximas vinte e quatro horas ficará sozinho.

Saio para a varanda e a esquina que dá para a praça está cheia de gente. As vozes da rua entram pelas janelas e também pelo vão da escada, porque a porta está aberta. O tumulto não é em frente à casa do Baltasar, mas ao lado da nossa, na casa conhecida como "da esquina", onde vive o cego que não fala com ninguém. Na nossa praça pequena e acanhada, as vozes são sempre vozes familiares que ecoam no interior de uma casa. Há policiais de farda cinza barrando a passagem das pessoas e médicos ou enfermeiros de avental branco abrindo a porta de trás da ambulância e tirando uma maca. Há mulheres em todas as janelas, e até a mulher e a sobrinha do Baltasar aparecem à porta da rua. Minha irmã e suas amigas pararam de pular corda e correm para a casa da esquina, até que os policiais impedem sua passagem. Escuto minha mãe chamando minha irmã, e depois meu avô explicando aos gritos alguma coisa que não chego a entender. Então os passos miúdos e velozes da minha irmã se escutam na escada, e sua voz aguda e excitada me chama lá de baixo:

— O cego morreu! Dizem que se enforcou!

Por volta da meia-noite, as rodas de conversa na rua Del Pozo estão mais concorridas do que nunca, e há mais portas abertas e mais janelas iluminadas, e ninguém está com a televisão ligada, embora todos saibam que o módulo lunar já pousou na lua e daqui uma ou duas horas Armstrong e Aldrin já estarão caminhando sobre sua superfície. Por respeito ao morto da casa ao lado, de quem ninguém gostava e com quem quase ninguém falava, meus pais não me deixam ligar a televisão. No rádio da cozinha procuro uma emissora que esteja dando as últimas notícias, e até nos fundos da casa, pelas janelas abertas, escuto o rumor das conversas na rua, nas rodas de gente das noites de verão. Gente que não é da vizinhança chega querendo saber e fica ouvindo as histórias que circulam de grupo em grupo, as novidades e repetições que alimentam a curiosidade, a excitação mórbida que uma morte violenta provoca. A única casa às escuras é a da esquina, onde a polícia colou um selo atravessado na porta para vedar a passagem. "Como se alguém ainda quisesse entrar lá", diz minha avó. Há quem diga que o morto ainda está lá pendurado, porque o juiz de plantão não foi encontrado e sem a autorização dele não se pode levantar o cadáver. "Proceder ao levantamento do cadáver", diz meu avô, com seu amor pelas pompas verbais, talvez evocando o jargão forense que aprendeu quando era um policial fardado a serviço da República. Mas se ele está enforcado, pendurado de uma viga, como vão levantá-lo? O corpo rígido, imagino, com o pescoço torto, a cara terrível da qual talvez tenham caído os óculos escuros que nem chegavam a esconder todas as cicatrizes. Mas não é verdade, diz um outro, o juiz veio, sim, e tiraram o cadáver da corda e puderam ver que o levavam numa maca, coberto com um lençol branco. E se o que estava coberto com o lençol não fosse o corpo do morto, e sim uma trouxa qualquer colocada lá só para todo mundo pensar que o estavam levando? Mas para que iam querer enganar todo mundo? Era um homem muito esquisito, sempre sozinho na casa fechada, a não ser quando do recebia a visita de um sobrinho ou de um ex-secretário que lhe fazia a faxina e arrumava um pouco o caos dos aposentos. Quem podia saber como estava a casa por dentro, se nunca nenhum vizinho entrou nela? Cada um lembra a última vez que viu o cego: sexta-feira, dizem, no feriado de 18 de julho, ele saiu pela manhã com sua farda de falangista para assistir à missa de campanha e à concentração patriótica na praça Santa María. Alguém o viu descendo a rua estreita pelo lado da Casa das Torres, sempre rente ao muro, roçando-o com uma das mãos, adiantando a bengala com a outra, os olhos sempre ocultos atrás dos óculos escuros, que eram muito grandes mas não cobriam por completo as cicatrizes vermelhas que ele tinha no rosto. Deviam ser oito, nove da manhã. Alguém lembra que lhe deu bom-dia e que o cego não respondeu, e que parecia ir tropeçando mais que de costume, talvez por ter passado a noite bebendo. Pois não era que às vezes o viam nas tabernas mais pobres e afastadas, sentado num canto, de braços cruzados, o rosto rígido, os olhos apagados pela dupla sombra da cegueira e das lentes escuras, diante de uma garrafa e um copo de conhaque? Não precisava que o servissem, ele mesmo despejava a bebida no copo e sabia pelo barulho do líquido quando parar antes que o copo transbordasse. Na verdade ele não bebia, diz alguém em outra roda, acontece que não conseguia dormir, por causa da dor dos ferimentos de guerra que continuava sentindo, do estilhaço que tinha encravado perto da coluna vertebral. Não era por causa da dor, não, e sim de medo, porque muitos crimes lhe pesavam na consciência e tinha certeza de que mais cedo ou mais tarde apareceria alguém para tomar vingança. Por isso passava o dia trancado em casa com seus cachorros e só saía para a rua bem tarde da noite, levando sempre uma pistola engatilhada que depois, ao deitar, deixava sobre o criado-mudo. E de que lhe adiantava uma pistola, se não enxergava coisa nenhuma? Acontece que os cegos, dizem, têm um sexto sentido, como os morcegos, ouvem o que não podemos ouvir e sentem no ar a proximidade de alguém e sabem até distinguir os movimentos, e reconhecem as pessoas antes de ouvir a voz, pelo barulho que fazem ao caminhar, e até pelo cheiro. Muitas vezes eu o via vir na minha direção, e antes de cruzar comigo ele já sabia quem eu era e me chamava pelo nome. Pois o mais estranho é ele ter falado com você, porque esse aí não cumprimentava ninguém, de tão orgulhoso e amargurado. E como não ia ser amargurado, com tudo que ele passou? Primeiro vêm atrás dele para levar para o paredão e o caçam pelos telhados, como se fosse um cachorro. E quem foi que o salvou? Quem teve pena dele? E agora tornam a contar o que contaram mil vezes: que quando fugia pelos telhados dos milicianos anarquistas que o perseguiam se escondeu num celeiro e se cobriu com um monte de palha. Os milicianos remexiam a palha com as baionetas dos fuzis e com forcados de pontas afiadas, e um deles chegou a tocar em seu corpo, e ele achou que estava perdido, que as pontas de ferro do forcado ou a lâmina afiada da baioneta lhe atravessaria o peito ou que o miliciano gritaria chamando pelos outros. Mas depois de um instante o forcado ou a baioneta recuou, e o homem que a empunhava disse para os outros: "Vamos embora, não está aqui". Ele ficou no palheiro até de noite e conseguiu sair da cidade sem que ninguém o visse e chegar às linhas inimigas. Mas não teve a mesma compaixão quando voltou depois da guerra condecorado e com o cargo de juiz militar e começou a assinar sentenças de morte a torto e a direito, que dizem que as assinava com as duas mãos, para ganhar tempo e mandar mais condenados para o muro do cemitério. O passado circula de uma roda a outra como a brisa da madrugada espalhando as vozes pela rua Del Pozo, que se levantam numa afirmação ou num desmentindo — eu o ouvi voltar ontem à noite quando ia me deitar, não é verdade que ninguém vinha visitá-lo, houve noites que até viram uma mulher muito pintada entrar e sair sorrateiramente — e as que se tornam secretas e cautelosas, lembrando que o cego não teve escrúpulos em ficar com a casa de um homem inocente que ele próprio tinha mandado matar. "O coitado do Justo Solana", diz meu pai, "um homem que nunca se meteu em nada e que tinha a horta ao lado da nossa e não quis sair de lá enquanto durasse a guerra." "Paga o justo pelo pecador", diz alguém, "é sempre assim, ainda mais numa guerra entre irmãos." Nas rodas de conversa sempre há alguém pronto para dizer essas coisas com uma seriedade definitiva, como se acabasse de ter uma revelação, como se nesse exato instante tivesse descoberto uma terrível lei moral. Paga o justo pelo pecador, há males que vêm para bem, cada um com sua consciência. "Ele pagou pelo filho", explica meu avô, "que tinha deixado o pai velho e sozinho na horta para ir a Madri, porque andava com a cabeça cheia de pássaros, para você ver o estrago que as ideias fazem." "Eu me lembro de quando vieram buscar esse homem", diz minha mãe. "Lembra nada, que você era uma menininha." Mas ela tinha nove anos, acabados de fazer, e lembra que estava sempre esperando alguém bater à porta e que fosse o pai dela voltando da prisão, e que tinha acordado muito cedo e estava vendo a lenta chegada da claridade do amanhecer e escutando os pássaros nas copas dos álamos e de repente a sobressaltou o motor de um carro e pensou ingenuamente que nele devia vir seu pai solto da cadeia. Mas sentiu a fúria e a urgência com que as portas de metal se abriam e fechavam, o choque brutal das botas contra o empedrado repetindo-se um instante depois no batedor da porta da esquina. "E por culpa do filho mataram o pai?" "Isso é o que todo mundo pensa", diz alguém numa das rodas, "mas acontece que houve uma denúncia, e o juiz Domingo González não era de perdoar." "Mas se o homem não tinha feito nada", diz meu pai, "só trabalhar de sol a sol na sua horta, sem nunca se meter com ninguém, e nos fazer favores, para o meu avô e para mim, sempre que pedíamos. Que mundo nojento, tanto canalha à solta e um homem direito e trabalhador é morto a tiros feito bicho." "Para você ver no que dão as ideias e as fantasias", diz meu avô, "se o filho tivesse ficado com o pai, agora teria sua casa e sua horta e podia estar aqui sentado, tomando a fresca com a gente."

Falam do que se passou há trinta anos como se tivesse acontecido ontem mesmo e como se alguma coisa ainda pudesse ser corrigida, revivem pormenores da época tão febrilmente como os desta tarde e em suas conversas a morte do cego já parece tão antiga e gasta por infinitas variações que ganha aos meus ouvidos uma irrealidade idêntica à das histórias da guerra, tão vaga quanto elas, mergulhada em confusão e sangue. Já estava enforcado desde sexta-feira à noite, disse o médico-legista; e com o calor que está fazendo já estava em decomposição. Mas o cheiro não teria invadido nosso quintal, que fica pegado ao dele? E ele não foi visto ontem, sábado, de manhã bem cedo, ainda na fresca, sentado num banco do parque da Cava? Quem o encontrou foi o sobrinho ou o secretário, que lhe telefonava a cada duas ou três noites, para saber como estava, e estranhou ele não atender. "O telefone tocava, tocava e não parava de tocar", diz uma vizinha, "e meu marido e eu acordamos no meio da noite, porque nosso quarto fica parede com parede com o do cego, e eu viro e digo para o meu marido: que é que há com esse homem, que não acorda para atender o telefone? Será que aconteceu alguma coisa com ele? Mas não tinha acontecido nada, porque isso foi na sexta-feira à noite, quando acordamos às tantas, e ontem de manhã o vimos virando a esquina da Casa das Torres." Mas outro boato diz que o sobrinho, ou o secretário, garante que não era ele quem estava ligando, muito menos a uma hora dessas. "Eu nem telefonava mais", dizem que disse, "depois que ele me proibiu." Então para que é que ele tinha o aparelho? Ora, para ele mesmo telefonar em caso de necessidade. "Quem teme, algo deve", enuncia meu avô com sua voz lúgubre, e eu agora me lembro de ter ouvido aquele telefone tocar quando ficava acordado até bem tarde e depois não conseguia dormir, naquelas noites em que acendia a luz e olhava o relógio e calculava o horário exato do voo da Apollo 11, tentando imaginar o que os astronautas estariam fazendo naquele instante, a que distância da Terra já se encontrariam. O cego solitário, na casa ao lado, a tão poucos metros de mim e num outro mundo de escuridão e talvez de terror, a noite inteira acordado, prestando atenção aos ruídos noturnos com um ouvido mais fino e mais alerta que o meu, ouvindo a campainha do telefone que para e torna a tocar poucos minutos depois, dando-lhe apenas o tempo necessário para se acalmar um pouco e conceber a esperança de que não volte a tocar. Deve ter dado muito trabalho para ele, dizem, procurar a corda, subir às apalpadelas numa cadeira para passá-la pela viga do estábulo, fazer o nó, ter o sangue-frio para enlaçar o pescoço, era a corda do balde com que tirava água do poço, precisa alguém, e depois se dedicam a discutir se estava ou não estava com os óculos escuros quando o acharam pendurado na viga, e um outro conta como se tivesse visto com os próprios olhos que os óculos estavam pisoteados no chão, no meio de uma poça de urina, porque os enforcados sempre se mijam no último momento, e alguém faz que não com a cabeça e acrescenta em voz baixa, olhando em volta para ver se não há crianças ouvindo, não é que os enforcados se mijem, "os enforcados gozam e morrem armados".

— Não quero dormir — diz minha irmã, no quarto dela, e não quer deixar minha mãe sair. — Se eu dormir, vou sonhar com o morto.

— Mas já o levaram, e os mortos não fazem nada.

— E se o fantasma dele aparecer aqui?

— Ai, mamãezinha, quem será agora, silêncio, filhinha, que já vai embora — eu canto da escada, e minha irmã chora de medo, como eu mesmo chorava quando era pequeno e meus tios me cantavam essa mesma canção.

— Você vai ver quando seu pai acordar e souber que anda assustando a menina.

— Não vai embora, não apaga a luz, que vejo coisas no escuro.

Pé ante pé subo as escadas a caminho do meu quarto, mas sem a intenção de dormir: assim que eles pegarem no sono vou me levantar para ligar a televisão e ver o passeio dos astronautas ao vivo. Vindo do primeiro patamar, escuto o ronco do meu pai, que é sempre o primeiro a adormecer, as lamúrias da minha irmã e o murmúrio tranquilizador da minha mãe, a conversa dos meus avós, quando passo junto à porta do quarto deles, calado e furtivo, procurando evitar que escutem meus passos contra o piso, como um espião ou um fantasma, como um espião que fosse um fantasma.

— Seja lá o que ele tiver feito, já está descansando.

— E você acha que quem se enforca tem descanso? Pois se nem pode ser enterrado em campo santo.

— Vão enterrar nos fundos do cemitério, no Campo dos Enforcados.

— É que é um pecado muito grande a pessoa tirar a própria vida.

— E quem disse que foi ele que tirou?

— Lá vem você com suas maluquices.

— Não lembra da ameaça do sujeito que atirou na cara dele?

— Como é que eu vou lembrar, se não estava lá?

— Pois ele falou assim: "Me espera, porque ainda venho te pegar".

— Foi com essas palavras? E como é que você sabe?
— Eu tenho as minhas fontes.
— Não fala assim, que você parece o locutor de uma radionovela.
— O que estou dizendo é que a mão que lhe colocou a corda no pescoço não foi a dele. Sabe que os policiais acharam os fios do telefone arrancados?
— Não sei, não, e você também não.
— É o que as pessoas andam dizendo.
— As pessoas falam qualquer coisa, sem saber.
— Quem veio matar o cego arrancou os fios do telefone para ele não pedir ajuda.
— Que nem no cinema... Deixa de histórias, vai, e apaga a luz, que já estou ficando tonta com tanta falação.
— ... Ou então ligou sem parar, até que o cego não aguentou mais e se enforcou.
— Mas você não acabou de dizer que foi a mão de outra pessoa que lhe colocou a corda no pescoço?
— É uma hipótese.
— Onde será que você aprendeu tanta palavra difícil. Apaga logo essa luz, que meus olhos estão fechando de sono.
— Espera, não ouviu um barulho? Passos, na escada.
— Vai ver que é o cego voltando.
— Ô, mulher, que coisa! Nem brincando fale uma coisa dessas.

Desço devagar, tateando as paredes, pisando com toda cautela para as lajotas soltas não estalarem no silêncio da casa. Pelas sacadas abertas, com as persianas baixas, entra a claridade fraca e listrada das luminárias das esquinas da praça, e também o cheiro dos gerânios e das flores dos álamos. Era assim que o cego devia caminhar pela escuridão côncava da casa onde vivia como um morto em vida, como um sonâmbulo que nunca dormia e nunca acordava por completo. Uma das mãos roçando a cal áspera das paredes, a outra segurando no corrimão, e no silêncio da casa os ruídos semeados pelo medo, talvez um rangido que poderia vir da porta da rua sendo aberta, apesar de ele ter trancado à chave e passado o trinco, talvez o súbito disparo da campainha do telefone. Paro no patamar onde ficam os quartos, e escuto respirações pesadas, roncos de corpos grandes rendidos pelo trabalho. Meu avô, roncando com a mesma ênfase que ao falar, meu pai, que será o primeiro a acordar, ainda de noite, para ir ao mercado. Alguém fala, e eu paro imóvel, com medo de ser descoberto, mas é minha irmã que murmura e se queixa em sonhos, no meio de algum pesadelo. A casa inteira é um grande depósito, um aquário das águas densas do sono, atravessadas por estranhas criaturas que ninguém vê à luz do dia nem recorda ao despertar. Desço do meu quarto no andar mais alto como um escafandrista que vai mergulhando, com os pés lastrados de chumbo para não ficar boiando na água, boiando numa ausência líquida de gravidade parecida com a que os astronautas experimentam quando a nave escapa do campo da gravidade terrestre. Na casa ao lado não há ninguém, talvez um telefone arrancado no chão de um quarto ou uns óculos escuros junto à cadeira tombada que o cego escalou para se enforcar. Na do Baltasar há várias janelas iluminadas, e de uma delas, no térreo, por entre as cortinas, flui a claridade azulada e convulsa de um televisor. É o Baltasar assistindo à televisão para distrair sua agonia, ou foi sua mulher que a ligou, toda pintada, insone, olhando-a sem fazer muito caso do homem que vai morrendo lentamente ao lado dela. No térreo da minha casa se escuta a respiração do burro e da jumenta no estábulo, dormindo de pé junto às manjedouras, os cascos batendo de quando em quando no chão forrado de esterco, e também, segundos mais tarde, quando o ouvido se adapta mais perfeitamente ao silêncio, soa o mecanismo do relógio de parede, ao qual meu avô deu corda pouco antes de subir para se deitar, como para se certificar de que o tempo continuaria avançando no ritmo certo através da noite, enquanto todos na casa dormem. O tique-taque do relógio, as pulsações de cada coração, contraindo-se e dilatando-se no interior cavernoso e escuro do corpo, o coração do meu pai, o da minha mãe, o coração pequeno da minha irmã, o da minha avó, o do meu avô, que deve ser o mais robusto e o maior de todos, para sustentar sua corpulência: os corações das galinhas no quintal, os que começam a pulsar nos embriões que ganham forma no interior dos ovos, o coração enorme do burro, o da jumenta que dormita a seu lado, o meu, agora tão desembestado em meu peito, quando sem acender a luz ligo a televisão e baixo imediatamente o volume para não acordar ninguém: uma polifonia de pulsações, como cautelosos golpes de tambor naquelas selvas que os exploradores britânicos atravessavam em busca das nascentes do Nilo. E a quatrocentos mil quilômetros daqui, ecoando através do espaço em ondas de rádio, o coração do astronauta Neil Armstrong, que pilotava o módulo lunar e nos últimos minutos da descida desligou o computador que dirigia a manobra para assumir pessoalmente o comando da nave. O combustível estava acabando, o módulo sobrevoava muito baixo um terreno rochoso demais, já projetando nele sua estranha sombra de aracnídeo. Se o combustível chegasse ao fim antes do pouso, o módulo despencaria, podendo sofrer uma grave avaria que depois o impedisse de levantar voo. O coração de Neil Armstrong batia a cento e quarenta e quatro pulsações por minuto, enquanto nas janelas triangulares do módulo se sucediam rochas e crateras eriçadas como estalagmites de gelo, e restava combustível para exatos trinta segundos. De repente surgiu um terreno que parecia plano e propício, e a nave em forma de prisma com quatro pernas articuladas ficou em posição vertical e desceu muito suavemente, levantando uma nuvem de poeira que devia ter permanecido inerte nos últimos três bilhões de anos e que cobriu ligeiramente o vidro das janelas. Agora o horizonte estava imóvel, muito próximo, curvo, uma linha exata dividindo o cinza e o branco incandescente das rochas do negror de um céu sem estrelas. Os dois pensam então, mas não dizem, e não há sensores que registrem ou possam decifrar o segredo dos pensamentos: "e se os motores de decolagem estiverem avariados e falharem na ignição, e ficarmos encalhados como náufragos na superfície estéril da lua?".

14.

Acordei e era noite cerrada, mas dos baixos da casa já chegavam os ruídos madrugadores do trabalho, os passos violentos dos homens na escada, os cascos das bestas saindo do estábulo e sendo arreadas. Chamam de bestas os animais de carga, os cavalos, os burros, as mulas. Em suas cabeças abatidas e em seus olhos enormes há uma desolação de escravidão. Antes que alguém viesse me chamar, já me expulsavam do sono os sons do dia de trabalho que começava ainda de noite e só acabaria quando a noite tornasse a cair. Era o dia 21 de dezembro do ano passado, há exatos sete meses, o primeiro dia das férias de Natal, a primeira vez que eu iria trabalhar em troca de um salário. Em Cabo Kennedy devia ser meia-noite: dentro de exatamente quatro horas os astronautas que viajariam até a órbita da lua na Apollo 8 seriam acordados e teriam uma sensação parecida com a minha: o sobressalto de abrir os olhos quando ainda é noite cerrada e a preguiça de não desejar que o dia comece, pelo menos não tão já, de desfrutar de mais alguns minutos de indulgência, de suave transição entre o sono e a vigília, entre o paraíso original da escuridão protegida e da inconsciência e a dura luz e as obrigações inescapáveis da vigília.

    Acima das mantas e da dobra do lençol que me cobria mais da metade do rosto, eu sentia o ar gelado, o frio que ao longo da noite fora tomando conta de toda a casa e que me agarraria assim que deixasse o refúgio das cobertas, das pesadas mantas, da pele de carneiro que colocavam por cima da colcha, o frio úmido grudado às paredes de cal e às lajotas onde meus pés pousariam como sobre placas de gelo. Sabia que faltavam poucos minutos para me chamarem e saboreava segundo a segundo a sensação de calor e de preguiça, os doces vestígios de um sonho em que eu talvez tivesse vislumbrado as costas nuas de Faye Dunaway, o brilho de seu cabelo aos lados dos pômulos, de um loiro tão claro, tão ofuscante quanto um trigal a um meio-dia de verão. Faye Dunaway deitada a meu lado, com seus lábios carnudos e seu pômulos asiáticos, uma presença quase tangível emanada do calor do meu corpo e da intensidade do meu desejo.

    Nesta mesma cama, quando era criança, eu às vezes me deitava junto com a tia Lola, e para conciliar o sono e afugentar o frio e o medo do escuro me abraçava a ela, ao seu corpo quente como o pão recém-feito que entregavam em casa bem de manhãzinha numa cesta de vime coberta com um pano. Com a mão espalmada eu sentia o calor e a forma plena e macia do pão quente sob o tecido; bem apertado contra ela, eu tocava o corpo acolhedor da tia Lola sob o tecido de sua camisola e logo parava de tremer e de sentir medo. "Se agasalha bem, que está muito frio." Eu me abraçava a ela com mais força, esfregava meus pés contra os dela e os sentia gelados, minha tia puxava as mantas até cobrir as cabeças, e no interior desse espaço escuro e quente o corpo dela exalava um calor e um aroma mais gostosos que os do pão recém-saído do forno. Afundávamos no colchão de lã, sob o peso das mantas acumuladas, e fora, por cima, em volta, aos pés da cama, embaixo dela, o frio mantinha seu assédio, mas agora nada podia contra nós, enquanto permanecêssemos escondidos e imóveis.

O frio do inverno é uma invasão misteriosa que se infiltra por baixo das portas e entre as venezianas mal ajustadas e avança gradualmente pelos cômodos e pelos corredores escuros, que sobe invisível pelas escadas e se espalha em cada superfície como um cerco afilado, sobre o vidro das janelas onde a respiração logo forma um halo embaçado, sobre as barras de ferro e os arremates de cobre e de latão dourado das camas, sobre a cal úmida, sobre os quadrados das lajotas. Nos quartos onde há um fogo aceso ou um braseiro, o frio chega até o limite da irradiação do calor e espreita como um bicho furtivo até as chamas minguarem ou se apagarem, até as cinzas mornas e depois frias cobrirem as brasas: então o frio avança, vem relando as costas, a nuca, infiltrando-se entre as dobras da roupa, subindo do chão até a planta dos pés e logo toma conta dos tornozelos, e quando já avançou tanto em sua invasão é difícil achar refúgio contra ele, que vai continuar seguindo você escadas acima até seu quarto ou estará esperando no escuro quando abrir a porta. E por mais que você se apresse em trocar de roupa, o frio assaltará seus pés no primeiro instante em que os deixar descalços sobre o piso, e quando você se agasalhar embaixo das mantas e cobrir bem o rosto puxando a dobra do lençol e pensar que se livrou do frio, vai descobrir que o frio o seguiu e já se inoculou nesse refúgio onde nem sequer a temperatura do seu corpo pode de início dissipá-lo. Ele assalta a mão que você tira do interior quente para apagar a luz, e gela as duas quando você segura um livro entre elas. Você vai fugir dele, como se escondendo no mais fundo e escuro de uma toca, mas ele ficará à espreita enquanto você dorme, e no silêncio do seu quarto irá crescendo minuto a minuto, e quando você acordar vai varar todo o espaço do quarto com suas arestas de gelo invisíveis. Na casa da tia Lola eles têm calefação, e pequenos aquecedores elétricos, para o caso de a calefação não ser suficiente, e tapetes junto às camas para os pés pisarem num material quente e aconchegante. Na nossa casa grande e desconjuntada, com quartos enormes, com janelas que não fecham direito, o único calor que há no inverno está no braseiro da *mesa camilla* da sala e na cozinha, aonde minha mãe e minha avó chegavam os caldeirões e as trempes das frigideiras antes de o tio Carlos vender para meu pai um fogão a gás, branco, que faz uma chama azulada e que deve ser aceso com precauções extraordinárias. Gostaria de ter um traje de astronauta acolchoado e grosso, um desses trajes brancos e macios com botas grossas e luvas enormes como o que vestia Buzz Aldrin quando saiu para passear no espaço no último voo do projeto Gemini. Ele flutuava sem peso, ligado à nave por uma espécie de cordão umbilical, indiferente ao frio sem limites do nada exterior, vendo o movimento da Terra azulada e imensa, da esfera que girava majestosa e lentíssima a seus pés como um balão translúcido, tão desprovido de peso como ele mesmo, um balão azul perdido no negro vazio, meio coberto por espirais de nuvens, refletindo a luz solar como um grande espelho convexo. Via a fronteira da noite avançando de leste a oeste, a escuridão engolfando continentes e oceanos, e de repente custava a se lembrar das pessoas queridas que aguardavam seu regresso e até a sentir um vínculo pessoal com esse planeta perdido como um ínfimo floco de poeira na espiral de uma galáxia. Os astronautas que agora estão dormindo para decolar dentro de algumas horas voarão até muito mais longe, além do que qualquer ser humano jamais chegou. A uma velocidade de mais de trinta mil quilômetros por hora, a nave Apollo 8 romperá a força de ímã da gravidade terrestre e cruzará o espaço em direção à lua, mas nenhum de seus tripulantes chegará a pisar nela. Eles a olharão de muito perto, enquanto giram em sua órbita, a uma distância de não mais de cem quilômetros. Mas também é possível que a nave se incendeie no lançamento, como aconteceu com a Apollo 7 três meses atrás, em 11 de outubro, quando o módulo de comando, por causa da fagulha de um curto-circuito que num instante incendiou o oxigênio puro que os astronautas respiravam, virou uma armadilha de chamas e gases asfixiantes.

Meu avô e meu pai se levantaram ainda bem de noite para arrear as bestas, mas minha mãe e minha avó se levantaram muito antes do que eles, para acender o fogo e preparar a comida do dia. Desceram à cozinha, onde o frio tornava mais intenso o cheiro de cinzas do fogo que tinham apagado na véspera, antes de dormir. Enquanto dormiam, o frio tomou conta de todo o térreo da casa, como de uma cidade sitiada onde as sentinelas cederam ao sono, e elas têm agora que se empenhar em recuperar uma parte do espaço perdido, como ontem ao amanhecer e como amanhã quando voltarem a se levantar, e como todos os dias do inverno. À luz da lâmpada pendurada do teto varreram as cinzas e esfregaram o piso escurecido do lar com um balde de água gelada que tiraram do poço. Esvaziaram os penicos na latrina do quintal. Atravessaram o quintal brilhante de geada para irem ao telheiro onde guardam a lenha de oliveira e ao entrar lá assustaram as galinhas e os coelhos que dormiam ao calor do esterco. Voltaram à cozinha cada uma com uma braçada de lenha e ajeitaram os troncos ásperos no lar de maneira que o fogo pegue bem rápido, colocando embaixo deles um punhado de palha seca, uma folha de jornal retorcida que acendem com um fósforo. Quando os homens descem à cozinha, o fogo já crepita e sobe pela grande boca da chaminé e há sobre a mesa tigelas de leite recém-fervido e fatias de pão torrado untadas com azeite ou banha. Os dois se aproximam do fogo para se aquecer e seu rosto e suas mãos refletem o brilho das chamas. O frio bateu em retirada, pelo menos da cozinha onde crepita o fogo, e foi se emboscar nos cômodos próximos e nos vãos mais sombrios dos corredores e das escadas. Na latrina do quintal, meu avô e meu pai se aliviaram com longas e sonoras mijadas e examinaram o céu e avaliaram a contextura do ar e a direção do vento para saber como será a apanha da azeitona.

Minha mãe e minha avó preparam a boia fria que vamos levar para o campo, as marmitas de carne ou sardinha com tomate, os nacos de toucinho salgado, as linguiças, os chouriços que despenduram do teto com uma vara comprida terminada em gancho, as tortas de banha picante, os grandes pães de casca dura e enfarinhada e miolo compacto, e guardam tudo numa trouxa de esparto que chamam de *barja*. Minha mãe sobe fatigada e enérgica as escadas para deixar as camas feitas antes de sairmos para o campo. E à tarde, quando voltarmos, eu vou me sentar para ler junto ao fogo e meu avô irá conversar sobre colheitas, temporais e secas junto aos rumorosos grupos de homens de roupa escura que ocupam as arcadas da praça General Orduña; mas minha mãe, sem descansar nem um minuto, logo começa a preparar o jantar com minha avó, e talvez antes ainda vá ao telheiro do quintal lavar a roupa de todos, esfregando-a com as mãos assadas no tanque de pedra, com um sabão rústico e caseiro que irrita a pele, enxaguando-a com água gelada.

Tenho inveja da minha irmã, que só tem sete anos e pode continuar dormindo, que vai acordar tarde e passar o dia com minha avó na casa silenciosa ou sair para brincar com as amigas na praça mais tranquila do que nunca, porque no tempo da azeitona o bairro inteiro fica deserto. O reino em que a minha irmã ainda vive é uma lembrança tão próxima para mim como a dos lençóis aconchegantes e quentes que acabo de abandonar em meu quarto, agora já invadido pelo frio. Por culpa do pecado original, Adão e Eva foram expulsos do Paraíso e condenados a trabalhar. *Ganharás o pão com o suor do teu rosto.* Mas essa maldição que os padres dizem ser universal só atinge a mim entre todos os alunos da minha turma, porque ontem foi o último dia de aula, e o dia de distribuição das notas, e o ambiente era nervoso e festivo até mesmo entre os internos. O réprobo Fulgencio canta *O sinner man* com a voz mais grave e o ritmo mais acelerado do que nunca, acompanhando-se com suas imitações vocais de baixo elétrico e metais sincopados, com solos de bateria — régua, compasso e tira-linhas — que ecoam no fundo da classe. Gregorio ri feito um coelho depois que seus intestinos se descontrolaram fetidamente enquanto o padre diretor guardava um longo silêncio antes de começar a ler nossas notas de matemática. Às vésperas das férias, eu sou o único que vai trabalhar no campo a partir do dia seguinte, e não mais na horta do meu pai, mas em troca de uma féria, no rancho de azeitoneiros de um rico proprietário que tem vários milhares de oliveiras.

— O trabalho manual enobrece — diz o padre Peter, quando lhe conto o que me aborrece. Quando me viu sozinho e cabisbaixo no pátio, veio me perguntar o que havia comigo. — Os padres operários, que hoje causam tanto escândalo, na realidade já existiam desde a fundação dos conventos beneditinos: *Ora et labora.*

Ora et labora. O coitado do *don* Basilio, o cego do latim, voltou a topar com uma carteira que Endrino e Rufián Rufián colocaram no seu caminho, e bateu com tanta força nos testículos que soltou um sonoro *"me cago en Dios"* e derrubou no chão as folhas em braile por onde ia deslizando os dedos para ler nossas notas. Abaixou-se para apanhá-las, porque *don* Basilio é um cego turrão que não gosta de pedir ajuda, e tornou a bater na mesma quina da carteira, agora com a testa, o que foi motivo de algazarra geral e de uma ameaça de suspensão coletiva. Por cima das risadas de todos se destacava a gargalhada bronquítica do réprobo Fulgencio, que não tinha sido aprovado em nenhuma disciplina, nem em religião, nem em educação física, nem em formação do espírito nacional, e teria que passar as férias inteiras de castigo no colégio, sozinho nos dormitórios desertos e no refeitório onde não haveria outros comensais além dele próprio e dos padres, cuja principal tarefa seria vigiá-lo.

Ganharás o pão com o suor do teu rosto. Ganharás o pão com tuas mãos quase infantis ainda rígidas de frio e com teus joelhos esfolados de tanto te arrastares na terra endurecida pela geada, com a dor da tua cintura e das tuas costas que dobrarás o dia inteiro. A pele em volta das tuas unhas ficará em carne viva por raspar nas arestas dos torrões gelados quando tentas apanhar as azeitonas meio enterradas, e quando a manhã avançar e o sol derreter a geada, atolarás teus pés e joelhos na lama. Os homens vão à frente, arrastando as grandes panais de lona com que rodeiam os troncos das oliveiras, batendo com varas compridas e grossas como lanças nos ramos vergados pelo peso dos cachos de azeitonas verdes ou pretas, púrpuras, roxas, tão cheias de sumo que rebentam quando as pisamos. A cada golpe as azeitonas caem sobre os panais como sonoras saraivadas de granizo. Os homens acossam a oliveira, os mais ágeis escalam o tronco para alcançar os galhos mais altos, falam aos brados e riem às gargalhadas e muitas vezes trabalham briosamente sem tirar o cigarro da boca. Usam bonés ou boinas, velhos coletes de lã, calças de brim presas à cintura com uma corda ou uma correia e botas sujas de barro. Trabalham metódicos, fervorosos, joviais, segurando os varejões lustrosos pelo contato com as mãos, puxando os panais carregados de azeitonas de uma oliveira para a outra como turmas de pescadores arrastando sobre a areia uma rede abarrotada de peixes. Quando um dos panais fica cheio e tão pesado que não pode mais ser arrastado, os homens gritam *"Pleita!"* ou *"Espuerta!"*, e então vêm os *criboneros*,* com seus grandes cabazes de borracha preta ou de esparto áspero onde os homens despejam as azeitonas dos panais. Os *criboneros* são rapazes um pouco mais velhos do que eu, ou da mesma idade mas com mais experiência; aos pares, carregam os cabazes cheios de azeitonas até uma ciranda montada entre duas fileiras de oliveiras. Aí despejam as azeitonas numa tremonha que se estende num plano inclinado feito de fios de arame: ao rolar, as azeitonas se separam das folhas e dos gravetos da oliveira, e enquanto vão caindo os *criboneros* as limpam ainda mais com movimentos rápidos das mãos. Um deles abre uma saca ou seira de esparto, o outro levanta o cabaz de azeitonas limpas e o despeja na saca até enchê-la, quando é fechada e amarrada com um pedaço de corda de cânhamo. Com o passar do dia, as sacas vão se empilhando, as mãos dos *criboneros* separando a azeitona das folhas, amarrando a boca das sacas, pegando nas alças dos cabazes outra vez cheios de azeitonas, tão pesados que caminham cambaleando na terra dura ou afundando os pés na lama. E enquanto isso as mulheres e as crianças vasculham o terreno por onde passaram os homens, avançando de joelhos, apanhando as azeitonas que caíram antes do varejamento ou as que escaparam fora dos panais, arrastando-se por baixo dos ramos e da aspereza mineral dos troncos. As mulheres e as crianças ganham metade da féria de um homem. Mas esse é o único trabalho fora de casa permitido às mulheres, e ao findarem os dois meses que dura a temporada da azeitona elas terão ganhado o bastante para comprar roupa nova para os filhos ou saldar o fiado na mercearia ou em El Sistema Métrico. Na apanha da azeitona as mulheres e os homens

* *Pleita* (empreita): faixa ou tira de esparto trançada, usada no fabrico de esteiras, chapéus e cestos. *Espuerta* (cabaz): cesto de esparto, vime ou junco, com duas alças. *Criboneros*: os encarregados de limpar a azeitona nos crivos, ou cirandas. (N. T.)

se relacionam com uma desenvoltura que não existe em nenhuma outra circunstância, trocam brincadeiras picantes que seriam proibidas na vida normal e, às vezes, entre as quadrilhas de mulheres ajoelhadas rebenta um escândalo de risadas provocadas por histórias que fazem corar algumas delas e que as crianças não entendem, ou por uma copla maliciosa que várias vozes agudas entoam em coro:

*Bom casamento
é o que vem das azeitonas.
Mulher que não sai na apanha
não se apaixona.*

Eu avanço de joelhos, sempre ao lado da minha mãe, reparando na velocidade com que as mulheres apanham azeitonas com as duas mãos, bicando com o polegar e o indicador de cada uma como se fossem dois pássaros. Com o que os dois ganharmos na apanha este inverno, ela vai encomendar um terno para mim e vamos pagar as duas primeiras prestações de um televisor. Eu sou muito mais lento do que ela, quebro as unhas e surgem espigas dolorosas em volta delas, apanho as azeitonas e logo as derrubo, ou vou jogá-las no cabaz mas erro o alvo. Sem parar de mexer os dedos velozes e de avançar de joelhos, as mulheres me olham e morrem de rir, caçoando da falta de jeito, e eu fico vermelho e mais desajeitado ainda.

— Olhem para as mãos dele, parecem de menina.

— Coitado, ainda estão geladas, não consegue nem juntar as pontas dos dedos.

— É mão de estudante, não de azeitoneiro.

— A tudo na vida é preciso pegar jeito.

— A azeitona que ele apanha com uma mão vai escapando da outra.

— Vão ver quando ele pegar naquilo, se vai deixar escapar.
— Que é isso, mulher. É um garoto, até ficou vermelho.
— Que seja, mas aposto que já sabe bater o pilão...

Sinto meu rosto ardendo, fiquei mais vermelho ainda, a cabeça coçando, e quanto mais vermelho fico, mais alto riem as mulheres, ajoelhadas sob os ramos da oliveira, piscando para minha mãe, que disfarça seu embaraço e a sua timidez numa espécie de meio sorriso. Quando a vergonha toma conta de mim, não há nada que possa remediá-la, a vergonha e uma paralisante sensação de ridículo. Agora gostaria de ficar invisível, de me encolher como um desses bichos que se enrolam até virar uma bolinha, como quando me encolho na cama ainda de noite e fecho os olhos cerrando as pálpebras e afundo embaixo das cobertas imaginando que assim não vou ouvir o chamado de meu pai ou meu avô pelo vão da escada e me salvarei de madrugar e trabalhar no campo por horas intermináveis. Sem saber como, nem quando, nem por quê, fui expulso da minha vida anterior e agora me vejo tão perdido que não existe para mim um lugar seguro que não seja vulnerável ou inventado, nem ninguém que eu não sinta como hostil ou estranho. O que me enche de saudade é tão inacessível ao meu entendimento quanto o que desejo, e minha infância ficou tão longe quanto uma vida adulta que não consigo imaginar. Sem saber muito bem como nem por quê, perdi os amigos com que brincava na praça San Lorenzo e ia à escola: deixaram de estudar, foram trabalhar no campo com os pais ou entraram como aprendizes em oficinas e lojas, e de repente os vejo e parece que já se passou muito tempo desde o tempo que jogávamos bola, bolinha de gude ou pula-sela e vivíamos de calção e o avental azul da escola dos jesuítas. Começaram a virar trabalhadores do campo, carpinteiros, mecânicos: sem saber muito bem como, eu me vi afastado, pelo menos provisoriamente, do destino comum que me unia a eles, e agora vou a um colégio onde pude comprovar pela primeira vez que no mundo existem pobres e ricos, alunos bolsistas e alunos pagantes, filhos de advogados, de médicos, de latifundiários, de escrivães e filhos de pobres cujas famílias ninguém conhece. Na escola primária todas as crianças eram como eu, e quase todas vinham do meu bairro de camponeses e hortelãos: no colégio, inesperadamente, estou sozinho, e não me pareço com os demais, e observo a deferência com que os padres tratam certos alunos, por mais cruéis ou turbulentos que eles sejam, e a arrogância com que os outros alunos me olham e falam comigo, filhos dos médicos e advogados com placas douradas que comecei a identificar junto aos pórticos mais luxuosos da rua Nueva: herdeiros dos sobrenomes mais altissonantes de Mágina, da fundição onde meus tios trabalham e da loja de tecidos El Sistema Métrico, da família do general que tem sua estátua fuzilada no centro da praça, e também dos milhares de oliveiras onde minha mãe, meu avô e eu apanhamos azeitona em troca de uma féria.

Subimos ainda de noite até uma casa atrás da igreja da Trindade onde o rancho se reúne antes de partir para os olivais. Meu avô montado na sua jumenta miúda e queixosa, minha mãe enrolada num xale de lã preta, eu com um casaco velho, umas luvas que não protegem minhas mãos do frio. É de noite, mas as ruas estão cheias de ranchos de azeitoneiros e arreatas de mulas, de carros com grandes rodas de madeira ou de borracha. Mágina parece uma cidade sendo evacuada antes do raiar do dia: mulheres e crianças se apinham sobre os carros para se aquecerem, homens com o cigarro aceso na boca guiam as arreatas de burros ou de mulas jogando as rédeas por cima do ombro. Com xales, capas, casacões rústicos, bonés bem encasquetados, cachecóis, lenços na cabeça, varas ou trouxas de comida ao ombro, os azeitoneiros saem para o campo pelas últimas ruelas da cidade como uma numerosa leva de refugiados em fuga: de longe se veem suas fileiras tomando os caminhos, se ouve o relincho das bestas, o choque dos cascos, as rodas dos carros, o motor de algum Land Rover, o rumor multiplicado dos passos das pessoas pelas veredas de terra batida, na escuridão que vai cambiando para o cinza e para o azul. Muito mais longe sobem colunas de fumaça e ardem as fogueiras acesas pelos mais madrugadores, os que assaram sobre as chamas um naco de toucinho espetado numa vara fina de oliveira e o foram comendo cortado com um canivete sobre um pedaço de pão untado de gordura, os que esquentam os varejões girando-os sobre chamas para que percam o frio e não entorpeçam suas mãos. Minha mãe, meu avô e eu descemos pelos largos caminhos junto com nosso rancho, os varejadores, as apanhadeiras loquazes, os *criboneros*, os arrieiros que vão passar o dia levando as sacas de azeitonas até o lagar de azeite. Para o leste, sobre a serra de Cazorla, há uma faixa de nuvens lilás entre as quais se insinua a primeira claridade avermelhada do dia. Quando as nuvens se abrem sobre a serra ao amanhecer, mesmo que o resto do céu esteja limpo, é possível que chova.

— Guadiana aberta...
— Água na certa.

"Mas não vai chover porque faz muito frio", diz meu avô, e no céu ainda escuro brilham as constelações com uma claridade aguda de cristais de geada. Das janelas do edifício onde se preparam para iniciar sua viagem, os astronautas verão a luz do amanhecer insinuar-se sobre o horizonte do Atlântico e se perguntarão se este dia que começa será o último das suas vidas. Se um dia destas férias amanhecesse chovendo, eu poderia ficar na cama até bem tarde. Se não chove, trabalha-se dia após dia, sem parar para descansar nem no Natal nem no Ano-Novo; acaba-se de apanhar a azeitona de um pé e passa-se para o seguinte, e sempre resta à frente uma fileira que parece que nunca vai acabar. A quadrícula dos olivais se estende até sumir no horizonte, assim como as veredas tomadas de azeitoneiros. Enquanto varejam, os homens falam sem descanso de terras, de números de oliveiras, das centenas ou milhares de quilos de azeitona que um olival deu na colheita passada. Falam alto, riem-se às gargalhadas, repetem piadas ou ditados, os mesmos que vão dizer amanhã e no ano que vem e que diziam dez ou vinte anos atrás, trepam nos troncos, dão pancadas absurdas e ao mesmo tempo muito calculadas nos galhos para as azeitonas se desprenderem sem estragar, acendem cigarros que se apagam entre os lábios, raspam o barro grudado nas solas das botas, puxam em uníssono dos panais carregados de azeitona. A árvore é uma divindade austera e resistente aos golpes das varas, um organismo de fortaleza rude, quase mineral, adaptado aos extremos do clima, à escassez de água, às geadas do inverno, com um tronco duro e rugoso onde parece impossível que circule a seiva, com o volume e a textura de uma rocha ou de uma corcova de bisão, com raízes tão fundas que são capazes de alcançar as umidades mais escondidas da terra, com as folhas pontudas, com a face verde-escura e o verso de um cinza de pó, folhas pequenas e arqueadas para resistir ao ar seco reduzindo a evaporação ao mínimo. Plantadas em filas paralelas, a distâncias regulares sobre a terra clara e argilosa, as oliveiras quadriculam a paisagem com uma seca geometria que só se suaviza nas distâncias, quando a bruma azulada e a sucessão das copas enormes produzem uma miragem de frondosidade. De perto são figuras ascéticas, arredias, altivamente isoladas entre si, de uma longevidade e de uma envergadura que por comparação tornam ínfimas as pessoas que labutam mesquinhamente em volta delas, arrastando-se pelo chão para recolher seus frutos, empenhando todas suas forças e todas suas ambições, as energias inteiras de sua vida, em troca de um ganho escasso e incerto, que nem mesmo nos melhores anos de abundância é de todo generoso, exceto para os donos de grandes olivais. Uma colheita que se anuncia boa quando no final da primavera brotam os cachos de flores amarelas malogrará se nesse ano não chover a tempo ou se no início do inverno caírem geadas muito fortes.

Dessas coisas falam os homens enquanto varejam, ou quando descansam ao meio-dia para comer em volta do fogo: de geadas, secas, quilos de azeitona, toneladas de azeite, olivais de regadio ou de sequeiro, olivais comprados ou vendidos, herdados, malbaratados pela cabeça ruim de um herdeiro inútil ou de um proprietário dominado pelo vício do jogo. Ao longo do dia vão subindo pelos caminhos para Mágina arreatas de mulas e de burros e carros carregados de sacas de azeitona que depois são despejadas nos grandes depósitos dos lagares, formando rios que sobem e descem pelas grandes esteiras rolantes, pirâmides enormes, montanhas desse fruto preto, roxo, verde-escuro, de pele brilhante, que logo rebenta quando é pisado ou batido, que nos dá o azeite com que cozinhamos, cujos caroços triturados e carbonizados são o combustível dos braseiros com que nos aquecemos, assim como a lenha das nossas fogueiras é dos ramos da árvore e o dinheiro com que subsistimos a maior parte do ano é o que ganhamos na apanha. Chega a dar vertigem a multiplicação dos números, a consciência intuitiva e quase estarrecida da pura repetição das coisas. Qualquer especulação eclesiástica, qualquer pretenso milagre ou desvario da imaginação se revela chocho e até desprezível quando comparado com a fantástica complexidade do que parece mais trivial na natureza: o número das folhas de uma única oliveira, seu crescimento ao longo de séculos, o labirinto visível de seus ramos e o subterrâneo de suas raízes. Caindo de cansaço, morto de fome, com os joelhos e as pontas dos dedos esfolados, arrastando-me pela terra ao lado das mulheres que bicam as azeitonas com as duas mãos a toda velocidade, penso no número de oliveiras que pode existir em toda a paisagem ondulada e monótona de nossa província, em quantas mãos devem estar corricando agora mesmo como criaturas gêmeas de cinco patas sob as vastas copas verde-escuras e cinza, em quantos milhões e milhões de azeitonas terão sido apanhados hoje quando, ao declinar o sol e voltar o frio, os capatazes resolverem que é hora de suspender o trabalho. Quando forem duas e meia da tarde a Apollo 8 terá decolado de Cabo Kennedy queimando duas mil toneladas de combustível nos quatro primeiros segundos da ignição; quando der cinco horas, e minha mãe, meu avô e eu estivermos voltando para Mágina pelos caminhos novamente tomados de gente, juntando à exaustão da jornada o cansaço da caminhada de regresso, os motores da última fase do foguete estarão lançando novas chamas para atingir a velocidade de escape da órbita terrestre. Nós aqui sentiremos a força da gravidade do planeta pesar mais do que nunca, enquanto eles flutuarão no interior da cápsula: pesarão as pernas doloridas, os pés calçados com botas encouraçadas de lama, pesarão os braços, as mãos chagadas, as horas lentas do trabalho, a consciência de que amanhã toca levantar de novo ainda de noite e atravessar um dia idêntico ao de hoje, e ao de depois de amanhã, ordenados numa sucessão tão monótona quando a dos renques de oliveiras. Quando chegamos à cidade e nos aproximamos da praça San Lorenzo, já quase anoiteceu e o frio sobe da terra endurecida e dos seixos da calçada. As meninas que brincavam de pular corda cantam uma cantiga burlesca de boas-vindas que tanto faz parte dessas tardes de dezembro quanto o cheiro da lenha de oliveira queimando e o calafrio da umidade do ar:

— *Azeitoneiro da camarada,*
já quantas fangas tens apanhadas
— *Nem meia fanga e as mãos geladas*

Venho tão cansado que arrasto os pés e meus olhos fecham sozinhos. Tudo dói: os joelhos, as mãos, os rins, de tanto me agachar sobre a terra. Só desejo chegar em casa e sentar ao calor do braseiro. A desolação de pensar que amanhã voltarão a me acordar antes do amanhecer desfaz até mesmo minha expectativa de ligar o rádio e saber como foi o lançamento da Apollo 8. Percebo então umas pontadas frias no rosto, como leves agulhadas, como o roçar de garrinhas de pássaros: acima dos telhados o céu ficou liso e muito branco, como se um brilho pálido coasse de dentro das nuvens.

Com um sobressalto de felicidade descubro que começou a nevar: os flocos, quase imperceptíveis salvo pelas suaves pontadas que sinto no rosto, remoinham silenciosos em volta das luminárias das esquinas. À noite, quando espio pela sacada antes de me deitar, o vidro fica embaçado com meu hálito, e os quintais da casa do Baltasar e os telhados do bairro de San Lorenzo estão cobertos de neve, e os flocos são tão compactos que ao longe não se enxerga o vale do Guadalquivir. Eu me aninho na cama sem tirar a camisa nem as meias, o calor do meu corpo vai dissipando o frio dos lençóis e me envolve como os fios de seda ao bicho que vai tecendo o seu casulo. Exausto, protegido, absolvido, sabendo que graças à neve amanhã não terei que madrugar, mergulho no sono como se flutuasse no espaço bem protegido no interior do traje e do capacete, ligado à nave por um longo tubo de plástico branco, enquanto os flocos de neve surgem do escuro em turbilhões e batem silenciosamente contra o vidro gelado da minha janela.

15.

Ninguém nunca esteve tão só neste mundo, exceto Adão — para quem acredita em sua existência. Mas Adão tinha a companhia das criaturas que Deus havia criado dias antes e que ele mesmo acabara de nomear, as aves do céu e os animais da terra, já mugindo, cacarejando, rondando nas primeiras noites do paraíso terrestre, onde logo a solidão começaria a exasperá-lo. Você está sozinho, na cela cônica do módulo de comando, e as vozes nasaladas e distorcidas que chegam a seus ouvidos vieram em ondas de rádio de uma distância de quase quatrocentos mil quilômetros, ou do módulo lunar, que neste exato momento desce a uma superfície de crateras gigantes e de planícies de poeira com nomes de mares onde seus pés não vão deixar pegadas. Você está só, por vezes olhando pelas janelas para o espaço negro onde não se vê a Terra, por vezes para a presença esférica e enorme da lua, a menos de cem quilômetros, já despojada da beleza abstrata e da luminosidade lisa que tinha ao longe. Tão perto, a lua é um mundo áspero e devastado, ameaçador na escala de sua desolação, de funerários brancos sujos, de oceanos de cinzas e de pó, de escarpas e cordilheiras de lava esfriada há três bilhões de anos, de crateras como as de uma terra de ninguém devastada por bombardeios: milhares, milhões de crateras de todos os tamanhos, negras como bocas de poços ou de túneis, como erupções de varíola e como buracos abertos por inconcebíveis explosões nucleares, agigantadas pelo contraste sem matizes entre a sombra e a luz num mundo sem atmosfera. A claridade sempre ofusca e toda sombra tem um negror tão profundo como o do espaço exterior. Quando a luz solar se torna oblíqua e menos dura e as sombras são mais longas, às vezes tem-se a impressão de que a cor da lua não é um cinza de pedra-pomes e sim um marrom suave com tons rosados. Mas nenhum dos astronautas que pisaram a lua ou a viram de perto é capaz de lembrar quais eram as cores exatas que via, e seus testemunhos quase nunca coincidem, a não ser no pasmo de constatar que nenhuma câmera fotográfica conseguiu retratar essa luz como ela é, tão estranha aos hábitos do olhar humano como a luz que Leonardo pintou ao fundo de *A Virgem dos rochedos*. Você cumpre disciplinadamente cada uma das tarefas programadas e espanta o pensamento de que não é improvável que esta solidão dure para sempre: se seus dois companheiros não puderem voltar, se houver uma falha na ignição dos motores que dentro de vinte e quatro horas deverão ser ligados para propulsar a cápsula fora da órbita da lua e na trajetória de regresso. O motor de decolagem do módulo lunar nunca foi ligado: se tiver um defeito de fabricação que ninguém detectou, se tiver sofrido avarias na manobra de pouso, seus dois companheiros ficarão para sempre na superfície da lua. Para sempre não: sua reserva de oxigênio durará algumas horas. À medida que se aproximava a data da viagem, você tinha sonhos em que voltava à Terra sozinho, sobrevivente único e manchado pela vergonha de ter deixado os companheiros para trás. O consolo é pensar que sua espera também não será muito longa, se por algum motivo o módulo de comando não puder regressar ou se extraviar no espaço: em poucos dias acabará seu oxigênio. Você permanecerá deitado numa das três poltronas acolchoadas, preso por correias, para não flutuar como um cadáver prematuro, levado de um lado para o outro pelas ondas, respirando devagar para conservar ao máximo a reserva de oxigênio, consciente de que essa cápsula de alumínio e plástico será seu ataúde e girará durante centenas ou milhares de anos como um satélite em torno da lua, até que seja desmanchada pela perpétua alternância do calor e do frio e as partículas do vento solar, ou pulverizada pela colisão de um meteorito, ou até que sua órbita se deteriore aos poucos devido à atração da lua e ela acabe despencando nela. Fechar os olhos, deixar mãos e pernas em repouso, inspirar pelo nariz e expelir o ar cautelosamente pela boca, sabendo que cada exalação libera mais uma dose do veneno que acabará por asfixiá-lo, o dióxido de carbono que ao fim de quatro ou cinco dias terá substituído todo o oxigênio.

Uma vez quase me afoguei. Foi na horta do meu pai, no tanque da fonte, quando tinha nove ou dez anos, num anoitecer de verão. Estava correndo por uma vereda estreita paralela ao tanque, tropecei na meia-luz rosada e tardia do crepúsculo e caí na água, que não estava muito alta, porque quase toda tinha sido gasta nas regas do dia, mas bati a cabeça numa pedra do fundo. Meu pai não estava muito longe, mas não ouviu o barulho do meu corpo na água e continuou trabalhando. Devo ter perdido a consciência por alguns segundos. Abri os olhos e não sabia onde estava. Jazia de costas no lodo e na vegetação submersa do tanque. Meio que jazia, meio que flutuava, afogando-me, entorpecido, de olhos abertos, vendo através do filtro esverdeado da água o vazio do céu sem nuvens onde a lua e Vênus já haviam aparecido, o limo que boiava na superfície, os galhos de uma figueira que pendiam sobre o tanque, buscando sua umidade. Estava quase me afogando não por não saber nadar, mas porque não chegava a ter consciência do que estava acontecendo, e porque sentia uma estranha paz que nunca voltei a experimentar, narcotizado por uma doce aceitação de algo que parecia a chegada do sono ou da noite, suspenso sem peso na água morna, entre o lodo macio e as algas do fundo e a superfície vaga e luminosa como um vidro embaçado. Um instante depois me revolvi, batendo as mãos na água de repente turva que me invadia os pulmões, consegui me agarrar cegamente a alguma coisa, o galho da figueira, emergi como quem acorda de um pesadelo, a boca muito aberta sem emitir nenhum som, coberto de limo e de lodo, vomitando uma água lamacenta enquanto ouvia de muito longe a voz do meu pai chamando por mim. "Ai, filho, como você é desajeitado", disse pouco depois, tentando amenizar o susto com um pouco de ironia, enquanto me ajudava a enxugar e me apertava contra ele para conter meu tremor de frio e de pânico retardado, "só você para se afogar em três palmos de água."

Mas quando você fica realmente só é quando a comunicação se interrompe por completo toda vez que a órbita da cápsula a leva ao outro lado da lua. Nenhuma mensagem se escuta e ninguém sabe nada de você durante os quarenta e oito minutos que dura a travessia pela face oculta. Sua voz se apaga nos receptores da base de Houston e as batidas do seu coração deixam de ser ouvidas nos monitores junto aos quais os médicos da NASA se revezam de plantão, e as fitas magnéticas giram em silêncio, sem gravar nenhum som. Do outro lado das janelas a lua é uma escuridão ingente que poderia alojar as paisagens mais fantásticas e as formas mais primitivas e alucinatórias do medo. Estranho destino o desses olhos humanos que veem de perto o que ninguém jamais pôde ver, o resumo de tudo o que é oculto, de tudo o que está do outro lado e no reverso das coisas. Nenhum olho, desde as rudimentares concentrações de células sensíveis à luz que pela primeira vez captaram a desse disco branco no meio do céu noturno. Os olhos dos peixes, dos dinossauros, dos australopitecos que começaram a erguer a cabeça sobre os capinzais das savanas da África. E você o mais solitário de todos, animais ou humanos, o mais isolado, não apenas de sua própria espécie humana, mas de todas as espécies vivas que já povoaram a Terra. No Nepal as pessoas acreditam que os mortos habitam a face oculta da lua e que na sombra os astronautas devem entrever suas multidões gementes. Você flutua em silêncio, na penumbra do interior do módulo debilmente iluminada pelos botões e números dos painéis de controle, pelo monitor fosforescente do computador, que emite colunas de números e letras em código, como uma inteligência insone espiando a sua. Durante quarenta e oito minutos, a presença da lua é um puro negror sem claridade, nem matizes, nem pontos de referência, mas é justamente nesse lapso que as estrelas ficam visíveis: tão inumeráveis como nunca se veem da Terra, formando novas constelações que só seus olhos podem ver, resplandecendo no espaço vazio sem a cintilação provocada pelo ar terrestre. Você olha para o exterior com o rosto colado no vidro, para os milhões de sóis e as nuvens galácticas de um universo que não parece o mesmo ao qual se erguem os olhos dos outros seres humanos. Você olha abrigado no interior seguro e ao mesmo tempo frágil da cápsula, navegando na escuridão e no silêncio, impelido não por um motor, mas pela mesma gravitação universal que move a lua agora invisível e graças à qual dentro de alguns minutos você verá a Terra reaparecer outra vez. Primeiro surge uma penumbra que já define o arco de um horizonte muito curvo, e imediatamente depois irrompe o brilho oblíquo do sol que apaga o brilho das estrelas no céu e torna a revelar a paisagem geológica de crateras e cordilheiras, tão altas que dão a impressão de que a cápsula vai se chocar contra seus picos agudos. E então, nesse amanhecer acelerado que se repete a cada hora, surge no horizonte a esfera azul e longínqua da Terra, solitária e nítida, muito luminosa no espaço escuro, a Terra que parece infinitamente frágil, perdida, quase tão inalcançável quanto uma dessas estrelas aonde se levaria milhões de anos para chegar, mesmo viajando numa nave à velocidade da luz. Você tenta imaginar o que podem estar fazendo agora as pessoas queridas, sua mulher e seus filhos, lembrar em detalhes os lugares de sua casa, e percebe com surpresa que sua memória se tornou muito vaga e não consegue calcular, sem consultar os instrumentos, que horas são para eles neste instante, se estarão sentados diante do televisor para saber as últimas notícias da viagem ou dormindo esquecidos de tudo, na sólida e duradoura escuridão da noite terrestre, numa cama em que o peso do corpo lhes proporciona a deliciosa sensação de afundar ligeiramente no colchão, horizontais, imóveis, ancorados ao descanso pela atração familiar da gravidade. Como está longe a cadência imemorial, o ritmo binário dos dias e das noites, inscrito com a mesma precisão no sistema nervoso das criaturas mais rudimentares e no dos seres humanos, quando em sua viagem em torno da lua o dia vertiginoso dura pouco mais de uma hora e a noite que parece definitiva acaba em quarenta e oito minutos. A luz do sol fere suas pupilas desorientadas, apanhadas de surpresa, por mais que sua consciência aguçada e insone a esperasse. As vozes voltam a se ouvir, preenchem o espaço estreito da cápsula, as vozes que vêm em linha reta do centro de controle situado em algum ponto dessa esfera azulada e as que provêm de muito mais perto, de outro ponto igualmente invisível na superfície da lua, as dos dois astronautas que já pousaram nela mas ainda não se aventuram a abandonar o módulo lunar. Chamam por você, dizem seu nome, e ao ouvi-lo você sente que torna a recuperar uma identidade ligada a ele, à existência e à atenção dos outros depois de um desmaio ou de um período de esquecimento cuja duração não se prende aos minutos exatos que marcam os relógios. Quem pode medir a duração de um minuto no escuro silêncio da face oculta da lua? As redes invisíveis das ondas de rádio apanham você de volta quando mais perdido andava, e só agora você se dá conta de quão longe chegou enquanto durava o silêncio. Como um tripulante da missão Gemini que tivesse saído da nave e flutuasse no espaço, e de repente se rompesse o longo cordão umbilical que o mantinha ligado a ela: iria se afastando, agitaria as mãos e as pernas no vazio, como um nadador que a correnteza arrastasse para longe da costa, e a cada instante a distância seria maior, e o astronauta já não poderia ver a nave da qual se soltara. Veria a Terra, seu globo imenso que lhe daria a impressão de girar como uma roda lentíssima, e aos poucos se entregaria à resignação de morrer, talvez escutando as vozes que o chamavam nos fones, no interior do capacete onde o oxigênio se esgotava, já convertido num satélite do planeta ao qual não regressaria. Veria o delicado halo azul que separa a atmosfera da escuridão exterior: reconheceria o perfil dos continentes, tão precisos como se estivessem desenhados num mapa-múndi; distinguiria o marrom terroso dos desertos e as suaves manchas de verde no cinturão de florestas equatoriais. Custaria a crer que tinha pertencido àquele mundo, que se afastara dele apenas um ou dois dias antes. Mas essas palavras já não significavam nada, dia ou noite, ontem ou amanhã, acima ou abaixo. Não existe acima nem abaixo, nem dia nem noite, nem amanhã nem ontem. Existe uma força que atrai os corpos celestes entre si e outra que os afasta nas ondas expansivas de uma grande explosão ocorrida há quinze bilhões de anos. Você é menos que um floco de poeira, que uma fagulha de fogo, menos que um átomo, que um elétron girando em torno do núcleo a uma distância proporcional à que separa Saturno ou Urano do Sol; você é menos ainda que uma dessas partículas elementares de que são feitos os elétrons e os prótons e os nêutrons do núcleo. E no entanto tem uma consciência, uma memória, um cérebro feito de células tão inumeráveis quanto as estrelas da galáxia, entre as quais circulam à velocidade da luz as descargas elétricas das imagens e das sensações. Você ouve seu nome repetido nos fones e vê seu rosto à meia--luz do interior da cápsula, seu rosto familiar e fantasma refletido no vidro convexo da tela do computador. Você se coloca diante da câmera de televisão que vai transmitir sua imagem pálida e solitária à Terra e vê seu rosto na lente como num minúsculo espelho.

Enquanto a nave cruza sobre a parte iluminada da lua, nos setenta e dois minutos que dura seu dia, você olha pelas janelas procurando algum indício que permita descobrir o local de pouso do módulo lunar, mas está longe demais, e não consegue ver nada, embora por vezes seus olhos o enganem e tenha a impressão de distinguir alguma coisa. Não há nada, somente as cordilheiras cinzas de picos agudos, as crateras que se multiplicam em outras crateras como o impacto congelado de grossos pingos de uma tempestade, os oceanos minerais, e um pouco mais além o horizonte sempre curvo e próximo, para onde você avança como uma jangada que se aproximasse da borda de uma catarata, da grande catarata de escuridão e terror em que volta a mergulhar quando irrompe o silêncio da face oculta da lua.

16.

— Veio *don* Diego, o pároco de Santa María.
— Vocês viram se ele trouxe os santos óleos?
— Ah, minha mãe, isso eu já nem sei como é.
— Puxa, filha, até parece que você é ateia.
— Teria vindo com um coroinha.
— Talvez só queira se confessar.
— Pois então vai ter trabalho.
— Por isso o padre está demorando tanto para sair.
— Será que todos os pecados têm perdão, mesmo que a pessoa tenha sido muito ruim?
— Aposto que ajuda ter dado boas esmolas à igreja.
— E vez por outra ter convidado o padre para um chocolate com churros, e ter mandado para ele algum frango de crista bem vermelha.
— Que coisa, Lola. Você acha que o perdão de Deus se ganha com presentes?
— É como diz aquele ditado: a Deus rogando e com o malho dando.

— Desde quando você sabe de ditados?
— Quem não aparece faz dias é o médico.
— Já é bem pouco o remédio que pode lhe dar.
— Ou vai ver que o velho quer poupar o dinheiro das visitas.
— Já o meu filho eles chamaram várias vezes, para fazer não sei que contas, e só lhe deram um copo de limonada.
— Como se ele pudesse levar o dinheiro e as propriedades para o outro mundo.
— Pois garanto que a viúva logo vai saber gastar tudo neste daqui. Quanto pior o marido, mais animada ela está.
— Que é que nós sabemos da tristeza que vai lá dentro dela?
— Só se for muito lá por dentro, porque todas as manhãs aparece na porta mais pintada que uma palhaça. Vai ver que não chora para não borrar a maquiagem.
— Não é cristão pensar mal dos outros.
— E não será bobagem pensar bem de todo o mundo? Pensa mal e acertarás.
— Ai, filha, hoje você deu para despejar ditados.
— Olha a sobrinha, em compensação: cada dia pior, coitada.
— Ela sim é que vai sentir quando o tio faltar.
— O que vai sentir é não ter que limpar a merda dele, isso sim.
— E não levar mais suas cintadas.
— Batia nela tanto assim?
— Você não lembra dos gritos e das lambadas que a gente ouvia em toda a praça?
— Essa aí não lembra de nada, como se não tivesse se criado aqui nesta casa.
— Como são valentes os homens! Com uma cinta nas calças, já se acham os donos do mundo.
— Será que Deus também perdoa isso, bater numa pobre aleijada indefesa?

* * *

— O sol já baixou, e ainda sobe fogo do chão.
— E olha que neste quintal estamos no mais fresquinho da sombra da parreira.
— Pois você não deve ter lá muito calor assim, com as pernas e os ombros de fora.
— Deixa ela. Se o marido não acha ruim, quem é você para se meter?
— Sou a mãe dela, nem mais, nem menos. Não gosto que as vizinhas fiquem espiando nem que os homens se virem na rua quando ela passa.
— Quantos cachos lindos deu este ano. Posso comer um?
— Mas olha só, como se não fosse com ela.
— Não seja impaciente, Lola, que ainda estão azedas. Lembra do ditado: Para Santiago e Santa Ana pintam as uvas...
— E para a Virgem de agosto já estão maduras.
— É que vendo elas tão redondas e verdinhas fico com água na boca.
— Desde bem pequena você já era assim impaciente. Vivia subindo na tampa do poço para tentar pegar os cachos.
— Disso eu não me lembro.
— Pois eu lembro, sim, que tinha que andar o dia inteiro atrás de você, para não aprontar alguma.
— Para alguma coisa você era minha irmã mais velha.
— Quantas vezes tive vontade de trocar de lugar com você.
— Ai, filha, cada uma... Subir ao poço! Se a tampa quebrasse, você se afogava.
— Isso não, que eu estava sempre tomando conta.

— Acho que fecharam a porta.

— Que porta? Não ouvi nada.
— A do Baltasar.
— Eu também ouvi. Se fecharam, é porque não esperam novidades para esta noite.
— Que ouvido vocês duas, hein? Sem nem sair na porta já ficam sabendo de tudo o que acontece na vizinhança.
— E sem necessidade de ver televisão nem de ficar no telefone como você.
— Toda noite eu ouvia o telefone tocar na casa do cego. Ele nunca atendia. Eu acordava com a campainha, e depois já não conseguia dormir.
— Vá lá saber quem lhe telefonava.
— Tem coisas que é melhor não saber.
— Lá vêm vocês duas com mistérios.
— É verdade que ele e o Baltasar foram muito amigos?
— Eram amigos antes da guerra, e parece que depois viraram sócios.
— Pois eu não me lembro de ver os dois conversando na praça, nem de um entrar na casa do outro.
— Vai ver que o Baltasar enganou o cego, assim como enganou seu pai.
— Pronto, já vai voltar ao assunto de sempre.
— E vou voltar enquanto for viva.
— Seja lá o que tiver feito, está pagando com juros.
— Isso não. Nós é que pagamos antes, passando fome e miséria. E depois ainda tive que passar a vida inteira vendo a cara desse homem que nos arruinou e dar bom-dia e boa-noite e a ir na casa do desgraçado e aguentar ele e a mulher se gabando de tudo o que tinham, porque o pai de vocês pode ser muito mandão com a gente aqui, mas com os outros é manso de doer, e em vez de lhe negar o cumprimento e virar a cara quando cruzava com ele, passou a vida lhe fazendo a reverência. Se nos convidava para o dia do seu santo

e eu não queria ir, seu pai começava a teimar feito uma mula, que eu era mal-educada e ingrata, que éramos os únicos vizinhos que o Baltasar convidava. "Porque os outros não iriam se fossem convidados", eu dizia, e ele respondia, "falam isso porque não os convidam, mas por dentro morrem de inveja. E além do mais, na hora que precisei, ele agiu como um amigo." "Como um amigo?", eu dizia, "vê quanto ele demorou para assinar o atestado dizendo que você estava com o Movimento." "Demorando ou não, se ele não assinasse eu tinha morrido de fome ou de tifo no campo de concentração." "Ai, filho, como você é bobo, ele assinou o atestado quando viu que não tinha nenhuma acusação contra você e que ia ser solto de qualquer jeito." Você sabe quantas vezes eu tive que atravessar até a casa dele e bater na porta para pedir para ele assinar esse papel miserável? Eu batia, e nem me respondiam, eu ficava esperando e tinha que voltar a bater, como se fosse uma mendiga. E eu sabia muito bem que os dois estavam dentro de casa e me faziam esperar de propósito, e até ouvia quando cochichavam e riam baixinho. E tudo isso sem saber se seu pai estava vivo ou morto, sem poder lhe mandar uma carta sequer, porque eu não tinha quem escrevesse, tendo que cuidar do meu pai e de cinco filhos sem nada para lhes dar de comer, saindo todo dia para a rua para pedir emprestado, morrendo de vergonha, fazendo fila na porta das repartições e dos quartéis onde pudessem me dar conta certa do paradeiro do meu marido e de todos os papéis que precisava para pedir que o soltassem. Que é que eu podia saber de papéis, se mal sei ler e quase nem consigo escrever meu nome. Até o carvão nos faltava para esquentar a comida. Vocês não lembram?

— Como você quer que eu me lembre, se ainda nem era nascida?

— Pois aposto que a tua irmã lembra, sim.

— Como é que eu ia me esquecer? Já estava com nove anos quando a guerra acabou.

— Nove anos, e você já levava a casa e cuidava dos irmãos como se fosse uma mulher, enquanto eu andava por aí procurando alguma coisa para comer e tentando saber se seu pai estava vivo, ou tinha sido fuzilado, ou ia ser condenado a vinte anos de prisão.

— Mas se ele não tinha feito nada.

— Sempre paga o justo pelo pecador.

— Quem paga é o bobo, e seu pai era o maior de todos. Acreditava na propaganda dos do outro lado: "Nada tema quem tiver as mãos limpas de sangue". E assim como acreditava em todos os discursos, acreditou nas mentiras que o Baltasar lhe contava sobre o dinheiro que valeria e deixaria de valer quando as tropas de Franco afinal entrassem em Mágina.

— E como é que o Baltasar podia saber disso?

— Ai, filha, você parece ainda mais boba que teu pai.

— O Baltasar era um fascista, por mais que disfarçasse.

— O Baltasar não era nem vermelho, nem fascista. Era de quem estivesse mandando, de quem se achegando pudesse tirar mais vantagem. Como trabalhava de arrieiro e andava sempre de um lado para o outro, aproveitava para ajudar a quem melhor pudesse pagar seus favores mais tarde. Levava e trazia recados, e ajudou mais de um a cruzar as linhas. Como você acha que o cego Domingo González conseguiu passar para o outro lado? E era por seu bom coração que ele fazia essas coisas. Tinha o cuidado de ajudar as pessoas que depois pudessem devolver a ajuda, e como era mais esperto que a fome, logo viu que a guerra ia ser ganha pelos outros. Não como seu pai, que continuou acreditando até o final nas lorotas que o doutor Negrín* contava no rádio, quando até o mais bobo ou o mais cego podia ver que aquilo estava com os

---

* Juan Negrín López (1892-1956), médico e político espanhol, presidente da Segunda República entre 1937 e 1939, e desde então até 1945, do governo republicano no exílio. (N. T.)

dias contados. Mas ele, nada. Quando na rádio do Franco deram que Madri tinha caído, ele, que acreditava em tudo, de repente resolveu não acreditar justo naquilo, e deu para falar que naquela ele não caía, que a tomada de Madri era um golpe de propaganda inventado só para nos baixar o moral. Como se precisasse, como se todo o mundo aqui já não estivesse com o moral pelo chão depois de três anos de guerra e de penúria. Todo o mundo menos ele, claro, que adorava se exibir com a farda, feito um pavão, imagina só, do jeito que ele era alto e bonito, desfilando com sua espingarda ao ombro todo 14 de abril.* Eu vivia dizendo: "Manuel, e se essa história acabar mal e ganharem os outros, o que vai ser de nós?". E ele, todo convencido, "ora, mulher, como é que três ou quatro militares sublevados contra o Governo legítimo da República vão poder ganhar?". Sempre com essas palavras difíceis que ele tanto gosta. "Mas e se acontecer alguma coisa?", eu dizia, e ele, "não vai acontecer nada, mulher. Não estamos guardando toda semana mais da metade do meu soldo para enfrentar o que vier?" Ele tinha tanto orgulho disso, daquele envelope cheio de notas que me entregava todo sábado, quanto da farda e do cinturão. E para mim também parecia mentira, depois de termos passado tanta necessidade na vida, de nunca saber se no dia seguinte ia ter féria ou se a colheita ia estragar por falta de chuva, ou chuva fora de época. Mas assim como eu falo uma coisa, falo outra: seu pai pode não ser lá muito esperto, mas trabalhador, isso ele é mais do que ninguém. Desde menino ganhou a vida nas fazendas e nas hortas, mas quem nada tem além das mãos não junta nada, por mais que trabalhe, e por mais bonitas que sejam as palavras dos senhores e dos capatazes. Os peões das fazendas dormiam junto com os bichos, nos estábulos, e quando chovia ou ficavam doentes não ganhavam a féria. Quando chegou a Repú-

*Data da proclamação da Segunda República, em 1931. (N. T.)

blica, apesar de todas as promessas, tinha menos trabalho ainda, e os senhores e os capatazes falavam para os homens do campo: "Vão pedir comida lá para sua República".

— O Carlos diz que é melhor não lembrar dessas coisas antigas.

— Como se fosse por querer que a gente lembra ou deixa de lembrar.

— Até para nascer você teve sorte, Lola, vindo ao mundo quando o pior já tinha passado.

— Quando estourou a guerra, já estávamos um pouco melhor, e tínhamos conseguido mudar para esta casa, porque então seu pai já era encarregado ou chefe de arrieiros, ou sei lá como chamam isso, na fazenda dos Orduña. Mas aí apareceram umas patrulhas de caminhonete com aqueles milicianos de lenço vermelho e preto no pescoço, e falaram que estavam expropriando a fazenda. Eu me lembro da palavra porque seu pai vivia repetindo. Mas o que fizeram foi queimar a casa, matar os bichos a tiros e tocar fogo na colheita de trigo e de cevada, e por pouco não fuzilaram até seu pai.

— Mas o que é que ele tinha feito?

— Ora, o que ele sempre fez e foi sua ruína: meter o bedelho onde não era chamado e falar quando não devia. Depois de se embebedarem com o vinho da adega dos senhores, os milicianos começaram a atirar pelas sacadas do casarão para o meio do pátio tudo que encontravam, os móveis, os livros da biblioteca, os quadros, as imagens dos santos, e quando a pilha de coisas passou do telhado, regaram tudo com gasolina. Os peões ficaram lá olhando, sem fazer nada, mas aí seu pai foi até os milicianos e falou assim: "mas o que é isso, homem? Também vão queimar os livros e os santos? Que mal eles fizeram?". E aí o miliciano o agarrou pelo peito da camisa, apesar de ser muito mais baixo do que ele, e falou: "pois eu estou achando que você também vai parar nessa fogueira".

— Que corajoso, meu pai.

— Que doido, você quer dizer. Por muito menos muita gente foi fuzilada, e depois as famílias tiveram que procurar os corpos pelos barrancos, largados feito bichos, com a boca aberta e os olhos comidos pelas moscas.

— Isso eu queria ter visto, ele lá todo orgulhoso, com seu uniforme de guarda.

— Guarda de Assalto. Depois de tantos anos, ainda enche a boca quando fala esse nome.

— E como foi que ele conseguiu entrar na polícia?

— Por causa da altura, e porque sabia ler e escrever e fazer contas. E porque os guardas mais novos eram mandados para as frentes, e como logo morriam aos montes, sempre precisavam de mais gente. Ele aprendeu a ler e a escrever na fazenda, de noite, à luz de um candeeiro, com outro peão que tinha sido assistente de um capelão na guerra da África.

— Eu espiava pela janela para ver ele chegar. Aí saía correndo, e ele me erguia no colo e me colocava o quepe na cabeça. As outras meninas que estavam brincando na rua morriam de inveja.

— Mas o melhor era o envelope, todo sábado, chovesse, nevasse ou fizesse sol. Parecia mentira, as notas novas e cheirosas, limpas e lisinhas, como que passadas a ferro, uma féria certa pela primeira vez na nossa vida. E por tão pouco tempo. Mas a cada semana eu via minha caixinha de lata ficando mais cheia, guardada lá no fundo do armário. Ele falava: "mas, mulher, também não precisa ser tão econômica, que na semana que vem eu trago outro tanto". Mas eu ouvia as notícias da guerra, mesmo sem entender quase nada, e olhava a cara de fome das pessoas, e as bancas do mercado cada vez mais vazias, e os soldados que voltavam

das frentes com um braço ou uma perna a menos, ou sem os dois braços ou as duas pernas, e pensava: "isto aqui está com os dias contados, e quando acabar vamos ficar muito pior do que antes". No fim, minha lata estava cheia de dinheiro, de notas bem apertadas, com aquele cheiro de novo que eu tanto gostava. Mas que adiantava, se já não se achava quase nada para comprar, a terra não dava trigo nem azeite depois de três anos de abandono? Às vezes eu acordava no meio da noite, e ele lá do meu lado, roncando sossegado, todo espalhado na cama, porque nada lhe tirava o sono, nem aquele monte de refugiados que não parava de chegar dos lugares que as tropas de Franco iam tomando, nem a falta de comida, que naquela altura era só pão de alfarroba e lentilhas bichadas cozidas num caldo de água. Mas eu perdia o sono, e aí ia até o armário, procurava minha caixa no escuro, carregava para a cozinha e acendia uma vela para contar as minhas notas, mas estava tão nervosa que errava na conta, ou de repente pensava: "e se quando a turma do Franco estiver mandando resolverem que o dinheiro dos vermelhos não vale?". Ele riu da minha cara quando lhe falei disso de manhã, assim que abriu os olhos. "Cada besteira mais sem tamanho que você pensa, mulher! Para que você se mete a falar do que não entende? Primeiro, esses militares aventureiros não vão derrotar o Governo legítimo da República. Segundo, supondo que ganhem, sabendo que não vão ganhar, se eles anulassem o valor da moeda de curso legal, como manteriam a atividade econômica?" Palavrório nunca lhe faltava. Ele podia me deixar meio atordoada, mas no fundo não me convencia. Uma nota é um papel pintado com cores, por mais que a gente teime. "Uma nota não é um pão", eu pensava, "nem uma talha de lombo na banha, nem um garrafão de azeite. Com papel pintado a gente não acende o fogo, nem esquenta a casa, nem enche a despensa."
E foi como se Deus tivesse aberto meus olhos, porque dali a alguns dias vejo seu pai voltar da casa do Baltasar e entrar no

quarto todo misterioso, e em vez de tirar a farda começa a mexer no armário, e eu só olhando, vou atrás dele e lhe digo: "está procurando alguma coisa?", e ele: "a lata, para guardar o soldo da semana". Eu fingia que não via, mas fazia já alguns dias que, quando seu pai voltava, sempre calhava de o Baltasar estar na porta da casa dele, e o cumprimentava todo cheio de atenções, puxando conversa, pedindo notícias da guerra, como se ele, que afinal não passava de um guarda, entendesse muito de batalhas e de política e soubesse de coisas que os outros não sabiam. Às vezes o convidava para entrar e lhe servia um copo de vinho, e até lhe dava alguma coisa para a gente comer, que sabe Deus de onde ele tirava. Nesse tempo ainda não tinha mudado para a casa maior, não tinha começado a ganhar dinheiro a rodo e a comprar os olivais que os senhores arruinados pela guerra lhe vendiam por uma miséria. Era como os piolhos, como a sarna, que quando mais prosperam é na miséria. Eu espiava pela porta e ficava fula de raiva, porque conheço seu pai e sabia que daquilo não podia sair coisa boa. "Você anda fazendo muita amizade com o vizinho, não?", falava para ele quando entrava em casa, com bafo de vinho, "pelo jeito vocês têm muito o que conversar." "Coisas de homens, que não são da tua conta." E eu ficava com medo de ele dar com a língua nos dentes, para bancar o importante, ou de que o Baltasar o enrolasse nas suas malandragens, aproveitando que ele era bobo e andava fardado. "Como sabe da minha posição, me pergunta o que eu penso sobre o desenlace da guerra", dizia ele, como se fosse um general, "e do que você tanto reclama, se ele me deu azeite, toucinho e pão branco para vários dias?" "Onde será que ele arranja essas coisas? Que será que ele vai querer a troco disso?" Ele me deixava falar e me olhava muito sério, com essa cara de ofendido que faz quando alguém o contraria, como se tivesse dó da minha ignorância, e já não me dirigia mais a palavra nem quando nos deitávamos. Mas no dia seguinte, perto da hora de ele voltar do seu turno, o Baltasar já estava na porta, de novo esperando por ele, fingindo que saía para olhar o tempo que estava fazendo. Eu o via aparecer no fundo da praça, muito alto, com sua farda azul, com seu correame e a pistola na cintura, com seu cassetete, e pensava lá comigo, tão garboso e tão ingênuo, com tantas palavras e tantas fantasias na cabeça oca. Ia direto até o outro, o Baltasar, como uma mosca para a teia de aranha, mas eu me adiantava e o pegava no caminho, como se tivesse alguma coisa de urgente para lhe dizer, e o levava comigo. Mas era sol de pouca dura, porque dali a pouquinho se ouvia o batedor na porta, e era o Baltasar que já estava no vestíbulo perguntando por ele e trazendo coisas para vocês, que também corriam para ele feito um bando de bobos, porque eram coisas que em casa nunca havia, laranjas de Valência ou barrinhas de chocolate. Seu pai acabava indo embora com ele, e eu via como o outro, mais baixo, lhe falava bem de perto, e seu pai baixava a cabeça e fazia que sim. "Que lorotas estará lhe contando?", eu me perguntava, "onde será que vai dar essa amizade?" E acabei descobrindo naquele dia que ele subiu direto para o quarto achando que eu não via e o peguei remexendo na roupa do armário. "Que é que você está fazendo aí?", pergunto, e vejo que ele fica vermelho: "Que é que eu podia estar fazendo, oras? Trouxe o envelope com o soldo e quero guardar metade na lata". Aí ele me olha muito sério e diz que precisa me contar uma coisa muito importante, e a mim me dá um aperto no peito: "Que foi? Aconteceu alguma coisa? Morreu alguém?". E ele faz essa cara de drama, essa cara de quem sabe de coisas muito graves e muito secretas, e diz: "Jura que não vai contar nada do que vou dizer agora", e eu respondo "acha que eu tenho a língua comprida como você?", e ele "a hora não é para brincadeiras; jura, ou não conto". "Está bom, eu juro", digo, "mas seja lá o que for, fala logo, que ainda preciso servir o jantar para as crianças." E aí ele vira e diz, como no teatro, quando vão dar uma má notícia:

"Leonor, a guerra está perdida". Eu quase caí na risada: "Mas que grande segredo o senhor me conta", digo, "essa até os idiotas da rua já sabem, e eu cansei de falar, mas você nunca quis me ouvir".
"Uma coisa são os boatos, outra as informações de fonte segura, e eu, dada a responsabilidade da minha posição, devo distinguir a verdade do que pode ser mentira da propaganda inimiga." "Será que vão vir te prender? Será que vão tirar você da guarda, e nos deixar na rua?" "Isso é impossível", diz, "e parece mentira que você pense uma coisa dessas. Por que haveriam de me perseguir, se só cumpri com meu dever? O general Queipo de Llano já falou na rádio Sevilla: 'Nada tema quem tiver as mãos limpas de sangue'."
"E desde quando você escuta a rádio Sevilla? Você não vivia me dizendo que era crime de traição escutar as emissoras inimigas? Então é para isso que você vai todo dia na casa do Baltasar?" "Para o que eu vou ou deixo de ir não é da tua conta. O Baltasar me deu sua palavra de que, se houver algum problema, se as novas autoridades tiverem alguma dúvida sobre a minha retidão, ele vai me avalizar." "E como é que ele sabe de tanta coisa?", digo. "Tem lá seus contatos", responde cheio de mistério. "E se ele for preso pelos nossos antes de os outros chegarem?", pergunto. "Se o fuzilarem por traidor, e levarem você de embrulho?" "Eu não me afastei nem um fio de cabelo do cumprimento do dever. E minha obrigação é servir e defender o governo constituído, seja ele qual for!" "Fala baixo", digo, "que estão te ouvindo até na rua Del Pozo!" Então ele baixa muito a voz e volta a fazer ar de mistério. "Tem mais uma coisa, que vou dizer muito em segredo, mas que é verdade, por mais que você custe a acreditar. Quando as tropas do Franco entrarem, boa parte do papel-moeda emitido pela República será declarado sem valor." "Como assim, que eu custe a acreditar", digo, "se fui eu mesma que ainda ontem falei disso com você, sem que ninguém tivesse me contado, e você me chamou de idiota?" Aí fiquei com as pernas bambas, sim, e a boca

seca, e me deu um nó no estômago. Tudo o que eu tinha poupado em quase três anos de repente ia virar pó, como se eu abrisse a minha lata e jogasse as notas no fogo e num instante ficasse com as cinzas. "Está vendo como não dá para contar nada para vocês, mulheres?", diz ele. "Você pensa que eu já não estava sabendo de tudo, que não estava preocupado em achar uma solução a tempo? Eu não disse que vão anular todo o papel-moeda: eu disse uma parte, 'uma boa parte'. Outra parte vai continuar valendo e poderá ser trocada nos bancos por uma quantia equivalente do novo dinheiro com curso legal." "E como é que a gente vai distinguir o dinheiro que vale do que não vale?" Aí a cara dele meio que se fecha de novo e ele baixa a voz mais ainda para me dizer: "Eu prometi guardar segredo, e você sabe que nem sob tortura me fazem trair a confiança que alguém depositou em mim". "Então era disso que você tanto tinha que falar com o Baltasar. Ele te contou que sabe quais as notas que vão continuar valendo e quais não, e você acreditou sem nem piscar, e agora vem pegar a lata para levar a esse tipo sem-vergonha e deixar que meta a mão no que tanto me custou poupar." Fechei a porta do armário, tranquei à chave e a guardei no bolso do avental, e me plantei na frente dele de braços cruzados. "Parece mentira", diz ele, "parece mentira que você tenha tão pouco juízo. Você quer guardar essas notas, mesmo que daqui a alguns dias não valham nada?" "Só quero que ninguém me roube o que é meu e dos meus filhos." "Me dá essa chave", diz ele avançando um pouco, alto como o armário. "Nem pensar", respondo. "Me dá a chave do armário, ou vamos ter um aborrecimento." "Se você der mais um passo, começo a gritar pedindo ajuda para os vizinhos e armo um escândalo."

— Mas no fim você entregou.

— Um homem daquele tamanho, teimando feito uma mula, como é que ela não ia entregar?

— Não foi por medo que entreguei, não. Eu mesma abri o armário e tirei a minha lata, porque pensei que talvez ele tivesse razão. E porque me prometeu que não ia deixar o Baltasar ficar com as notas, ou trocar por outras. Falou que ele só ia olhar os números, porque os do outro lado, para pagar a ajuda do Baltasar e seus cupinchas, tinham explicado quais as séries de notas que continuariam valendo e quais não. "Se ele quer ver os números, que venha aqui e os olhe na minha frente", falei. "Isso eu não posso, mulher", disse seu pai, "seria reconhecer que traí sua confiança."

— E você foi na conversa dele.

— E me arrependo até hoje.

— Ele trocou todas as notas?

— O que ele fez, eu não sei. O que eu sei é que seu pai voltou com a lata cheia como antes, só que com algumas notas muito mais gastas, e eu olhava para elas e tornava a olhar e achava que eram tão boas como as outras, e como eu nunca fui boa de contas, também não conseguia saber se aquilo era mais ou menos dinheiro. "Está vendo, sua cabeçuda?", dizia seu pai. "Agora sim não temos mais com que nos preocupar. Aconteça o que acontecer, vou ter o meu posto e o meu soldo, e você a nossa poupança guardadinha na lata."

— E o Baltasar, que é que ele fazia com aquele dinheiro que ia deixar de valer?

— Ora, comprava coisas, pagando como fosse, enganando as pessoas que lhe vendiam olivais, hortas e casas, o diabo, porque todo mundo estava tão desesperado e faminto como nós, e tinha gente que queria se desfazer de tudo o que pudesse para fugir antes de as tropas do Franco chegarem. O único sossegado mesmo era seu pai. Ia lá cumprir seus turnos de guarda, organizar as filas do racionamento, exibir a sua farda, como se nada. De noite caía na cama, com aquele tamanho todo, e logo pegava a roncar e a se espalhar, me empurrando até a beirada, a ponto de cair. E um dia saiu com seu uniforme de gala, porque era domingo, e quando o vi de novo ele foi do outro lado de uma cerca de arame farpado, no meio de uma multidão de presos tão magros e esfomeados como ele, que pareciam mais mortos do que vivos, se apinhando contra a cerca, olhando com aqueles seus olhos de febre e de medo, cobertos de farrapos, comendo no chão feito bichos. Imaginem como ele estaria, que eu fiquei olhando para aquele mundo de gente e não o reconheci nem quando ficou bem na minha frente. Começou a falar comigo, mas os outros prisioneiros se apertavam contra a cerca e gritavam para as famílias que tinham ido lá saber deles, e os soldados mouros os afastavam às coronhadas. "Vai no banco trocar o dinheiro", ele me dizia, "e lembra o Baltasar que ele tem que assinar o atestado para me soltarem." Fui no banco com a minha caixa de lata, entrei numa fila e fiquei lá o dia inteiro, com seus irmãozinhos pela mão, e quando cheguei no guichê e mostrei as notas o caixa olhou uma por uma sem levantar a cabeça, e eu lá tremendo, com as pernas bambas, a ponto de desmaiar. E no fim aquele homem de óculos enfiou tudo de volta na lata, e eu perguntei: "Alguma dessas notas deixou de valer?". "Valer, todas valem", falou, "mas só para acender o fogo, ou se a senhora quiser forrar as paredes da sua casa."

17.

Tudo é cinza, tudo tem uma consistência de cinzas que poderiam se desmanchar quando tocadas, como uma folha de papel que tivesse conservado a forma depois de queimada. A lua, vista de perto, era uma esfera de cinzas compactas, de áspera pedra-pomes, crivada de crateras, atravessada de cordilheiras de lava congelada com arestas agudas, não suavizadas por nenhuma erosão. *Como uma praia coberta de pegadas,* disse um dos astronautas que se aproximou dela, na órbita lunar da Apollo 8, *como uma praia de areia cinzenta.* Uma bola de rocha e pó cinza parada no meio de um breu sem estrelas, sem fundo possível. Onde está o limite do universo, o que existe mais além? Sobre o horizonte curvo e muito próximo, abrupto como a beira de um abismo de pura escuridão, flutua a semiesfera azulada e branca da Terra, solitária e frágil no meio do nada, leve como um floco de poeira irisada por um raio de sol. Desci as escadas no escuro para não acordar ninguém e, tateando, atravessei o vestíbulo, aonde chegava um pouco da claridade das luminárias nos cantos da praça, listrada pelas persianas. Enquanto eu esperava o silêncio, Neil

Armstrong e Edwin Aldrin permaneceram imóveis no interior do módulo lunar, fascinados pela incredulidade do que estava acontecendo, olhando para a paisagem exterior pelas janelas triangulares. Quando as pernas metálicas e articuladas como as extremidades de um aracnídeo pousaram na superfície, houve um leve estremecimento, e viram a poeira subir e cair em ondas idênticas, pairando demoradamente no espaço sem gravidade, caindo em linhas iguais por não ser refreada pela resistência do ar. O módulo lunar não afundou numa camada impalpável de cem metros de pó finíssimo, contrariando a previsão daquele astrônomo da Universidade de Duke: do outro lado das janelas não há construções fantásticas, pirâmides de cristal erguidas por viajantes de outros mundos. Apenas a planície ondulada, a claridade branca e oblíqua reverberando no cinza das rochas e perfilando as sombras com a nitidez que teriam se entalhadas em sílex. A sombra alongada do módulo lunar é uma silhueta negra recortada contra a claridade mais ofuscante do dia. Agora, na penumbra do interior, iluminado pelos números esverdeados e as pulsações vermelhas e amarelas do computador, os dois homens acabam de se vestir para a saída ao exterior, sentindo em seus movimentos a leveza de uma gravidade mínima, olhando um ao outro como as testemunhas únicas de algo que acontecerá muito rápido e mal lhes dará tempo de parar para simplesmente olhar quando se encontrarem fora, quando o cronômetro urgente começar a contagem de suas duas únicas horas de caminhada pela lua, as únicas que lhes permitirá o depósito de oxigênio preso como uma grande corcova às costas do traje espacial. Ajustam um ao outro a esfera do capacete, que é vedado com um fecho hermético, e já se veem na reclusão e no silêncio em que começam a escutar o rumor do oxigênio, o fluir dos finos tubos capilares por onde circula a água fria que manterá refrigerada a couraça branca de plástico e tecidos sintéticos em cujo interior se movem com dificuldade: as mãos desajeitadas, enluvadas, os braços quase rígidos, estendidos, os olhares ansiosos e os lábios que se movem inaudíveis por trás do escafandro. Duas horas e uns poucos minutos, e tudo já terá acabado. Somente duas horas depois de tantos anos, de uma vida inteira, duas horas medidas segundo a segundo, como as pulsações de seu coração e cada porção de oxigênio que respirarem: pouco mais de cento e quarenta minutos distribuídos com extremo rigor por todas e cada uma das tarefas que aprenderam de memória e às quais terão de se dedicar assim que pisarem a poeira lunar com suas grandes botas de sola rajada. Recolher amostras de poeira, cascalho, fragmentos de rochas, fincar uma bandeira, instalar um espelho que refletirá um raio laser enviado da Terra para medir a distância exata até a lua, um sismógrafo que registrará como um estrondo longínquo cada um de seus passos, um receptor de partículas solares. Tanta espera, para terem apenas duas horas por diante, duas horas tão prementes que não darão lugar ao vagar necessário para olharem à sua volta com calma, para pensarem o inacreditável, o que ninguém antes pôde dizer: *Estamos na lua, as pequenas dunas de poeira onde ficam nossas pegadas permaneciam intactas desde muito antes de existirem seres humanos sobre a Terra, rudimentares organismos vivos palpitando no oceano.* Eu avanço às apalpadelas, deslizando a mão direita na parede em busca da porta da sala, onde fica a televisão, com medo de ter dormido além da conta e agora chegar tarde demais. Era assim que o vizinho Domingo González caminhava até ontem mesmo, escondido na dupla escuridão da sua cegueira e da sua casa, ouvindo a campainha do telefone que esta noite deixou de tocar. Alguém, o filho, ou o irmão, ou o pai de uma das suas vítimas, de algum dos homens que ele mandara para a morte estampando sua assinatura ao pé de uma sentença, tinha cegado o juiz com um tiro de sal nos olhos, prometendo um dia voltar para matá-lo. E ele ficara à espera durante todos esses anos, e no fim seu carrasco talvez nem tenha precisado voltar para cumprir sua vingança, para que o terror o levasse a se enforcar, tateando no escuro, querendo fugir da campainha do telefone. O silêncio, a escuridão, o segredo, constituem quase uma espécie de suspensão da gravidade. A praça San Lorenzo é um lago de silêncio e de tempo parado, onde tudo dorme e nada dorme, onde as luzes de todas as janelas estão apagadas, menos as do quarto em que Baltasar morre muito lentamente, recostado diante do televisor, acompanhado pela sobrinha coxa que cochila como um cão. A luz móvel e azulada do televisor enorme do Baltasar coando-se pelas cortinas, pela janela entreaberta para atenuar o calor da noite de julho. A futura viúva e próspera herdeira dorme à larga na cama conjugal em que Baltasar não voltará a se deitar, tão indiferente à tediosa agonia do marido quanto à transmissão ao vivo da chegada do homem à lua. "Eu estou lá para luas", diz minha avó que ela lhe disse, "com a desgraça que tenho nesta casa?" Uma desgraça que a deixa tão aflita, tão exausta, que quando ela cai na cama pega no sono mesmo sem querer, e diz minha avó que do seu quarto, de uma sacada a outra, se escuta o ronco estrondoso da viúva iminente.

    A janela da sala fica bem em frente à luminária acesa na esquina da rua Del Pozo: quando empurro a porta há um quadrilátero de luz recortado sobre o piso e se escuta o mecanismo do relógio de parede a que o meu avô deu corda antes de se deitar. A claridade que entra pela janela é a da luminária da esquina e também a da lua onde a nave Eagle já pousou. Sem acender a luz ligo a televisão: primeiro aparece uma nebulosa de pontos cinza, pretos, brancos atravessando a tela, como acontece quando cai a transmissão, uma crepitação como que de lixa, de ruídos de estática. Talvez seja a imagem que se perdeu, ou as câmeras do módulo lunar que falharam, ou então aconteceu alguma das desgraças imaginadas pelos cientistas e agourentos de plantão: uma radiação solar cegante fulminou os astronautas assim que se expuseram à intempérie da lua, uma chuva de meteoritos acabou com eles. Então o chuvisco de pontos cinza, brancos e pretos começa a se dissipar, ou parece se condensar em imagens muito borradas, em sombras ou espectros brancos que acabam adquirindo a forma estranha e reconhecível do módulo lunar: as pernas metálicas, as escadas, a plataforma que sustenta o poliedro confuso com ângulos irregulares e brilhos como de papel-alumínio dentro do qual os astronautas talvez esperem o momento exato de abrir a escotilha, a ordem de saída que deve chegar da Terra. É um aparelho não menos estranho que a esfera antigravitacional de Wells ou que a bala de canhão oca e gigante dos viajantes de Júlio Verne. Parece montado de qualquer jeito, com materiais leves demais, para reduzir o peso ao máximo, uma justaposição de partes que não chegam a encaixar direito umas nas outras, as longas pernas de crustáceo ou de aracnídeo, tão frágeis que parece que uma descida brusca poderia quebrá-las, o corpo poliédrico forrado por uma lâmina dourada de alumínio, a escada metálica, as pequenas janelas triangulares. Mas por que triangulares, e não redondas, como olhos de boi? Vozes nasaladas dizem excitadamente em inglês alguma coisa que não entendo: vozes metálicas de transmissões de rádio meio abafadas por ruídos de estática, por um estrondo remoto que em seguida vai sumindo numa espécie de sussurro até se desfazer em silêncio. Agora não escuto nada, e por mais que eu gire o botão do volume, as vagas imagens e fulgurações cinza deslizam na tela sem serem acompanhadas de som algum. Um braço metálico se estendeu automaticamente quando o módulo lunar pousou sobre a poeira, em seu extremo a câmera de televisão que agora mesmo transmite as imagens que estou vendo. Formas vagas, difíceis de discernir, as pernas do módulo, a escada, com uma aparência tão insegura quanto a do próprio veículo espacial, com suas paredes de alumínio tão finas que um meteorito do tamanho de uma amêndoa poderia atravessá-las. Enquanto aguardavam, antes de vestirem as roupas espaciais e colocarem os capacetes, Armstrong e Aldrin ouviam um tênue repique de qualquer coisa chocando-se contra o exterior do módulo, como arranhões, como pingos de uma chuva finíssima: eram as partículas infinitesimais vindas do espaço, os grãos de asteroides que pontilham a poeira da lua como patas de insetos e de pássaros, a areia fina de uma praia da Terra. Agora há uma coisa se mexendo, cinza mais claro e quase branco em meio ao cinzento geral, sobre a linha nítida que separa a superfície da lua da escuridão do fundo. Alguma coisa, alguém, se mexe, flutua, como num aquário, uma corcova grande que parece não pesar, um escafandro, umas pernas desajeitadas que tateiam os degraus da escada metálica. Como alguém que desce cautelosamente pela escada de uma piscina e tateia a água, não tem coragem de se jogar, mas é impelido de novo para cima, sem peso, como se o traje estivesse cheio de um gás mais leve do que o ar. Degrau a degrau, devagar, e por fim o último, um leve salto, e a figura salta e se eleva, fica por um instante suspensa, sem gravidade, um tanto desajeitada com suas botas grossas, os braços estendidos, o corpo inteiro oscilando, de um lado para o outro, como numa dança pueril. A luz cinza que vem da lua através do televisor ilumina meu rosto na sala em penumbra. Sinto como se ainda não tivesse acordado por completo, como se sonhasse que acordei em meu quarto no andar de cima, que desci os degraus com cautela para não acordar meus pais nem meus avós, que todas as noites caem no sono como pedras no fundo de um poço. Com uma das mãos enluvada e desajeitada abri a escotilha, olhei para o exterior e me intimidei perante a nudez mineral de uma paisagem em que a luz solar ressalta com a mesma precisão inflexível tanto as coisas mais próximas quanto a linha do horizonte.

Mas meus olhos não sabem distinguir o que está perto do que está longe: as pupilas humanas estão acostumadas a ver as coisas através do véu do ar, não nesta crua extensão em que não há uma atmosfera que suavize contornos, que atenue distâncias. Virei o corpo para que as pernas saíssem primeiro e, agarrando-me o mais forte que podia às barras que ladeiam a escotilha, estendi uma perna no vazio; percebendo a ausência de peso tateei com o pé até encontrar o metal do primeiro degrau, e ao me apoiar nele todo meu corpo foi impelido para cima. O outro, meu companheiro, o que vai descer depois de mim, está me olhando, de pé no interior do módulo, na penumbra verde-amarelada: por um momento nossos olhos se encontram, e de repente vejo nos dele, quando já tateio com meu outro pé para descer mais um degrau, uma expressão estranha, que me enche de inquietação, como se esse homem junto com quem estou sozinho sobre a superfície da lua fosse, ao menos durante alguns segundos, meu pior inimigo. Tardo a perceber que o que há nos olhos dele é uma inveja completamente terrena, um ar de ansiedade e de decepção. Talvez o oxigênio muito puro que estou respirando me dê um excesso de lucidez que chega às raias do delírio, assim como acelera a pulsação do meu coração, mas durante um segundo o que sinto não é que dentro de um instante vou pisar na lua e que para a pisar tive de viajar quase quatrocentos mil quilômetros da Terra até aqui; o que sinto, tudo o que vejo, é aquela expressão nos olhos do meu companheiro, por trás do capacete, o olhar que se demora em mim como se minha mera existência fosse uma afronta, enquanto a consciência que se esconde por trás dele e brilha nas pupilas se pergunta: *Por que ele e não eu? Por que não sou eu o primeiro homem a pisar a lua?* Os sensores colados à pele com esparadrapos registram os batimentos cardíacos, a pressão sanguínea, o grau de dilatação e de contração dos pulmões, mas não aquele olhar, nem tampouco a ligeira vertigem da descida paulatina, degrau a degrau, nem a sensação de que não sou eu quem está vendo o que os meus olhos veem, de que não estou totalmente acordado embora esteja menos adormecido do que nunca em toda a minha vida. Agora o pé direito desce e não dá com nada, move-se no vazio, na distância que separa o último degrau da superfície da lua. Este último impulso para saltar dá quase tanto medo quanto o primeiro salto de paraquedas, como aqueles segundos de pânico e queda livre nos quais o paraquedas ainda não abriu e não parece haver nenhuma chance de que abra. Feche os olhos, respire fundo o oxigênio puro com cheiro de plástico que embriaga ligeiramente seu cérebro, que dispara as ligações neuronais a uma velocidade inusitada. Salte como um mergulhador no fundo do mar, sobre a areia revolvida, como um macaco, mova-se leve e acompanhado pelo retumbar de uma pulsação próxima como um feto boiando no líquido amniótico. Essas pegadas que num instante de aturdimento você descobre na poeira lunar são as que você acabou de deixar: essa luz de cinema em preto e branco e esse silêncio de filme mudo são os que você viu em sonhos. Passados alguns segundos, quando as pupilas se acostumam à claridade excessiva, a superfície da lua adquire um tom quase rosa pálido, quase pardo, que se acentua à medida que o sol vai subindo. Nem na memória consciente nem em sonhos você jamais recuperará as tonalidades exatas da luz sobre as rochas lunares, e cada fotografia que olhar será uma decepção. Mas talvez você esteja vivendo um início de alucinação, como o princípio de vertigem que cada passo provoca, porque o corpo inteiro é impelido para a frente quando por instinto os músculos aplicam a mesma força que seria necessária para você caminhar sobre a Terra: aqui seu peso é seis vezes menor, mas a massa de seu corpo é a mesma; portanto, se você não calcula bem o impulso de um salto, pode cair de bruços. A cada passo você sente as solas das botas enterrando--se ligeiramente na poeira, abaixo da qual se percebem as rugosidades e as arestas das rochas. O horizonte próximo demais e o céu escuríssimo alteram o senso de orientação ao confundir as distâncias. E no intenso negror a Terra é um globo de cristal meio velado pela sombra, brilhando com uma luminosidade azulada, com irisações de diamante, uma esfera remota e ao mesmo tempo tão nítida nos pormenores dos continentes e dos oceanos e nas espirais das nuvens que você tem a impressão de que poderia pegá-la se desse um desses saltos que sua nova ligeireza permite, com as mãos estendidas.

O silêncio é tão profundo que as lentas badaladas do relógio dando as quatro da madrugada me sobressaltaram. A vibração pesada do metal permanece no ar. O toque das horas me devolve a consciência do lugar onde estou, sentado num duro sofá numa sala quase às escuras, junto a uma janela por onde entra a luz fosca da luminária da esquina e também a que se reflete nos oceanos de rocha e poeira da lua, numa casa mergulhada na quietude silenciosa da noite de julho, a quietude povoada de ruídos, de cantos de grilos, de esvoaçar de galinhas que se agitam no sono, do roer da carcoma no interior das vigas velhas e de ratos que zanzam pelos celeiros onde se armazena o trigo e pelos desvãos onde estão guardados os móveis velhos e as ferramentas enferrujadas, as arcas fechadas como ataúdes onde as traças se alimentam das roupas dos mortos. Dentro de não mais de quinze anos haverá voos tripulados a Marte. Antes do final do século terão construído bases permanentes na lua, laboratórios, cidades inteiras sob imensas cúpulas de vidro. Agora é Buzz Aldrin quem desce a escada do módulo lunar, quem salta do último degrau e flutua como um boneco no vazio. Que será de mim quando o verão acabar e tiver de voltar ao colégio, quando o padre Peter vier me perguntar se não quero me confessar, quando estiver sentado numa carteira e o padre diretor bater na mesa com o botão da caneta invertida. Onde estarei e como serei quando a primeira nave tripulada pousar numa planície avermelhada de Marte, depois de uma viagem de dois anos através do espaço? Os dois homens pulam, como em câmera lenta, com um ar pueril de diversão, como crianças brincando numa poça de água. As nítidas pegadas afundam na poeira da lua, esculpidas pelas sombras oblíquas, como que impressas em argila. O vento infinitesimal dos micrometeoritos levará vários milhões de anos para apagá-las. Agora estão desenrolando uma coisa, uma bandeira, as listas e as estrelas muito borradas pelo chuvisco da imagem, mas parece que não conseguem fincar o mastro, e quando se afastam dela para fazer uma saudação logo têm de voltar a fincá-la. Quantos minutos restam, quantos passos, quanto oxigênio nos depósitos, quantas tarefas por cumprir? Pouco mais de duas horas caminhando pela lua e depois uma vida inteira para recordar, para ir esquecendo, para viver com uma saudade permanente, uma íntima sensação de desgosto e de fraude. Mas a viagem ainda não acabou, nem o perigo passou. Logo vão tirar os capacetes, as botas, os trajes parecidos com couraças, deitarão a dormir no chão, porque no veículo Eagle não há poltronas anatômicas nem catres, para aproveitar o espaço ao máximo, para reduzir o peso ao mínimo. Apesar de estarem exaustos, custarão a conciliar o sono e terão de tomar um sonífero, e quando forem acordados pelas vozes do centro de operações na Terra, tornarão a espiar com a mesma incredulidade e talvez com uma nostalgia antecipada a paisagem morta que nunca mais na vida voltarão a pisar. Agora ouço um barulho, uns passos que fazem ranger o teto acima da minha cabeça. Ainda falta muito para o amanhecer, mas meu pai já está se levantando para ir ao mercado. Adora se levantar quando ainda é de noite, principalmente no verão, diz que tem a impressão de que as ruas foram recém-abertas e que o ar é mais fresco e mais sadio porque ninguém ainda o respirou. Ele se move cautelosamente no quarto para não acordar minha mãe, à procura da roupa que ele chama "de ir vender", aquela de se apresentar impecável e limpo às suas freguesas, as calças que deixou bem dobradas nas barras aos pés da cama, a camisa branca por cima da qual, ao chegar ao mercado, porá seu avental ainda mais branco de vendedor. Não quero que me veja acordado, não por medo de que ralhe comigo, mas por um estranho misto de desconforto e timidez, porque me dá vergonha que ao descer me veja sentado às escuras diante do televisor, a esta hora da madrugada, dando mais uma prova da esquisitice que ele não gostaria de ver em mim, mas sobre a qual outras pessoas sem dúvida tratam de adverti-lo. Quando escuto seus passos nas escadas, desligo a televisão e deito no sofá, de olhos fechados, para fingir que estou dormindo. Mas ele não vai entrar na sala: irá primeiro ao quintal, para olhar o céu e urinar sonoramente. Tirará um balde de água do poço, despejará na bacia e lavará o rosto e o tronco com grandes mãozadas de água, deliciando-se com o frescor da água e a tepidez do ar, perfumado com os cheiros da parreira e dos vasos de gerânios e jasmins. Em seguida irá fazer a barba na cozinha, diante do caco de espelho pendurado na parede. Posso escutá-lo passar muito perto de mim, pelo vestíbulo, atrás da porta fechada da sala, e aperto mais as pálpebras, como se não ser visto por ele dependesse da força com que tenho os olhos fechados. Contra as pedras do vestíbulo ressoam os tacões de seus sapatos de ir vender, que trocará escrupulosamente por umas alpargatas de lona quando voltar do mercado ao meio-dia e se preparar para ir à horta. Tenho a impressão de que murmura alguma coisa, que suspira, um homem só dizendo algo a si mesmo em voz baixa na casa onde não imagina que alguém esteja acordado. Como serão os sonhos que meu pai recorda, suas imaginações sobre o futuro? Que lugar eu ocuparei em sua consciência, agora que ele vai sumindo na minha, assim como o som de seus passos quando se afasta pela esquina da praça

San Lorenzo, a caminho do mercado. As pálpebras que cerrei com um esforço da vontade agora pesam sobre meus globos oculares. Vou mantê-las fechadas mais um pouco, e quando tiver certeza de que os passos do meu pai já não se escutam, vou me levantar do duro sofá para ligar de novo a televisão. Um instante depois, me assusta o leve contato de uma mão pousando em meu ombro. Abro os olhos, e a sala que até um momento atrás permanecia em sombras está inundada pelo sol da manhã de verão, e minha avó me olha de cima com ar sarcástico.

— Ai, filho, só nos faltava você virar sonâmbulo.

18.

Está começando a amanhecer quando dobro a esquina e chego à praça, deixando para trás a Casa das Torres. No céu liso, azul-marinho, ainda não tocado pela primeira claridade que se insinua como uma linha de bruma violácea ao fundo da ruela que dá para o leste, para os campanários de Santa María, a única estrela ainda bem visível é Vênus, muito perto da lua cheia. Mas Vênus não é uma estrela, e sim um planeta, diz minha voz impertinente, talvez apagada pelo frio ligeiramente úmido do amanhecer, minha voz que quer explicar tudo e está treinada não para falar com quem quer que seja, mas para agir como minha companhia solitária, a voz da minha consciência. A lua perdeu consistência e volume e agora é um disco plano e translúcido como uma hóstia prestes a se dissolver no azul mais claro do dia. Mas ainda não, ainda parece que a noite acabou mas a manhã não começa, que o tempo parou nessa perfeição de silêncio, de claridade indecisa entre o cinza e o azul. Nas ruelas empedradas e desertas por onde vim, a noite perdurava densa no interior das casas, nos portais e nas despensas, nos quartos onde venezianas e cortinas represam uma escuridão de respirações, de lençóis quentes e corpos ainda mergulhados no sono mais profundo. Por trás das janelas tão hermeticamente fechadas parece que não vive ninguém: como se os últimos habitantes tivessem passado trancas e ferrolhos em tudo antes de partirem para sempre. É tão cedo que nem os homens mais madrugadores se levantaram ainda, aqueles que no escuro vestem grossas calças de brim, camisa branca e alpargatas e descem aos estábulos para arrear as mulas antes de irem ao campo, para se adiantarem à luz do dia e ao calor e, quando o sol começar a ganhar altura, já terem terminado as tarefas mais pesadas. É a hora da fresca, de regar as hortas, de apanhar os frutos mais delicados para que o calor não os amoleça e depois não se machuquem com facilidade. Mas ainda não há ninguém de pé, em nenhuma janela se vê a mortiça luz elétrica que ilumina os madrugadores extremos ou os que se levantaram no meio da noite para dar um remédio a um doente ou esquentar a mamadeira de um bebê. Devo ter vindo pela rua De la Luna y del Sol, que parece mais comprida porque realiza uma curva medieval de balestra e o final dela só é visível ao chegar à sua última esquina. Numa enciclopédia da biblioteca pública, li que as ruas das cidades medievais eram estreitas e em curva para evitar o embate direto do vento e como precaução contra o avanço de eventuais invasores, que assim nunca poderiam saber o que encontrariam alguns passos mais adiante. Quando volto da biblioteca pública, que fica na praça chamada De los Caídos, onde há um anjo de mármore erguendo do chão um herói morto ou moribundo, durante o inverno já é noite cerrada, e durante o verão o céu está ainda claro, mas já despontam as primeiras estrelas, e os andorinhões e os morcegos cruzam o ar rosado em suas caçadas de insetos. Volto da biblioteca com um ou dois livros embaixo do braço, que leio e devolvo poucos dias depois, sempre grato pelo dom inexplicável de os livros nunca acabarem e não me custarem nada, sempre disponíveis ao capricho da minha curiosidade e à minha gula de palavras impressas. Até não faz muito tempo eu só retirava romances. Júlio Verne, Conan Doyle, Salgari, Mark Twain, H. G. Wells. Eu era o Homem Invisível e o Viajante no Tempo, o capitão Nemo no *Nautilus* e Robinson Crusoé em sua ilha deserta e o engenheiro Barbicane na bala de canhão disparada para a lua. Eu era Tom Sawyer desmanchando na emoção sentimental e erótica de ter conquistado a loura Becky Thatcher. Era Tom Sawyer fugindo com meus amigos para brincar de piratas e de náufragos numa ilha no meio de um grande rio e achando um tesouro. Era Jim Hawkins espiando escondido dentro de um barril de maçãs as maquinações de John Silver, e era Huck Finn e me davam por morto enquanto seguia numa jangada, deixando-me pela imensa corrente do Mississippi como um jovem proscrito que presta ajuda a um escravo fugido. Era Spartacus no romance de um autor desconhecido que para mim se chamava Howard Fast e uma noite me via abraçado a uma mulher nua à luz de uma fogueira. Ao recordar essa cena com a vividez de uma alucinação numa noite sufocante de calor e de insônia em pleno mês de julho, percebi pela primeira vez que daquela coisa dura e inchada que eu esfregava, sacudia e apertava com uma mão suada e desajeitada, de repente espirrava um jato morno de algo com um cheiro tão intenso, tão escandaloso, quanto o relâmpago de gozo em que me sentia desfalecer. Temi que a ira de Deus me tivesse fulminado com um raio invisível no escuro do meu quarto. Não sabia se aquele desfalecimento instantâneo que me atravessava as virilhas era a flecha do paraíso supremo ou o raio do castigo divino, se enquanto me derramava iria morrer como um jovem libertino condenado ao Inferno ou se estava descobrindo no mais secreto e mais desconhecido de mim o grande segredo da minha vida futura. "De Deus nada se oculta", dizia o padre diretor, "nem nas trevas mais profundas, nem no pensamento mais recôndito."

Dessa noite em diante, os livros castos de Verne e Wells perderam parte de seu encanto. Eu via no cinema de verão as coxas das escravas aparecendo por uma abertura da túnica nos filmes de gladiadores, e aquilo me excitava a tal ponto que eu chegava a ter medo de ejacular ali mesmo e que as pessoas das cadeiras próximas sentissem o cheiro denso do sêmen. Eu gozava à noite no meu quarto nos altos, e quando acordava de manhã tinha a impressão de que o cheiro ainda persistia e se espalhara por toda a casa. Por vezes sem conta fui Sinuhé e alucinei de desejo acariciando o ventre e os seios nus sob uma túnica de gaze e a cabeça rapada da prostituta ou sacerdotisa egípcia Nefernefer. Assim como os grilos produzem seu canto atritando seus élitros, eu aprendi a me proporcionar um prazer sempre renovado e sempre disponível esfregando minha mão na parte do meu corpo que desde que eu era bem pequeno inchava sem explicação nem consequências sempre que via de perto o decote de uma mulher, suas pernas à mostra. Como um grilo principiante na gaiola de meu quarto ou na da latrina, eu me consagrava à aprendizagem do atrito de meus élitros, como uma criança que repete e torna a repetir a mesma fase escolar nas teclas de um piano. Nos sonhos pontuais de cada noite, um corpo feminino era durante alguns segundos tão quente e tangível quanto o sêmen que jorrava sem a intervenção da minha mão nem da minha vontade. Não havia rosto jovem de mulher em que eu não procurasse o vislumbre de uma emoção que tinha um quê de reconhecimento. Era eu ver um rosto e gostar dele que já queria entesourá-lo intacto na memória e torná-lo visível a meu bel-prazer na imaginação, mas sempre o esquecia. No cinema, ou durante a leitura de alguma passagem erótica de um livro, a imaginação febril, o organismo inundado de hormônios masculinos, envolviam a realidade numa fosca e oleosa luz de sonho. Como em certos quadros de haréns orientais que ilustravam alguns livros de arte da biblioteca, mulheres nuas, carnudas e oferecidas me rodeavam entre nuvens de vapor no mísero cubículo da latrina, protegido por uma cordinha presa a um gancho da intrusão acusadora dos adultos, ou da minha irmã que andava sempre rondando as cercanias das minhas atividades solitárias.

    Aos poucos, no entanto, deixei de ler romances. Sua fartura me causara indigestão, quem sabe, ou a excessiva repetição dos que eu mais gostava. Deixei de ler romances quase ao mesmo tempo que deixava de ir à missa de domingo, de confessar meus pecados e de ouvir os conselhos do padre Peter. As viagens que procuro nos livros já não são viagens inventadas. Leio o relato da viagem de Darwin no *Beagle*, e não a dos filhos do capitão Grant; as explorações africanas de Stanley e as de Burton e Speke, e não as dos aeronautas de Júlio Verne em *Cinco semanas em um balão*. Devoro livros sobre a chegada de Amundsen ao Polo Sul e do almirante Peary ao Polo Norte, e já não consigo mais ler *Da Terra à lua* ou *Os primeiros homens na lua* sem experimentar certa sensação de constrangimento ou de ridículo, desde que, nas revistas da biblioteca ou nas que encontro na casa da tia Lola, comecei a ler as notícias sobre o projeto Apollo. A límpida precisão da ciência, as fotos e gravuras nos livros de astronomia, de zoologia ou de botânica têm sobre minha consciência o efeito de um ar puro e gelado que limpa os pulmões e dissipa os vapores sombrios e as áridas abstrações da religião inculcadas pelos padres no colégio. Não existe monstro do espaço exterior mais fantástico nem mais apavorante do que uma simples mosca doméstica ou uma formiga observadas através de uma lente de mínimo aumento. A inumerável explosão da vida há quinhentos milhões de anos, comprovada pelos fósseis do período cambriano, é uma história muito mais alucinante do que a criação do mundo em seis dias por um

Deus que se impõe à imaginação tão inescrutável e iracundo quanto o padre diretor ou o generalíssimo Franco. Fico acordado à noite lendo sobre a vida das formigas e das abelhas, e dali a dois ou três dias já estou de novo na biblioteca para retirar outro livro, talvez de astronomia, e volto para casa ao anoitecer pela rua De la Luna y del Sol, impaciente por iniciar a leitura, tentando adiantá--la avidamente à luz das pobres luminárias das esquinas. Essa rua se chama assim porque há nela uma casa antiga que tem esculpidos nos cantos da porta, em pedra arenosa, uma lua em quarto minguante e um sol. A lua está de perfil, com as pontas afiadas como os chifres de um touro, o nariz pontudo e a testa franzida. O sol, de frente, tem bochechas redondas, um sorriso bondoso e uma coroa de raios que são como cachos de uma cabeleira e de uma barba rodeando sua cara de bolacha. O sol se chama Lourenço, e a lua, Catarina. Mas a meia-luz que agora atravesso não é de ocaso, e sim de amanhecer. Meus passos devem ter ressoado sem eu reparar. Avancei sem esforço, sem sentir meu peso, quase com a leveza de um astronauta. Meus passos não teriam sido ouvidos se eu caminhasse na superfície da lua: diferentemente do empedrado da rua De la Luna y del Sol e da praça San Lorenzo, a poeira lunar teria afundado com minhas pisadas, que ficariam impressas, entalhadas nela como as tênues pegadas de um pássaro de cem milhões de anos atrás ou como as nervuras de uma folha num solo pantanoso que foi fossilizando ao longo de milênios. Caminho sem esforço, quase sem peso, mas noto um cansaço muito grande dentro de mim, que tem um quê de abatimento moral. Não estou voltando da biblioteca pública: não carrego nenhum livro embaixo do braço. Também não carrego um saco de viagem, e além do mais este não é o caminho que vem da estação rodoviária. Dobro a última esquina, e a praça San Lorenzo aparece à minha frente, minha casa ao fundo, azulada nos primeiros minutos do amanhecer. Não deve fazer muito tempo que meu pai saiu para o mercado. Se eu tivesse chegado um pouco mais cedo, quando ainda era mesmo de noite, eu poderia ter encontrado com ele. Teria surgido avançando em minha direção, com seu cabelo branco brilhando na claridade iminente, seu avental branco de vender dobrado com capricho sob o braço. De onde é que você vem, ele me perguntaria, num tom mais de espanto que de censura, sempre temendo que me aconteça alguma coisa, que me falte coragem física e me sobre preguiça para enfrentar o mundo.

É um alívio saber que não vou me encontrar com ele, que não terei de perceber em seu olhar esse misto de ternura e desengano com que me viu virar um adolescente inexplicável. Já não sou mais a criança que ele conhecia. A criança que já não existe, mas que ele espera ver quando olha para mim, e não este canhestro esboço de adulto que mais e mais se afastará dela à medida que crescer. A praça San Lorenzo está tão silenciosa quanto a rua De la Luna y del Sol, quanto o bairro inteiro. É estranho, a esta hora, não se verem homens madrugadores saindo para o campo puxando fatigadamente das rédeas das mulas, leiteiros transportando latões com o leite morno e recém-ordenhado. Não há luz nem mesmo na janela do quarto onde Baltasar agoniza, que agora está com todas as venezianas fechadas, assim como as demais janelas e sacadas em volta da praça. No meio dela há um enorme maciço de sombra, um amontoado de coisas díspares que ainda não consigo distinguir na luz escassa. Armários, cadeiras, malas, espelhos, cômodas, cabeceiras de camas de ferro, grandes travessas de cobre, baús, arados, um televisor grande e velho, um rádio enorme, um fogão a gás, trempes, fotos emolduradas, cabides com roupa, esteiras de esparto enroladas, cabrestos, albardas, peles de carneiro, estampas do Sagrado Coração, Virgens de gesso pintado, cadernos velhos cobertos de poeira, livros desconjuntados, largados de qualquer jeito. Quem sabe colocaram tudo isso na rua preparando uma mudança, mas ficou tarde e adiaram a vinda do caminhão até o dia seguinte. Mas é sem dúvida uma imprudência, aponto com irritação equânime, impessoal, como um fiscal que observasse um comportamento impróprio, uma negligência que não o afeta pessoalmente, mas que contraria a ordem legítima das coisas. Alguém poderia ter vindo roubar durante a noite, ou uma repentina chuva de verão ter causado graves estragos, ou o vento arrastar objetos pequenos e valiosos, espalhar as folhas soltas dos cadernos e dos livros.

Mais de perto e na claridade gradual, vou distinguindo detalhes com certo espanto, uma fisgada de alarme que logo cresce em pavor: é minha a letra que vejo num daqueles cadernos. A dura cartolina azul de uma pasta presa com elásticos está tão coberta de pó que parece quase branca. Essa letra esquisita e como que achatada num caderno de caligrafia era a que ensinavam à minha irmã no colégio de freiras. O livro de matemática do terceiro ano do secundário está sem capa, mas a assinatura na primeira página é uma das que eu ensaiava assiduamente no início daquele ano no colégio salesiano, junto a uma data precisa: outubro de 1968. Os móveis, os objetos, as coisas que vou reconhecendo uma a uma são as da minha casa, familiares como rostos numa fotografia, mais precisos e tangíveis que as lembranças. Os sapatorros pretos que meu avô calçava para ir aos enterros, agora acanoados depois de muitos anos sem uso, o barbeador elétrico que meu pai comprou por insistência do tio Carlos e só usou duas ou três vezes, porque dizia que lhe queimava o rosto e tinha medo de levar choque. A bacia de porcelana coberta de geada onde nos lavávamos no quintal quando não tínhamos nem chuveiro nem banheiro, o televisor Vanguard em que vi a chegada dos astronautas à lua, um caderno de desenho com grandes folhas retangulares onde colei as fotografias coloridas das revistas que publicavam reportagens sobre a missão Apollo, um exemplar inteiro e amarelado do jornal *Singladura* com uma foto borrada, quase preta, de Neil Armstrong descendo pela escada do módulo Eagle na madrugada de segunda-feira 21 de julho de 1969. Sem tocar o jornal velho, sinto sua textura áspera e ligeiramente arenosa, que me deixaria os dedos sujos de pó.

Minhas impressões digitais hão de estar impressas no pó que foi cobrindo tudo. A poeira branca e cinza da lua, parda, até rosada, conforme o ângulo do sol. Na poeira da lua não há uma molécula sequer de água, nem um resquício de matéria orgânica, não há fragmentos infinitesimais de conchas moídas pelo atrito de outras conchas e pela água e pelo vento e esturricadas pelo sol ao longo de centenas de milhões de anos como em qualquer praia da Terra, ou como naqueles penhascos onde se encontram as jazidas de giz. As nuvens de poeira da lua levantadas pelo jato da combustão do motor no instante do pouso do módulo Eagle envolveram suas janelas em névoa e depois desceram quase verticalmente, por não encontrarem a resistência do ar. A poeira não tragou a nave: as bases redondas das pernas se enterraram nela apenas alguns centímetros, logo topando com um solo de rocha firme e de cascalho. Assim também afundaram em seguida as primeiras pisadas, mais inseguras, primeiro a grossa ponta revestida de borracha e depois a planta do pé inteira, justo antes de o corpo se sentir impelido para cima, como o de quem tocou um fundo arenoso e é erguido quase sem gravidade pela densidade da água. Duas horas mais tarde, quando se aproxima o momento de concluir o passeio, o chão está coberto de pegadas, ovais quase perfeitos com profundas estrias às quais a luz e a sombra sem nuanças conferem uma nitidez como de linhas entalhadas em sílex. Uma última olhada através do plástico transparente do capacete e terá chegado a hora de subir de novo a escada e nunca mais voltar a pôr os pés nesta paisagem mineral que termina num horizonte curvo e muito próximo, para além do qual tudo é só um negror absoluto. Fica nesse chão uma bandeira rígida, sustentada por uma barra metálica perpendicular ao mastro, porque na lua não há vento que possa fazê-la ondular heroicamente. Fica um espelho que refletirá um raio laser lançado da Terra, um receptor de partículas solares, um sismógrafo que já registrou cada um dos nossos passos. Cada uma das nossas pisadas na lua deixou uma pegada indelével, que permanecerá idêntica enquanto nós envelhecemos na Terra, e quando tivermos morrido e não restar em lugar algum nem a mais remota lembrança do nosso rosto nem tampouco o rastro de nenhum dos milhões de passos que daremos sobre nosso planeta depois do regresso. Na lua não há um vento que desmanche as pegadas e acabe por apagá-las como o vento que sopra numa praia ao cair da tarde e apaga as pegadas dos banhistas que já a abandonaram. Sacudimos desajeitadamente a poeira cinzenta que mancha os trajes espaciais antes de subirmos a escada e regressarmos à atmosfera do módulo lunar. Alguém anunciou que essa poeira se incendiaria como fósforo branco ao entrar em contato com o oxigênio do ar. Mas a profecia não se realiza. Fechamos as escotilhas, abrimos as válvulas que encherão de ar o interior do módulo, vamos tirando aos poucos os trajes espaciais, depois de colocarmos no local estipulado as caixas herméticas onde guardamos as amostras de rocha e de poeira que serão analisadas nos laboratórios. Agora sim sentimos certo cheiro de queimado, como de cinzas úmidas ou de pólvora. Só agora percebemos o cansaço que age sobre nós com um peso de chumbo mais poderoso que a gravidade da lua. Agora temos que dormir, pela primeira vez em não sei quantas horas, porque faz cinco dias que deixamos a Terra e nosso sentido do tempo está completamente transtornado. Na penumbra fosforescem os indicadores dos aparelhos e as colunas silenciosas de números na tela do computador, e pelas janelas cobertas de poeira entra a claridade de cal e cinzas do exterior. Deitamo-nos incomodamente cerrando as pálpebras e esperando o efeito dos soníferos, e os sensores colados à nossa pele transmitem a uma distância de quatrocentos mil quilômetros os pormenores íntimos da nossa respiração e nosso pulso apaziguado. O que pode sonhar alguém que adormeceu num módulo espacial pousado na lua? Você fecha os olhos tentando dormir e escuta o zumbido dos motores que mantêm a circulação do ar e a crepitação como que de mínimos cristais de granizo das partículas de meteoritos que batem contra a superfície exterior do módulo. Você se pergunta se o motor de decolagem funcionará, esse motor que nunca foi posto à prova e que lançará verticalmente para o espaço a parte superior da nave Eagle, deixando para trás a plataforma já inútil da aterrissagem, sustentada pelas quatro pernas metálicas, articuladas como as de um caranguejo ou de um inseto. O estranho corpo poliédrico subirá até uma altura de cem quilômetros para se encontrar em sua órbita solitária com o módulo de comando, ao qual deverá se reacoplar numa manobra exata, depois de uma corte silenciosa que não deverá durar mais do que uns poucos minutos. Você imagina o rosto pálido e sem barbear, o olhar do companheiro que permaneceu sozinho durante uma eternidade de vinte e uma horas, dando voltas em torno da lua, mergulhando a cada setenta e dois minutos no abismo de escuridão da face oculta. Mas o que você imagina ou sonha mais vividamente é a decolagem, espiando por uma das janelas, a poeira que ao dissipar revela o que vai ficando muito abaixo e muito longe, a planície do Mar da Tranquilidade, a plataforma metálica ferida pela luz solar, as pegadas, a bandeira rígida, os instrumentos, tudo imobilizado para sempre, ou pelo menos para as grandezas medíocres de tempo concebíveis pela imaginação humana, as crateras que perdem nitidez na distância, o horizonte negro e curvo para o qual você gostaria de ter caminhado em linha reta, atraído por ele como pelo ímã de um abismo próximo. Minutos ou horas atrás, você estava caminhando por esse lugar, e agora nunca mais voltará a pisar nele. Em meio ao número crescente de coisas que você não fará de novo antes de morrer, esta é a primeira. Alta e remota no céu negro, a esfera luminosa da Terra está tão longe que tampouco parece verossímil que o computador de bordo possa ajudar vocês a encontrar o caminho de volta a ela.

Empilhados de qualquer jeito no meio da praça San Lorenzo ao amanhecer, os móveis e os objetos da minha casa têm um ar de abandono que indica não uma mudança, mas um despejo, ou um desses montes de velharias que eram queimados nas fogueiras de São João. Preciso avisar o quanto antes para que alguém venha recolher tudo isso, antes que o dia acabe de amanhecer e comece a passar gente por aqui. Um pé de vento espalharia meus cadernos e meus papéis pela praça, acabaria de arrancar as folhas já meio soltas dos meus livros. Vou para minha casa, disposto a bater na porta com muita força para acordar minha família. De costas para mim, um homem de cabelo branco está fechando com uma grande chave. Estranho meu pai ter ficado dormindo até esta hora e sair para o mercado quando quase é dia. Caminho em sua direção e ele se vira, com a chave na mão, mas não encontro seu olhar, porque o desviou de mim. Olha para o lado de cabeça baixa. Como é possível que tenha se passado tanto tempo, que meu pai seja quase um velho e não me reconheça? Vira o rosto com um ar de mansidão que parece ocultar a decisão de manter distância, um fundo de agravo resignado. De onde estou vindo, que demorei tanto em chegar? Com uma pavorosa clareza vai se revelando à minha consciência aturdida a duração do tempo em que estive ausente. Vi de longe, do alto, meu bairro e minha praça, e cada uma das casas como se fizessem parte de uma maquete, uma maquete minuciosa com telhados basculantes e portas praticáveis, e dentro de cada cômodo os móveis em escala e as figuras entregues a suas tarefas, como nas maquetes egípcias de barro cozido e pintado em que há animais nos estábulos, comendo nas manjedouras, e homens moendo o grão ou fabricando cerveja, e mulheres tecendo ou lavando a roupa ou levando na cabeça um tabuleiro de madeira com pães recém-saídos do forno. Vi meu pai abrindo os olhos no escuro antes de o despertador tocar e vendo as horas em seus números iluminados de fósforo esverdeado. Vi minha avó alisando a dobra do lençol de sua cama e minha mãe inclinada sobre o tanque de lavar no telheiro do quintal, e meu avô tirando um balde de água do poço. Vi minha irmã, de tranças e franja reta, preparando seus cadernos antes de ir para a escola. O burro do meu pai e a jumenta do meu avô afundam a cabeça em suas manjedouras contíguas procurando o grão que meu pai misturou com palha, uma galinha acaba de pôr um ovo vermelho e quente no esterco macio onde dormiu a noite inteira. Essa figura deitada no sofá da sala sou eu mesmo, que peguei no sono quase no mesmo instante em que Neil Armstrong e Buzz Aldrin voltavam ao módulo lunar depois de seu passeio de duas horas. Cada coisa permanecia em seu lugar, intacta, límpida no presente, tão singular quanto as vozes que me chamam muitas vezes e como os passos identificáveis de cada um deles nas escadas que sobem até ao último andar, onde gosto de me fechar a sós, onde guardo meus cadernos e meus livros, minhas fotografias recortadas do foguete Saturno 5 ou de Faye Dunaway com uma boina de lado sobre a cabeleira loira.

Mas agora, sem mediação, na luz suja da alvorada, os móveis da minha casa estão abandonados como um monte de coisas velhas e inúteis no meio da praça, e meu pai já é um homem encurvado que tranca a porta antes de partir, o barulho da porta e do trinco ecoando nos cômodos vazios, que de repente posso ver embora não tenha entrado na casa: as lajotas estão soltas, a cal das paredes parece ter sido arrancada por picaretas de pedreiros, o chão está cheio de entulho, não há venezianas nos vãos das janelas, por onde entra a luz fria da alvorada. Vou dizer alguma coisa para meu pai, mas minha boca não se abre e a língua continua inerte dentro dela. A luz cinza-azulada que encontro na janela ao abrir os olhos é a mesma que eu via há um momento na praça San Lorenzo, tão inacessível neste lugar quanto a esfera luminosa de um planeta que os astronautas olham no escuro, afastando-se nas janelas da nave. Se um dia voltarem de uma viagem longuíssima à velocidade da luz, descobrirão que na Terra se passou muito mais tempo e que já não vive nenhuma das pessoas que eles conheceram. Para de repente me encontrar extraviado ao amanhecer num quarto que de início não reconheço, em outra cidade de outro mundo e num século futuro, não precisei de uma dessas máquinas do tempo que imaginava no verão de 1969. De que viagem longuíssima volto agora quando acordo a cada amanhecer, vendo pela janela uma floresta de torres escuras nas quais algumas luzes já começam a se acender. Até que profundidades do esquecimento tive de mergulhar para me encontrar de volta na praça San Lorenzo, com que agora sonho quase todas as noites, agora que estou tão longe e há tanto tempo não tornei a pisá-la. Sonho que estou lá nos últimos minutos antes de despertar, quando meu quarto começa a ser invadido muito lentamente por uma claridade que meus olhos fechados ainda não captam, mas que de algum modo se infiltra em minha inconsciência. Há poucos minutos eu tinha treze anos e voltava da biblioteca pública de Mágina com um livro de astronomia embaixo do braço, e agora, no espelho do banheiro, sou um homem grisalho extraviado de repente num futuro mais remoto que o da maior parte das histórias futuristas que eu lia na época. O agora mesmo é para mim tão estranho e hostil quanto o poderoso barulho cruzado de sirenes da cidade que acorda do outro lado da janela, reclamando-me para uma jornada angustiosa em que vivo tão desligado das idades anteriores da minha vida como quem desperta amnésico depois de um acidente e não reconhece nem o som do próprio nome.

Mas nos sonhos de cada amanhecer voltam aqueles que ao longo dos anos foram partindo um a um, e em sua presença regressada há alguma coisa, um ponto de estranheza, de absorta melancolia, que me alerta sem que eu possa compreender que, embora os veja e fale com eles e me pareça que permanecem idênticos à lembrança que guardo deles, já não estão no mundo dos vivos. Abro os olhos, vejo neste quarto do despertar a mesma claridade que um segundo atrás havia na praça, ainda vejo meu pai, que vira o rosto como se sentisse pudor ou vergonha. Demoro um pouco em perceber que fui acordado por um soluço e que meu pai está morto, enterrado já faz mais de um ano no cemitério de Mágina, tão longe de mim quanto esses defuntos nepaleses que se refugiavam na lua. Foi assim que acordei uma noite no escuro quando ainda faltava muito para amanhecer, porque o telefone estava tocando e uma voz que eu ainda não conseguia identificar me disse que meu pai acabava de morrer. Tinha deitado cedo, como se ainda tivesse que madrugar para ir ao mercado, do qual continuava a sentir saudades quase dez anos depois de se aposentar, assim como da horta vendida muito tempo atrás, quando já não teve mais forças para trabalhar sozinho nela. Abriu os olhos assustado, como se temesse ter dormido além da hora, sentindo uma facada de dor no coração, lúcido e só no silêncio de um despertar que lembrava muito o de suas madrugadas de trabalho, quando abria os olhos sem sono, impaciente por desfrutar do sossego e do ar fresco da praça, das ruas estreitas que percorria a caminho do mercado, das veredas que descia rumo à horta respirando uma brisa de terra remexida e de água nos regos. Abriu os olhos na mesma escuridão em que acordara tantas vezes e talvez tenha percebido num clarão de medo e de lucidez que estava morrendo. Morreu quase tão furtivamente como se levantara tantas vezes no meio da noite, tentando não acordar ninguém. Agora, nos sonhos que recordo sempre que abro os olhos, a sombra frágil e esquiva do meu pai se afasta de mim quando tento me aproximar dela.

Também assim me esquivam e me rondam os outros fantasmas alojados nos quartos desertos, nos armários fechados, nas casas vazias da praça, cada um com seu rosto e seu nome, com uma voz que me chama.

Mesmo eu estando tão longe, conseguiram me encontrar.

ESTA OBRA FOI COMPOSTA PELA SPRESS EM ELECTRA E IMPRESSA EM OFSETE PELA GEOGRÁFICA SOBRE PAPEL PÓLEN SOFT DA SUZANO PAPEL E CELULOSE PARA A EDITORA SCHWARCZ EM JUNHO DE 2009